国家出版基金项目
NATIONAL PUBLICATION FOUNDATION

国家出版基金资助项目

项目编号：2018~076

"一带一路"大型系列丛书

总策划　戴佩丽
主　编　孙春光　副主编　马庭英

新疆是个好地方

任瑞湘 ◎ 著

巴里坤记忆

中央民族大学出版社
China Minzu University Press

图书在版编目（CIP）数据

巴里坤记忆／任瑞湘著. —2 版. —北京：中央民族大学
出版社，2021.12（2022.4重印）
（"一带一路"大型系列丛书.新疆是个好地方）
ISBN 978-7-5660-2010-9

Ⅰ.①巴… Ⅱ.①任… Ⅲ.①散文集—中国—当代
Ⅳ.①I267

中国版本图书馆 CIP 数据核字（2021）第 265877 号

巴里坤记忆

著　　者	任瑞湘	
责任编辑	戴佩丽	
责任校对	赵　静	
封面设计	舒刚卫	
出版发行	中央民族大学出版社	
	北京市海淀区中关村南大街 27 号　　邮编：100081	
	电　话：(010)68472815(发行部)　传真：(010)68932751(发行部)	
	(010)68932218(总编室)　　　　(010)68932447(办公室)	
经 销 者	全国各地新华书店	
印 刷 厂	北京鑫宇图源印刷科技有限公司	
开　　本	787×1092　　　1/16　　　印张：16.75	
字　　数	258 千字	
版　　次	2021 年 12 月第 2 版　　2022 年 4 月第 2 次印刷	
书　　号	ISBN 978-7-5660-2010-9	
定　　价	69.00 元	

　　"一带一路"倡议中，新疆定位于丝绸之路经济带核心区，并以日益凸显的区位优势和辐射效应，与21世纪海上丝绸之路逐步衔接。

　　在第二次中央新疆工作座谈会上，习近平总书记强调，要在各族群众中牢固树立正确的祖国观、民族观，弘扬社会主义核心价值体系和社会主义核心价值观，增强各族群众对伟大祖国的认同、对中华民族的认同、对中华文化的认同、对中国特色社会主义道路的认同。近年来，在以习近平同志为核心的党中央坚强领导下，新疆文化事业得到长足发展，对经济社会发展的引领作用不断增强，特别是随着稳定红利持续释放，文化创新呈现快速增长。实践充分证明，以习近平同志为核心的党中央治疆方略高瞻远瞩、英明睿智，只要坚定不移地贯彻落实党中央治疆方略，新疆形势就能朝着全面稳定的方向发展、就能实现社会稳定和长治久安，新疆经济就一定能够贯彻好新发展理念、推动高质量的发展。

　　"一带一路"倡议的实施是新疆地区走向现代化、融入现代化潮流、发展现代文化的一次新机遇。在这一背景下，《"一带一路"大型系列丛书——新疆是个好地方》出版项目正式推出，其目的就是要围绕中心、服务大局，弘扬主旋律，传播正能量，为推进新疆稳定发展提供了强有力的文化支撑。

　　丛书坚持党性与人民性相统一，不断增强中国特色社会主义道路自信、理论自信、制度自信、文化自信；坚持正确文化导向，团结、稳定、

鼓劲，弘扬正能量；紧紧围绕社会稳定和长治久安总目标，使文学作品服务大局，形成文化艺术的强大合力。丛书作品内容注重创新意识、创新观念、创新内容、创新形式，切实提高文学作品的传播力、引导力、影响力和公信力；坚持"高举旗帜、引领导向、围绕中心、服务大局、团结人民、鼓舞士气，成风化人、凝心聚力、澄清谬误、明辨是非、连接中外、沟通世界"。

　　丛书的出版发行，将对发展新疆区域文化产生积极的正面效应。基于此，我们遴选了疆内的数十位知名作家，通过报告文学、散文、诗歌、小说等形式，从不同的角度反映新疆现代文化发展，展示各民族同胞践行社会主义核心价值观以及逐步形成的进步、文明、开放、包容、科学的理念，讴歌各民族同胞团结互助的精神风貌和浓厚氛围，进一步增强各民族同胞之间的认同感，更好地维护新疆地区的长久稳定和繁荣助一臂之力。丛书视角独特、文字量浩繁、信息量巨大，让新疆人民可以真正全面地知道自己，让疆外的读者可以全面地认知新疆，也让世界客观地了解新疆、了解中国。

　　丛书得到了国家新闻出版署、中共新疆维吾尔自治区党委宣传部审读处、国家出版基金办的大力支持，使得这部丛书得以顺利出版。

编　者

行走在消失中

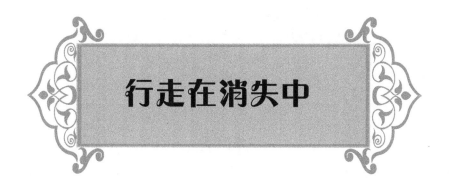

行走在消失中

我追忆并怀念巴里坤村庄里的每一件农具，

我期望用文字再现村庄里使用农具的场景，

我虔诚地追溯村庄里每一件农具的前世今生，

我走村入户寻觅村庄里铁质、木质、石质农具在历史的河床上风干的印记，

我试图用文字记录渐行渐远的村庄与那些老物件的种种无奈与不舍，

我以农家女子特有的情感将村庄里一件件农具汇聚成刻骨铭心的挚爱……

因为，它们承载着厚重历史的发展进程！

因为，它们是祖先智慧的结晶！

因为，它们是几千年农耕时代最原始、最有价值、最值得展示的群体形象！

时代进步了，社会发达了，村庄即将蜕变成小城镇，但它们终将被历史铭记！

木犁

巴里坤是个足以让人心怀梦想的地方，对于那些活生生的过往，这里的每一个人都有着特殊的情结。

比如厚实、笨重的犁铧依旧活跃在我的脑子里，一如还在黄土地上缓慢而行，父辈们扶着犁铧一步一步蹒跚着走到田地终点又回过头来重新开始。

那时，村里有个叫狗蛋的小伙，性子急，脾气暴，力气也大。犁地时总爱跟牛过不去，歇斯底里骂牛不听话。牛也不示弱，喘着粗气拉上犁铧满地乱跑，好像不服气，专门跟他作对。他既费力又生气，终究没能把两头牛整服。其他人也就趁机停下来看热闹、抽烟、喝水，并大声叫喊："狗蛋，我要是你，就自己套上拉犁，把牛放了。"

挑衅的话无疑是火上浇油，狗蛋丢了面子，气急败坏，眼睛瞪得跟牛眼一般大，一边骂着脏话一边继续扶犁驯牛。

狗蛋扶着的犁是木制的，有两根木柄，木犁后端竖起的弯曲的木柄可作扶手用以掌握方向，前面的一根可拴绳牵引。犁铧尖原来是木制的，后来安装了用生铁铸的犁铧。这种犁，有的需用一匹马拉，有的需用两头牛拉。两头牛拉的就叫"二牛抬杠"。

"二牛抬杠"的历史很悠久。据史料记载，2000多年以前的西汉就有农具图谱，木犁可疏松土层，为播种打好基础。那时中国农民制造的木犁已经达到了相当高的水平。敦煌千佛洞北魏时期的洞窟中就绘有"二牛抬杠"犁耕的壁画，唐代史书中也有相关记载。其基本构造就是两头牛套一张犁，牛脖子上架一根有两个小弯的横木，巴里坤大河人叫它"档格子"。档格子搭在牛脖子上，中间用结实的绳子扣紧，叫"阳扣子"。借助"犁栓子"将木制犁辕挂在"阳扣子"上，人扶着犁头，赶着牛拉犁往前走。两头牛的头用绳子连起来，一头走在犁沟边上，一头走在犁沟里面，犁铧正好犁在犁沟上，就这样来来回回把地犁完。

能把牛使唤顺当，使之乖乖地在犁沟里走，不是一件容易的事。尤其调教生牛最费劲，没套过犁的牛不听话，拉着犁铧满地跑，有时真能把人气哭又气笑，哪像现代农业发展得如此迅猛的当下，一台1654型大马力拖拉机一个小时就能犁20亩左右，相当于一队牛10天的工作量？大型联合整地机更厉害，一次就完成平整、打磨、收地保墒全程。这个铁疙瘩铸就的庞然大物，是开天辟地的祖先们做梦也不会想到的神物啊。

那年月犁地，费时费力还有很多规矩要遵守，不是想在哪里开犁就在哪里开犁的。先从条田的低处划开第一道口子，这样能把地犁平，不然，还得人工上去平整高高低低的沟沟坎坎。

牛套上犁铧低着头，蹄子深深陷进泥土里，喘着粗气，一步一步使劲拉，到田地尽头，扶犁的人要提起犁铧走几步，重新开始下一个来回。秋收后，春播前，两头牛牵引着笨重的犁铧，把个平展的土地翻得沟壑纵横，草根暴露后也成飘零的枯枝。经过太阳暴晒，播种时节，土捏在手上都是松软的。土发了，日子却没有发起来……沉闷的阵势至今想起来，既是苦难年华，又是纯真岁月！如果人生路上心有踟蹰、郁闷、烦恼，有想不通、看不透的，不妨瞅它一眼，也许，天大的事会瞬间释然！

摆耧

躲在仓库角落的这个摆耧，对"80后""90后"的人而言，与其说是陌生，不如说是让人心生敬畏，偶尔一瞥，内心不免有凛然的感觉。它被时间抛弃了，被现代文明抛弃了，被农民抛弃了，却被历史记住了。

多年前，在大河万亩良田里来来回回播种的是农民的手，他们在一个盆子或篮子的两边拴上绳子挂在脖子上，一只手扶住装满籽种的盆或篮，举步维艰地边走边用另一只手撒，不会撒的人手脚移动不协调，姿势十分滑稽。

老龚回忆这段往事的时候，边比画边笑，他说，有时地点认不准就会重复撒播，不仅浪费种子，还会给除草带来不必要的麻烦。为避免这种情况的出现，就得有一个人跟在撒播种子的人后面插芨芨草或树枝做标记。这种耗时、费力的播种方式很原始、落后。

祖籍甘肃秦安的老李听说老家从南方购进一批先进的播种机，就趁过年探亲的机会，花费110元钱购买了一台，一路像伺候先人一样背着、抬着、拉着。从秦安出发辗转到兰州，又从兰州颠簸到了哈密巴里坤大河公社，春种时招来了一个生产队的人围观。

这是一个同时播种三行的三脚耧，两根木架上面是一个梯形小斗用于装种子，小斗下面有三个漏孔可均匀撒种，后面是一个扶手。这应该是现代播种机的始祖。据史料记载，早在战国时期就有了播种机械，到了汉武帝的时候，使用过一脚耧和二脚耧，那时叫"耧车"，巴里坤人称之为"摆耧"。一人在前面牵牛拉着摆耧，一人在后面手扶摆耧播种，一天就能播种一公顷（15亩）地。三脚耧是在二脚耧的基础上创新的，自从三脚摆耧在大田里勾勒出堪称完美的线条，它就完全替代了人工手撒播种。

心怀感念的人，会停下匆匆脚步，深情注目农耕文明的里程碑——摆耧，因为没有哪一种情愫能够承载它沧桑的重量。

它被搁置在一边，干涸的细胞里还有丝丝泥土气息，灰白的外表被风的鞭子和烈日的利剑不停地抽打、刺伤，留下赤裸的疤痕。原本木质的三只尖脚上被现代文明包裹了一层坚硬的铁皮，划过大地时更有力度，让人感觉到腐朽升华为一种神奇的苍凉和悲壮。

半个世纪以前，三脚摆耧在大河旧户西村被使用时，村民们讨论最热烈的话题是它，最热切期待的也是它。一群人追随着拉着摆耧慢腾腾行走的牛有一种满足感。人休息，摆耧不能停下，一家播完了再转到另一家。已经失去劳动能力的老人们双手交叉在袖筒里，坐在春天的暖阳下享受"盆地式"的阳光沐浴，刀刻似的皱纹舒展了不少。尝试着农耕史上的又一次革命，虽然还少不了人扶牛拉，但它颠覆了纯粹的人工劳作，逐步减轻了劳动强度，使一部分人们从繁重的劳动中解放出来做其他事情。

至今，三脚摆耧已经没有一丝生命气息，但它明晃晃的三只脚，像抽象派的三只眼，深邃地注视着变幻莫测的世界，把曾经的生命绝唱停留在亿万年的光阴里。它彻底忘了自己烟波浩渺的前生，不与任何人亲近，也不需要得到丝毫怜悯，甚至连一声叹息也不需要，因为它前世强大的壮美无与伦比，即便成了一具木乃伊，它依然厚重，依然冷峻，依然伟岸如山！

石头碌子

偶遇旧户西村的牛大叔，他与我聊起合作医疗的种种好处时，不知不觉说起了往事。牛大叔说，他虽然 70 多岁了，身体一向很好，就是有个头疼脑热，吃个感冒药就好了，因为他曾经是有名的石匠，一身的力气，谁都赶不上。

他说，他的爷爷和父亲都是石匠，自从能干活，他就随长辈们跟石头打交道，打磨最多的是石头碌子，因为这个工具差不多家家都得有。后来父辈都去世了，剩下他独撑门户。到实现机械化，他的手艺也就没了用处，他家到底从哪一辈开始做石匠的他也不知道。

石碌，也是人类发明的各种石器农具中的一种，南方人用来碾米，也叫"碾子"，延续到现代，个别地方仍然在使用。牛大叔说，要是有现成的石头坯子，用一两天的时间就能打磨好一副碌子。有的样子是圆柱形，有的是六棱，主要用来碾压麦子，有时候也用来碾压路基或其他活动场地。

石碌大小不一，大多数直径有 40 多厘米，长约 60 厘米。石碌要拉动转起来，两端中间凿一个深一点的小窝，分别安装上轴承，再配上木框子——土话叫"拨架"，有的人也叫"碿框"，这样，一副石头碿子就做成了。

秋天，小麦上了场，先是摊开暴晒一阵干透后，由马或者毛驴套上石头碿子，人站在场中间手拉缰绳，马或驴拉着石碿一圈又一圈轧麦子，一直碾轧两个多小时。干透了的麦穗在石碿的重力碾轧下，麦粒会破壳裸露出来。接下来用四股木杈抖麦秆，也就是把压在麦粒下面没被碾轧的麦秆翻出来，套上石碿子再轧一遍。然后起秆（巴里坤人读为"起 gai"），麦秆轧软后用车拉出去摞垛喂牲口，剩下的就是粮食，再等风来了把麦衣扬出去，一年的庄稼就收进仓了。豌豆也是这样收的。

打场没有石头碿子就没法把大面积的麦子收进仓，如果麦子很少，有些人就拿棒槌使劲敲打，这样费时费力，有的人把麦子摊在路上，靠过路的车辆碾轧，这样既危险还收不尽。

牛叔说很早以前，他父亲锻磨技术高，为人实在，手工费低，人家管饭也不讲究，主人家有什么吃什么，所以很多人请他到家里打石磨，也有请他打磨石碿的。出门时，牛叔的父亲就背一个黑布褡子，褡子里装着锤头、錾子、剁斧等锻磨工具。褡子很重，他得双手才能提起来，但他的父亲很轻松就背起来了。

打磨碿子首先要备料，材料要到大河北边的山里去找，他父亲在世时，走到哪儿他跟到哪儿。自从他父亲没了，他只得独当一面，和村里的人搭伙去找石坯子。包产到户后，村民都开始自谋生路，各干各的，他就把自家丫头当儿子用，早起套上牛车去山里找到合适的坯子，粗略加工一下，把牛车扬起来，慢慢把石坯子挪到车后架上再一点一点移到车中间。俗话说"有用的石头，谁也不嫌沉"，因为这样，再重也要拉回来打磨成石碿子卖钱。

那时，生活都很困难，有些人家没现钱，到了秋天可以按现行价格收些粮食，要是年成不好，也只有来年再说。也没有说打个白条、立个字据，这些所赊的账目，谁心里都有数，啥时候宽裕了啥时候给，谁也

不计较。

到了大年三十，父亲还要请人写对联，除了贴在门上，石头碢子上也是必须贴的。今年写个"石王降福"，明年就写个"五谷丰登"。青石上贴个红对联，看上去喜庆，日子过得红红火火，心里也像石头一样实在，感觉很满足。

再后来为图方便，有些人家做个木头模具，用混凝土浇筑碢子，也有的人用钢板焊接成六棱柱形的铁碢子。问牛大叔，村里有了收割机，石碢子也滚到一边去了，手艺荒废了，挣不上钱了，后悔不后悔。牛大叔一下笑起来，说："后悔啥呢，不用打磨碢子我也脱了孽，高兴还来不及呢，后悔咋呢？你看我的手，老茧都还在，人也干不动了，石碢子也该滚远了。谁想留个念想了，就放墙根里当凳子坐吧，老古董总算也有个交代。再过些年，恐怕就再也没有人知道石匠这个行当了。"

钐镰

自古以来，盛产牧草的巴里坤，每到 7 月底 8 月初就开始沸腾了。这个曾经让几人欢喜几人愁的季节，不仅挑战了男人们力量的极限，也彰显了一种丰收的生动场景，再回顾，难复制。

牧草长到初秋，人们就开始储备冬草料，因为巴里坤冬季时间长，储存草料是必须的。几十万亩草，从打、搂、捆、装到拉回去摞垛差不多要一个多月才能完成。目前，纯粹采用人工打草方式的已经不多了。

西户村的马大哥说，以前打草的那个阵势，现在不见了。想想也确实不得了。打草的时节，一个生产队的几百号人，家家户户收拾钐镰、砧子、蒌子，带上早就准备好的吃喝，套上驴、牛、马车，拉上铺盖，路上摆起"长蛇阵"，人喊马叫，往草湖走。

到了选定的地点，男人搭帐篷，挖锅灶、水井，女人和大一点的孩子搬锅碗瓢盆，小孩子到处捉蚂蚱、蜻蜓，炊烟升起，草湖似乎又变成了另一个新村庄。

收拾停当，男人们就开始排成一字形用钐镰上趟打草。

钐镰是打草的专用工具，据说是俄罗斯人发明的，他们国家草原广阔，在那个不发达的时代，为了打更多的草，他们应该是从小镰刀得到启发，发明了这种世界上最大的镰刀，这也是一种效率最高的手工割草工具。

马大哥说，好多年前，他老爹用的就是一把来自苏联的钐镰。钐镰把像铁锨把那么粗，长有2米左右，长把头前面装了一个看似白铁片一样薄薄的钢刀片，敲一敲，噌噌噌地响。刀片长有1米左右，最宽处有10多厘米，然后逐渐变细。刀片最宽处安装在把头上，与木把组成一个"7"字形，刀把上还有一个供右手持握的"A"字形的把手。

7月底8月初，草湖里到处可见五六人甚至十几个人一字排开打草。他老爹人高，力气大，技术好，是第一个上趟的人，抢开膀子从右到左，在草地上画弧开趟子。其余人跟在后面，以自己的双脚为"圆心"，手臂加上钐刀把的长度就是"半径"。腰腹力大的，半径会长点，打草占的趟就宽大一些。打下的青草很自然地在每人的左手边躺成齐刷刷的一排，晾晒一两天再用箞子搂成草垛，然后捆成捆子拉回来储存作冬饲草。力气小且技术不好的人，十几分钟就与之拉开了距离，干着急撵不上。

钐镰只适用于草原或面积较大的地方，如果地面窄小或不平，使用就不太方便了。打草时最怕碰到凸起的土包，用不了几下钐镰就老了。马大哥还说，小时候，他看到打草时他老爹和其他人一样，腰上都挂着一根绳子，绳子上连着一小块细磨刀石，趁休息的时间，磨一下刀锋。

钐镰不锋利，打草很费劲，用钝的钐镰不像镰刀用磨石磨，而是放在铁砧上，用小锤子在刀刃上轻轻地、密密地砸一遍，再用油磨石扶一下刀锋就好了。钐镰刀锋看着虽凹凸不平，却是锋利无比，被钐刀扫到、割破，伤口不容易愈合。

马大哥清楚地记得前几年，他承包了 200 多亩草场，由于打草劳动强度太大，家里劳力少，村里的年轻人都外出打工，每年他都要从另一个村雇人，或者请几个亲戚、朋友共十多个人来帮忙，需十几天才能打完草。后来，有了割草机，只用了半天的时间就收割完了 200 多亩牧草，钐镰别在房梁上就不用了，尽管现在还有个别人用它，但是终究有一天，它会完成使命，华丽谢幕。

斗和升

今天在不经意间，发现旧户西村一组的韩大哥家里夹竹桃种在一个简陋的斗里，叶子修长，片片精致，花儿如果知道自己根植在这样一个古董里，会不会惊愕得常开不败呢？

这样的器具，现在真的很少见。张大叔说很早以前，西户村里有个王姓会计，管理着七八百号村民的口粮，每到月初发放口粮时，一家一家用秤称，不仅需要两个劳力抬起来称，还要有人往里面装粮食，人多，拥挤，秩序乱。

做事细致的王会计，闲暇时间就指挥村里的木匠，按一升、两升和一斗、两斗大大小小做了七八个斗。分粮食的时候，再以人口计算好数量，装进这个木质量器里，又快又准，且不差分毫，村民都说王会计是个"铁算盘"。

王会计坐在一个 1.5 米宽、2 米长的木色大桌子前，一边记账，一边对前来领粮的人说："一升合三斤，一斗为十升，一斗盛粮食三十斤，一石为十斗，大家可要看好了……"

王会计说的"斗"和"升"是村民家里不可缺少的量器，它们都是由 5 块木板做成的，底小口大，呈四棱台形，侧面和底面用约三分厚的木板做成，四条棱用卯连接，丝丝入扣，结实耐用。斗面对沿装有木把提手，木方上表面和斗边沿齐平。当然，这样的做法可不是随意的，张大叔说，这器具的大小全国统一，大的叫斗，小的叫升。那时候巴里坤大多数人把升也叫斗，不区分开，但是数量都准确。

俗话说"海水不可斗量"，但农家每年秋收的粮食谷物都用斗量。缺粮户向富裕户借粮食也用斗量，升内装满了再往上堆，堆到止不住往下淌时叫"尖升"，装满时用手指或是筷子沿升口刮平的叫"平升"。

张大叔说，他父母都是江苏支边的外来户，小时候，家里的确很穷，到了六七月份就断了粮，吃了上顿没下顿，不得已就到邻居婶子家去借。

"婶子是个热心肠的爽快人，本来平日就隔三岔五给他们送一些苞米面、白菜、萝卜之类的贴补一下，一听我家借一升白面，赶紧装满送过来，并说不够了再来拿，我们一家都很感激。父亲说：'等新粮下来就给你还上。'婶婶说那么一点点还啥呢。母亲接上说：'那可不行，有借有还，再借不难。'"。

"到了新粮下来，母亲盛了尖尖一升面让我还给邻居婶子，婶子一见，连说：'哎呀呀，这是咋了，你们这样满满地还上来，我都成恶霸地主了，平平地借出去，尖尖地还上来，快快拿回去！'"

"我执意不肯，婶子只好收下，那时我的心里也是藏不住的喜悦，说实话，那种感觉跟送人礼物有同样的满足，从心底里也感谢善良、实在的双亲，是他们给了我生活的勇气和信心。"

其实，当时也有杆秤，不用的原因据老人们说，升和斗用起来比较公平，不像杆秤那样易被奸猾人耍弄，加上巴里坤少有稻谷，用斗和升不存在容量和重量的分歧，人多人少都可行，因此被村民普遍使用并推广到家家户户。

　　一个简约的器具，沐浴过秦汉阳光，经历过唐风宋雨，曾栖身于达官贵族之家，也亲热过草民百姓，可装尽天下粮食，却盛不完人间辛酸；现如今它已经被各种电子秤替代，成了真正的古董或时代的弃儿了。

芨芨筐

怀旧是每个人都躲不开的一种情愫，有些带着感情、带着温度的老用具，即使不再用了，但感情在，念想在，回忆还在，比如芨芨筐就是其中一个被怀念的对象。

巴里坤人都会记得芨芨筐曾经是农村最普通、最活跃的符号，它以经济实惠、质朴和轻巧，成为家家户户不可缺少的工具，只要一出门下地就提上，装草、粪块，装野菜，装小铲子、围巾、手套，还有晾晒萝卜、辣椒、馍馍，用处实在太多了。在那些漫长的生活、生产劳动岁月中，芨芨草编制的筐子，几乎成了农家的摇篮。

有些人家编制芨芨筐讲究工艺。西户村的马大叔说，编芨芨筐需用拔芨芨，就是把成熟、饱满的芨芨草连根拔下，晒干，剥净上面的一层叶，去掉毛茸茸的穗子，挑选光滑、笔挺、柔韧性强的，然后按照自己想要的大小开始精心编制。心灵手巧的人，一晚上就能编出来一个直径30—40厘米的筐子。再于筐子上安装一个同样精细的"∩"形柳条把手，一个地道、结实耐用、轻巧的筐子就做成了。个别爱美的媳妇还在上面染上喜欢的颜色，出门提，或是节日期间放礼品，都显得华丽、体面又实用。

村里的乡亲出门时筐子里装着茶水壶，还有镰刀或者小铁铲，回来时装满野菜、豆角、萝卜和洋芋，也可能还有其他的意外收获，如野兔、野鸭蛋，这一切总能够让家人在平淡无奇的岁月中感受到幸福和快乐。

尤其秋天，那时的全民意识是"颗粒归仓"，大人孩子全出动，在已经收割过的麦田里捡麦穗。每人一个芨芨筐筐，拾满麦穗，用脚踏瓷实，再拾满，提到晒场上，底朝上一扣，小山一样金黄的麦穗堆在场上，看着就喜悦。

萧条的冬天，亲朋好友串门子，就用精致的小筐提上自己蒸的花卷、烧的锅盔，或者一条大肉，或者热腾腾的冬至饭，瓷碗不好端，就把碗装进筐子里送过去。家家的筐子里都有装不完的邻里亲情。

就这样，千百年来，不用花钱就能随意使用的芨芨筐为人们的出行带来了许多的便利和好处，家里用的油盐酱醋、针头线脑、鞋帽、籽种、农药样样盛得下，现在几百元甚至千元以上的时尚包包也赶不上曾经被农家妇女青睐的筐筐。

芨芨筐是村里人时刻会用到的物件，是一个民间的生活符号，它盛装的是生活印迹。故乡依旧，但亲人容颜已老，根植在记忆深处那刻骨铭心的爱，会让我们在回忆中暂且忘记浮躁。

柳条笊篱

天蓝得清澈通透，周大姐早起后在院子里淘粮食。她坐在大水桶边，右手拿一把柳条笊篱，在铁桶的水面上边打旋，边捞粮食出来，扣在左手拿着的笊篱里控水。旁边摆两只芨芨编的大筐子，一筐子捞满了，就端起筐子把淘好的粮食倒在早已铺开的大塑料单子上，拿一个短齿木耙，把刚刚出水的粮食划成薄薄一层。

笊篱在这个过程中起着主导作用。周大姐说一把柳条笊篱有多种用处，有时在滚烫的锅里捞饺子、捞长面条，有时捞蔬菜。细心的人家能使用好几年，边子破了找块旧布，一针一线地缝一个新边，破了再补，什么时候散架了，就是一小堆硬柴，点着了火势还很旺。

笊篱是一种发源于中国汉族的传统器具，一般用竹篾、柳条、铅丝等编成。

我们可不要小看这个小小的用具，它在北魏、元朝、明朝都有清楚的记载，历史比较悠久，应该是漏勺的祖先。

还有史料说，相传唐代八仙中唯一的女仙何仙姑，常持一把竹笊篱，每日朝出暮归，上山采茶、采撷山果侍奉母亲。用笊篱采茶的主要原因可能是笊篱上有孔，茶叶不易腐烂。这也是人们在生活中摸索创造的结晶。

手工编织柳条笊篱前，需把柳条的表面剥得光滑、干净，在水里稍微泡一下。

之后，把泡软的柳条捆成一个小把。编织时，适当将柳条分开叉作为纬线，再取一些插到中间，当作经线。这样，经纬交错的柳条就逐步被编织在一起，一上一下翻转着编，要求编成一个瓢状。大约编到半圆状时就收边，边收紧后，把子上用铁丝扎紧，一个笊篱就制作完成了。

柳条编制的笊篱不耐用，经水一泡一晒，容易断裂，更主要的是柳条缝隙处容易滋生细菌，不卫生。后来在原有的基础上，发明了铁制的，再后来有了铝合金漏勺，还有精致的纱网过滤器，这些大概以古老的笊篱为参照物。那些给人们提供过无数方便，同样也承载着人们情感的柳条笊篱"寿终正寝"，把一个个轻巧、洁净的器具迎进人们日益丰富多彩的生活中。

辘轳

辘轳是中国古代民间的一大发明，首创人是谁历史上没有记载。它由两个支架、一个长轴、一个滚筒、一个摇把、一条井绳组成。

最初的摇把是天然的带弯的一根独木（后来是铁质的），把它镶嵌在一个圆形的滚筒上，滚筒的中间凿空穿过一根长轴，后边用两个支架将整个装置支起来在井口上。滚筒上再拴上长绳，长绳的长度根据辘轳和水面的距离而定。绳的下边拴上木桶，摇动辘轳就可以打水了。

比较而言，辘轳井的安全系数比蜗杆井高，为了干净，上面一般要盖上一个井盖。曾有一天，起得早的人去挑水，发现井盖没盖上，就怀疑是不是有问题，左看右看看不出来，因为井有点深。后来又陆续来了挑水的人，有经验的村民说拿个镜子往井里照一下，就能看见有没有东西。离得近的人跑回去拿了镜子来照，一照吓了一跳，真的发现了一只脚。胆大的人，马上踩着井边的石头下去，用井绳绑住那双脚，颤抖着出了井，吓得话都不会说了，蹲在一边直哆嗦。大家合力把那人拉上来，一看，还是本村的人。"唉……"村民直叹息，命没有了，井水也不能吃了，成了废井。

　　还有一个村，打完水的人忘了盖井盖，两个好奇的孩子趴在井沿上玩，结果两个都掉下去了。人们找不着孩子，却发现井边有吃剩的胡萝卜，下去一看，果真两个孩子都淹死了。

　　一个村本来井就少，废了一个，再打一个很不容易，原因有二：一个是地方选不好，会打出来白眼窝井（就是没有水的井）；一个是打井没经验，容易塌方。

　　井是村民们赖以生存的源泉，也有潜在的危险，悲剧时有发生，但更多的时候，井边是村妇们扯家常最集中的地方。夏天挑水的、洗衣服的、洗菜的、饮牲口的，聚在一起大声聊天，孩子们打闹，大人呵斥，还有小狗、小猪都来凑热闹，那种无拘无束的生活情景，再也看不见了，只有怀旧的叹息和回忆。

蜗杆井

　　"蜗杆井"是早些年巴里坤的土话，叫"杠杆井"可能更确切，因为提水的时候要把杠杆的前头按下去，或者说是"蜗"住按下去，这才叫成了"蜗杆井"。

　　"蜗杆井"早在 2000 多年前的春秋时代就已经很普遍了，那时叫"桔槔"，是一种利用杠杆原理取水的机械。它是在井边立一根直柱，上面悬一根杠杆，杠杆前端拴一截绳索，绳子末尾处连接带扣的铁钩子挂水桶，后端绑上石头或树墩。不打水的时候，后边的力矩大于前边的力矩，使它的前端翘起挺高。打水的时候，将挂水桶的绳索往下拽，到水面了轻轻晃动几下，荡开水面的漂浮物，水桶一打满水，又变成前边的力矩大于后边的力矩，这时往上提水，人花的力气就小于一桶水的重量，相当省力。

　　但是，"蜗杆井"后端的石块重了也有弊端。"大集体"时，村里有个七八岁的小姑娘，大热天去打水，因为石块重，她一下一下拽住蜗杆，好不容易打了半桶水上来，她想喝冰凉的水，嘴还没接近水桶，手稍微松了一下，水桶"忽"地升起，小姑娘被水桶一撞就掉入井里了。

因为是生产队上百户人家的公用井，所以井边经常有排队担水的人。当时就有人大喊"×××掉井里了！快救人！"胆子大，力气也大的人赶紧跑过来沿着石头砌成的圆形井筒下去，把只露出一点红衣服的小姑娘捞起来，上面的人把绳子放下去，拦腰捆住小姑娘，轻轻一提就到了井上。这时有村民快速拉过来一头牛，把命悬一线的小女孩搭在牛背上控水。十几分钟过去了，孩子没动静，大人们围在一起慌了手脚，闻讯赶来的孩子妈哭天喊地，场面乱成一片。大约半个小时后那孩子才哇哇吐水，在场的人总算松了一口气。

这个孩子是幸运的，还有好多人掉下去就再没有活过来。尤其是冬天，脚下的冰一滑，掉下去了，再捞出来，生命就结束了。

这种井人畜共饮，井边长年放一个五六米长的饮马槽，它是用一根圆木制成的，中间挖空，蓄满水饮马牛羊。冬天井口边沿结冰，不管是人还是畜，滑得站不住，有人就在井边铺垫上炉灰、炉渣、砂土防滑。井壁结了厚厚一层冰，水桶下不到水面去，力气大的男人就站在井口，用长长的钢钎把井壁结的冰一下一下削平，这样水桶才能宽松地进出。饮马槽里喝剩的水也结了冰，也得用钢钎清理，碎冰块被太阳一照，满地都闪闪亮。

因为是露天井，老鼠掉进去的事时有发生，麻雀在井壁缝隙里垫窝孵小麻雀的情况也有，所以水质容易被污染，还偏硬，烧开水后壶具内会留有很厚的水垢层，泛着淡黄的颜色。后来，它就被辘轳井和手压井无情地取代了。

墨斗

　　去冬、今春一场连一场的雪，西户村王木匠家的老屋终于没能抗得住压力，房顶居然从中间塌下来，所幸子女都在外打工，他们两口子住最东边的一间，并无大碍。

　　看着残局，耄耋之年的老人紧急招呼子女回来修缮老屋，邻居过来半开玩笑半认真地说："一辈子木匠当着呢，到头来还住了个塌塌房。"老王木匠无奈，苦笑着说："那时候生活不好，谁能想到现如今呢？不过，你们看，门框、窗框都是我亲手做的，还端端正正，手艺不错吧！"老王呵呵地笑着说起自己的拿手活，满满的自豪。

　　面对塌了正中一间的老屋，老王并没想象中的沮丧。他的儿女曾动员他去住政府新修的富民安居房，他舍不得老屋各种无法割舍的味道，情愿蜗居在几十年的老房子安度晚年。

　　说起当年的手艺，老王兴趣盎然，他说那时候，受经济条件限制，木料也紧缺，修房子精打细算，不浪费一点木料，能用的都要派上用场。

　　邻居说："你还能得不行，一截不成材的椽头子，只能当柴火烧，还能做个啥呢？"

将近80岁的老王一手背在后面，一手比画着说："你说对了，真还能做个楔子呢！""咋做呢，砍呢还是咋呢？咋想都不成呀！"年轻的邻居有点茫然。

老王木匠说："这你就不懂了，木匠有个神器，叫墨斗，有了它，想把木头锯成啥样就啥样。"

年轻邻居专注的神情鼓励了老王木匠，他拉开话匣子侃侃而谈，说："木匠除了刨子、锯子、凿子，剩下最主要的就是墨斗了。它是一种古老的画线、定位工具，距今有2000多年的历史了。小时候就见我爷爷用过这个东西。据我爷爷说，墨斗是手艺人的最爱，也就做出了各种不同造型的墨斗，从侧面看有的像鱼，有的像狮子，有的像飞马，样子多得说不过来，但是，万变不离其宗，再咋变，都少不了墨仓、线轮、墨线（包括线锥）、墨签四部分。"

老王认真地描述墨斗的样子，他试图进那间塌了的房子，把那个老古董找出来展示给邻居们看，被邻居们拦住了，却没能削弱他说墨斗的兴趣。他说墨斗的木轮被安装在靠近前面的部位，中间以一个弯曲的摇把为轴，木轮上缠绕一圈墨线，墨线一头藏在装有墨汁的棉花团里，经墨汁浸染，再由蘸斗后面的孔洞中伸出来，拉出的线头系在一根铁丝或者一根竹子做成的弯钩上。

在圆木或是方木上画线时，先向蘸斗中倒入一点点墨汁，然后用木尺量出需要画线的尺寸，标上记号，把弯钩挂在木料的一端固定，右手握住墨斗身子，沿事先画好的标记点拉引墨线到另一端，用大拇指卡住墨线出口，并下按墨线，使两端绷紧，然后在墨线中央用左手拇指与食指一起向上提线，接着全线一弹，木料就被印上了一条清晰的线。

墨斗的墨汁太淡的话，可以多提弹几次，直到看得清楚；如果墨汁浓，容易弄脏木料。画完线后，用右手旋转摇把，把墨线收回到木轮上就好了。

使用墨斗弹线时，墨线可不能绷得松一下紧一下，墨线松紧不合适会造成弹线不直，影响木料加工，弄不好就报废了好材料。

老王木匠还说，那些年，跟着他爷爷学手艺，经常被他爷爷考到头晕，至今还清楚地记得他爷爷教的一个关于墨斗的谜语："我有一间房，半间租与转轮王，要是射出一条线，天下邪魔不敢挡。"

怀旧的老王，说起那年那月的那些往事，似乎忘记了眼前破败的老屋，也忘记了远去的墨斗再也画不出今天的线条……

砣砣

  很早以前，冬季的巴里坤最闲不住的就是女人，人口多的家庭要计划做一年的鞋。村民凤梅说，她家 6 口人，每人两双都得 12 双，算是少的，邻居家的杨嫂一冬天要做 36 双鞋。

  做鞋要打麻绳纳底、绱鞋。把一堆乱麻梳理成一根麻绳，很不容易，为了赶速度，凤梅说她妈妈坐在炕沿上用"砣砣"打麻绳腿都搓疼了，坐低了还施展不开手脚。

  砣砣就是一根三四十厘米长、比筷子稍微粗一点的铁棍。细的一头有个小弯钩，粗的一头磨光，碗底大的一个铁砣穿在中间。

  用的时候把麻纰缠在砣砣上，左手向上提住麻纰，右手把砣砣靠着大腿向下一搓，麻纰随砣砣转动就捻成了细细的单股绳坯。绳坯长了就缠绕在铁砣上面，捻够一定的长度后，再把两股合成一根，然后用湿布捏紧捋一边绕成团，这样一来，纳起鞋底来顺滑，不会发涩。

  有的地方叫这种工具为"搓搓"，巴里坤女人把它叫"砣砣"。

  凤梅的丈夫小文是个见多识广的生意人，他说小时候他妈妈打麻绳，他爸爸就坐在火炉旁边讲故事，关于"砣砣"的来历有这么个传说：

从前彝族有个土司无恶不作，变着花样欺负老百姓，每次来都要让村里人宰鸡备酒。乡亲们恨之入骨又无奈。

渐渐长大的沙则是个聪明的小伙，他见土司来了就故意穿了一身烂衣服，还沾满了污泥，假装热情地去搀扶土司，土司慌忙说："不用，不用。"

沙则乘机对村民们大声说："听见老爷说了吗？不用，不用，什么都不用准备了。"

为了报复沙则，土司让下人把沙则带到庄园做苦力，不让他回家。晚上，沙则就自己做了一个木头砣砣，借助月光把捡来的乱七八糟的布条、麻纸不停地打绳子。

土司看不懂沙则的意思，就问："你搓那么多绳子干啥？"沙则笑嘻嘻地说："我们住的地方山高水冷，人穷地瘦，又是茅草棚，你这庄园结实好看，画龙雕凤的，我想背回去让村里老小都看看。"

土司一听不得了，知道惹不起，赶紧放了沙则。

小文说，也不知是他爸爸编故事解闷，还是真有这个传说，无法考证。据说，从那以后，用砣砣搓麻绳就流传下来了，并且木质的砣砣演变成了铁质的。

袜板子

　　说起袜板子（有的地方叫"袜楦子"），不得不先说袜子，没袜子哪里来的袜板子。这个问题没有"先有鸡还是先有蛋"这个命题复杂。

　　人类穿袜子的历史由来已久，据不完全考证，在中国最早可以追溯到黄帝时代，在我们今天所穿的袜子之前，人们用的一直是广义上的护腿装束。古埃及时期，已有那种皮革束腿带和用麻或毛纺织物缝制的类似于袜子的装束，但它不是为女士准备的，那时，仅仅是为了打仗时便于行走且保暖，所以，袜子是男人们的专利。

　　西户村 80 多岁的王奶奶告诉我，我们的祖先最早所穿的袜子是手工做的布袜子。她还年轻的时候就跟自己的妈妈学会了用手工缝制袜子。袜子的制作过程很复杂，先要把脚踩在一片布上画好样子，再用两三层布分别做好袜底子和袜腰子，然后，把袜底子铺好，放上袜板子，再把袜腰子套上去，比画合适，用大针脚固定住，然后再用小针密密地缝起来。外出放羊、打柴、拉煤，穿上布袜子，再套上毡筒，穿起来笨重，但暖和、耐穿。

　　王奶奶说，袜板子也是村里的能工巧匠做的，不细心的人就算做出来也不能用，不是肥了就是瘦了，要么就是不光滑，套起来容易刮坏袜腰子。

大多是用榆木做成鞋底样，脚后跟有一块木头竖着，脚面用一根细细的木条，把鞋底、后跟连接成一个直角三角形。这样用起来就比较顺手了。那时候，好多人家都有大小不一样的两三双袜板子，用来给大人、孩子做袜子。

后来有了"洋袜子"，也就是线袜或者丝袜，穿上舒适、好看，但经不住干农活的男人们脚上的劲儿，三五天袜底就磨烂了。

王奶奶说他们家有个远房亲戚是当兵的，每年探家回来时都要带上好几双袜底子已磨出窟窿的线袜子，送给王奶奶补一下让家里人穿。

用现在的眼光看，大老远带来烂袜子送人感觉很可笑，但当时确实很珍贵，因为买不起，当然不舍得扔。王奶奶赶紧把袜板子拿来，袜子往上一套，剪去烂的部分，重新缝上一个结实的袜底。穿上鞋，表面一看，就是个新"洋袜子"，穿上走起路来好像脚下生风，美观、舒服还长了面子。真正的新"洋袜子"那么贵，谁舍得买啊？旧袜子通过袜板子被翻新，哪个穿上不高兴呢？

能买起袜子的人，为了使袜子穿得更长久一点，还要给袜子"动手术"呢。王奶奶说："啥叫'动手术'知道吗？就是新买的'洋袜子'先不穿，把底从中间剪开，套在袜板子上，缝上厚一点的底子，还要绣上各种花，前面加上一个布包头，后面再加上一个布后跟。底子、包头和后跟都是用双层布细针密线纳起来的。这样一来，'洋袜子'跟老式的布袜子一样皮实耐穿，从外面看，还是跟线袜子一样美观、洋气。"

旧袜子、新袜子都离不开袜板子，王奶奶说，村民们把专门做袜板子的人叫作"砍楦头的"，而不是叫作"木匠"。现在，男男女女各种短袜、长筒袜、丝袜、线袜差不多都是"星期袜"，稍微一烂就扔了，谁还做布袜子呢？袜板子也就成了废物，能流传下来的也就是有故事的纪念物了。

土块模子

岁月匆匆，再回首，有些厚重的思念在暗夜里渐渐凝结成永恒。

一如家乡的老屋，太多的苦涩和无奈深植入骨，不思量，自难忘。

那时候，村里大多数人家——老屋的院子里春天能渗出水，人走在上面有晃动感，冬天地面裂开了口子，门口冻得鼓起来，门关不上，墙壁四面透风，屋顶上的麦草、白杨椽子已腐朽。

有一年大河西户村的老唐上自家房顶扫春雪，没提防断了一根椽子，人差点从空隙中掉下去，幸好两条胳膊搭在了两边，人悬空吊着，家人帮忙才躲过一难。

老唐心有余悸，计划春种完就开始选宅基地，盖新房。

其实，他家很早以前的房子和院墙都是打土墙，就是用两块木板按照墙的宽度固定，然后在木板之间不断填土，夯实，一截打好了将板子卸下来顺着墙头再往上续。

老唐对那些趾高气扬、目中无人的人，总是拿"打墙的板，上下翻"作为有力武器回应对方。

倔强、耿直的老唐执意要个儿子，无奈生了招弟、领弟、换弟等

"四朵金花"。日子过成了麻绳蘸水——越来越紧。人口多，劳力少，打击得他早没了斗志。正发愁怎么能够拓一栋房子土块的时候，村里来了两个身强力壮的小伙子以专门替人家拓土块为生，条件是一个土块一毛钱，管吃住就行。两方一商量达成交易。

盖房子的主要原料就是土块。土块与红砖相比廉价，拓土块没有技术含量，除了花费力气，还是比较容易的。

当时盖房子也没有现在这样严格的规划，随地取土，根据自己的财力随意设计房子也无人过问。他家住在村里的最西边，就地取材顺理成章。

他简单收拾了一间破败的老屋，土炕的一边堆放麻袋等杂物，一边腾出来铺上一条毛毡让两个小伙住下。晚上到邻居家找了两个连三模子。连三模子就是三个15厘米宽、8厘米厚、28厘米长的小木框连在一起。连二模子就是两个同样的木框。

第二天一早拌汤糊糊做的早餐吃完了后，他就指挥两个小伙子甩开膀子开始泡泥。

因水位上涨，老唐家旁边蜗杆井里的水正旺，5立方米左右的土堆成一个小坝，不到半天时间就在坝里灌满了水。

等水完全渗透土堆，开始把土和水搅拌均匀移到另一边（叫"出泥"）。出一遍泥后，土块毛糙容易变形。老唐是个细致的庄稼人，拓个土块也要有板有眼。他让小伙子们出两遍泥。出一遍就够呛了，再来第二遍，这一下就把小伙子们挟住了，二人两眼失神，瘫坐在地上不吭气。

老唐说："来，看我的！"随即挽起裤腿，光脚在泥堆边一站，一锨一锨把泥从右边铲上送到左边，两脚稳稳站住，只见腰身、胳膊有节奏地扭动，气不喘，脸不红。铁锨不粘一点泥，明晃晃地闪。

两小伙看呆了，精神也来了。老唐说，铁锨上蘸一点水，轻巧不费力。

泥和好就拓土块。老唐说模子要用细沙涮一下，那样不粘泥。小伙子们照办。把泥装进连三模子，要用脚踏严实。那两人嫌麻烦，只用铁锨铲平，端起来到平整好的场地上扣下，把模子再翻起来一看，有的缺角，有的中间塌陷。老唐点上一支烟，自言自语："娃娃不听老人言，吃亏在眼前，那几个烂泥巴不算钱。"

俩小伙相互对望翻白眼，只好乖乖重新用光脚把模子的四角踩实，拓出来的土块四四方方，整整齐齐。乏力的男人坐在土堆上，边抽烟半端详自己的杰作，眼中是满满的复杂。

村民有句话叫"女人怕面疙瘩，男人怕泥疙瘩"，泥水活在百年村庄里是男人们无法摆脱的重苦力。

俩小伙因在老唐家拓的土块质量好而名声远扬，成了当时拓土块的红人，家家邀请，价格也上涨了一毛钱。老唐说："平地上起个堆，容易吗？小伙子的技术还是我教的！"话里话外是自豪。

个别请不起雇工的女汉子，实在看不下去男人累得精疲力竭，也加入其中。于是，坚毅负重的男人、温婉朴实的女人，伴随着初春的一抹浅红、盛夏的一树葱茏，扛着铁锨走过炊烟升腾的家园。

砂罐

多年前，村里缺医少药，有个小病小灾都不去医院，差不多都是自家用砂罐熬一点中草药治疗，汤汤水水几服药就把许多疑难杂症给解决了，说来也真是神奇。

至于选择草药，那更是村里个别能人的"拿手菜"，他们认得各种或叶、或根、或茎、或花、或果、或昆虫的神奇动、植物，手脚勤快的人家夏天在田间地头采摘后挂在屋檐下晾晒，如果村里谁家需要，不论草药还是砂罐，说一声就拿去用，不必说借。

西户村的陈奶奶说，为啥不能说"借"，因为有"借"就有"还"，有个只可意会，不可言传的意思就是借熬药的砂罐和草药，暗示着把"病"借了去，自然，谁家也不愿意把借出去的"病"再让"还"回来，所以，久而久之，在村民中形成的潜规则就是谁用就拿了去，不说"借"也不说"还"。

熬中药的砂罐其实是远古的能工巧匠们选用质细、柔软、无杂质、耐火强的坩子土和炉灰、白土作原料烧制而成的。坩子土又叫"碱子土"，也是制作陶瓷器皿用的黏土原料。工序是先将坩子土粉碎过筛，然后把炉碴灰拣尽杂质，筛出细灰和上白土，以三比一的比例加上坩子土碾成细粉并过细筛，然后加适量水糅合成泥，手工制作成上下两半截的罐坯，衔接时粘贴上单耳或者双耳把手。造型极其简单、粗陋，约30厘米高，直径15厘米左右，中间微微隆起，不加任何修饰。

事实上，砂罐就是陶瓷的一个分支，人们在长期的使用过程中发现它具有耐高温、韧性好、不炸不裂等特点，熬出的肉汤、米汤原汁原味，醇香可口，尤其是用砂罐煎熬的中药汤剂，药性不变，是其他任何金属器皿无法比的，因此，那时候经济条件较好的村民总会买上一个砂罐，当然不是家家都有。

砂罐外表本来就粗糙、简陋，经过天长日久的烟熏火燎，更加黑乎乎的，但它很受人们的喜爱，用手指敲起来声音比较清脆，如果不用，主人会随随便便把它放在案板下面或者墙旮旯里，不小心打破了，也不可惜，按陈奶奶的说法就是"破罐破摔，祛病消灾"。条件不宽裕的人家还认为是个好事，暗暗高兴，因为砂罐破了，不用熬药，百病也跟着消除了，还希望再不要把它记起来。

多年后，这个与炊烟相连、与村民的欢欣和忧伤相连的砂罐，在弥漫着的浓浓的肉香味或者草木味中已经成了村民们遥远的记忆，再也寻觅不到它当年其貌不扬的影子了……

皮服

邻居大哥家收藏着一件宝贝，就要住楼房了，这件宝贝的去留成了一家人的话题，没个合适的存放点，放在楼房里，那种浓浓的羊膻味挥之不去，扔了又不舍得，因为它上面残存着老祖宗的指纹、体味和关于亲情的种种念想。

这件宝贝是他爷爷当年引以为荣的老羊皮袄。大哥说那时候农村都是老土渠，渗漏严重，浇水 24 小时不离人。晚上夜凉，本来就没几件衣服可穿。老人说"身上无衣怨天寒"，有一件皮袄就是富有的象征。秋天打场，早晚披在身上或休息时铺在地上，隔风又隔寒。

关于皮袄，村民老李说有一句顺口溜："白天穿，黑夜盖，到下雨时毛朝外。"意思是说巴里坤的寒冷出了名，白天穿上皮袄，风像刀子一样凌厉也奈何不了它，晚上如果铺一张皮褥子，然后在厚被子上压一件皮袄，一丝寒凉不见，美梦能做到大天亮。春秋如遇小雨或突发骤雨，柔软的皮子淋上雨就会变得僵硬，还容易皲裂，有经验的人就反穿皮袄。把丝丝缕缕的毛翻在外边，多大的雨都可以抵挡。因为雨滴挂在毛尖上，一抖就掉下来，进不了绒毛当然更不会渗到皮板子上，不怕风雨，不怕严寒，自然是爷爷那个时代的宝贝。

老李还说，做皮衣的工序一是熟皮子，二是缝制皮衣。做一件皮袄，一张羊皮可不够，需要攒上四五张。再请皮匠把硬邦邦的干羊皮用一种"硝水"浸泡十多天，这叫"熟皮子"。捞出来挂在高处拉展，再用特制的刀具把皮面刮到柔软的程度，这叫"铲皮子"。皮子熟好，铲净了，再在其中选择上等皮子裁剪前襟、后背、袖子、衣领等部位，一针一线密密地缝成衣。皮衣缝好了，皮子的白面是"面子"，有羊毛的一面叫"里子"。

新皮袄的面子巴里坤人叫"白皮茬子"。穿一段时间就会渗出油，灰尘落上慢慢变成黑亮且油乎乎的一片，油出得越多证明皮子材质越好，也更保暖，但那种刺鼻的膻味不习惯的人绝对受不了，穿上也不好看，新时白花花，旧时黑黝黝。经常在外且备受皮袄眷顾的人却对它有特殊的感情，可以说，暖暖的有膻味的皮袄对衣不遮体的先祖们来说是一种安慰、一种踏实。

再后来，条件稍有改善的人家，在白皮子上面套一层黑条绒或者蓝华达呢面子，这样就比纯粹的皮子上了一个档次，因此，这种穿法备受青睐。一家子有一件这样带面子的皮袄，谁出门谁穿，看起来相当于现在的时尚达人，自信满满，幸福满满。

如今，皮衣、皮裤及各种高大上的皮用具仍然是流行的高档消费品，只是做工精细考究，色彩独特，款式新颖，与以前的白皮茬子不可同日而语。当然，价格昂贵，低收入者还是会"望衣兴叹"。

靰鞡鞋、靰鞡草

　　和同事一块儿到东头渠村入户，因主人不在，就到后院去找。一间开着门的小库房，有说话的声音，同事探着身子往有点暗的房子里面看，没想到人家说，这里面都是乱七八糟的东西，脏得很，快走到前头的屋里去。

　　同事眼尖，看到一个挂在墙上的物件，就问大叔："这是啥东西啊？"大叔一看，呵呵笑着说："这个叫'靰鞡鞋'。我爷爷在世时就见他穿过，我都70多了，可有上百年历史了。现在三四十岁的人都没有印象。"

　　这样的靰鞡鞋，我在博物馆里看到过，只是没有多想，今天在郜大叔家里看到，听他说起遥远的旧事，还是第一次。

　　大叔说，他小的时候，村里岁数大的前辈们到西山拉煤、放羊都穿这个。那时，除了毡筒就是靰鞡鞋。

　　我们就问，为什么叫"靰鞡鞋"呢？大叔说，早年的老人说这种鞋都是用牛皮、马皮和猪皮制作的，牛身上有一个部位土话叫"靰鞡"，用这个部位的皮做成的鞋子结实耐磨，因此而得名。也有另一种说法：北方的满族先民发明、制造出的鞋子，满语发音叫"靰鞡"，后来在北方极寒之地很流行，就根据满语的发音流传了下来。

不过，这种鞋经久不衰的另一个原因就是和它相配着穿的是一种草，叫"靰鞡草"。靰鞡草是啥草知道吗？就是我们说的羊胡子草。原来在北山里戈壁上都长着这种草，割回来要用木榔头捶，经反复捶砸使之柔软，然后絮在靰鞡鞋里，既温暖又舒服，人们也就跟着鞋的名字把羊胡子草叫成了"靰鞡草"。

看着这双靰鞡鞋，我们猜想是怎么做出来的。大叔说同样的问题他也问过他爷爷。他爷爷说，靰鞡鞋是用熟好的牛皮手工制作的，一般做靰鞡都有靰鞡楦子（也叫"楦头"，多用木头做成，是做鞋的模具），把熟软、泡好的牛皮包在楦头上，再用小钉子把牛皮围着钉在楦子上。鞋的前尖要捏出好多的褶，多的有 10 个，少的有 8 个，用线把这些褶子穿紧，表面上看就像一朵盛开的花儿。靰鞡的帮上还要留几个眼，便于穿绳子，一般系鞋的绳子也是熟软的牛皮绳。

郜大叔说，这样的靰鞡鞋要比正常的鞋大，因为脚上要裹上厚厚的一层麻布才能穿。这个麻布老年人都叫它"裹腿"，相当于现在的厚袜子，裹腿裹好了，还要在鞋里垫一层靰鞡草，捆绑结实，就可以走南闯北了。小时候还听过一个谜语说"老头老头你别笑，破个闷儿你不知道，什么解下它不走，绳子一绑它就跑"，说的就是靰鞡鞋。

开朗、健谈的大叔心情好，口才也好，把我们略知一二的常识讲得头头是道，他边指着挂在墙上那双一个世纪前的鞋和裹腿，一边讲述，好像自己亲历过一样。

他还说靰鞡鞋的楦头也有大小码，按尺寸做好后，等干了定型取下来，就像个小船。当年他看到过他爷爷穿着这个出远门，样子特别难看，走起来还"咔咔咔"直响，可是他爷爷觉得很威风啊，就像自己第一次穿亮锃锃的皮鞋那么高兴。

事实上，现在想一想，那时候要有一双靰鞡鞋也是富有的，因为这

个做工复杂，穿之前还要在鞋底上钉一对大铁钉，增加耐磨性。更主要的是轧鞴鞋不按大小码卖，而是按斤两算，牛皮厚的鞋重，就贵，轻的则花钱少，但是不耐磨，所以，那时经济条件差的人穿不起轧鞴鞋。

听了郜大叔的一段往事追溯，感觉家乡巴里坤的牛马和戈壁、草原、荒滩上生长着的羊胡子草平凡得不能再平凡，但它们都是有灵性的，那些纤细的草，被捶打得如丝、如缕、如絮般柔、韧、轻、暖，供百年前同样平凡的父辈们御寒，一种亲切、朴实的感受在心底延伸⋯⋯

毡筒

西域"三绝"，其中一绝就是指巴里坤的"冷"。因为冷得实在无情，老祖宗们发明了许多奇特而保暖的服饰，毡筒就是其中一例。

毡筒也叫"毡靴"，主要是用羊毛、骆驼毛、牦牛毛等经过清洗、加热、挤压等手法人工制作而成，是我国北方寒冷地区的特色产物。究竟起源于何地何人，无从考证。总之，能流传下来，就是因为它保暖、有弹性，还不返潮，是抵御寒冷的好东西。

大河镇干渠村的郜大叔家里收藏着一双毡筒，他说他爷爷活到90多岁，也搞不清楚毡筒是谁做的，因为他爷爷见到的也是成品，至今看起来还保持着原样，基本没有变形。

郜大叔说他小时候就听父亲说，他们那一代人要到很远的西山放羊、打柴、拉煤。那时生活条件差，没有太多衣服可穿，天气又冷得要命。坐在大轱辘牛车上，风吹在脸上像刀子割的一样疼，身上一点点热气很快就被刮走了。谁家要是有个皮袄、皮裤裹住身子，脚上再配上暖和的毡筒，那就会把人给眼热死。

有一年，村里组织上北山去拉羊粪，村里有个外地来的小青年，穿得单薄，村民都劝他穿上老羊皮袄，穿上毡筒，他嫌有羊膻味，也嫌笨重，就不听劝。

但天公可不讲情面，管你是谁，温度照样下降到零下 30 多度。小青年终于忍受不住，只好向巴里坤的严寒投降了。他裹着皮袄，穿上毡筒，爬不上去车，就先把皮袄、毡筒扔在车上，上车后再穿。下车也是一个笨，脚踩在地上站不稳，连滚带爬摔在地上，惹得大家哈哈大笑，好在皮袄厚，也不碍事。

再后来，小青年可能慢慢适应了这样的打扮，一个冬天也没看他脱过，腰里还系了一根草绳，纯粹一个地道的巴里坤老农民的样子。

毡筒就是要和皮袄搭配，郜大叔说，这样看起来顺眼，不管跑多远的路，全身都是暖和的。

毡筒也和现在的许多商品一样，有质量好坏之分。质量好的，就是制作技术过硬，不但保暖，还能当胶靴使用，结实又不透水；质量一般的就没有这些功能，穿个两三年就磨烂淘汰了。

质量好的毡筒一般人都买不起，郜大叔提起毡筒，一边端详，一边念叨："按说，我家祖宗留下的毡筒质量还是过硬的，现在也不知道是气候变暖了，还是衣服种类多了的缘故，穿那么轻巧的皮鞋、皮靴就能过冬，各种保暖鞋、旅游鞋，花样多得都看不过来，毡筒也就没了用场，成了我家的古董。"

杈

听村民讲春耕、夏管、秋收的过程，感觉农具才是农民最好的伙伴，哪个季节用哪个工具，分工明确。比如收割粮食镰刀上场；收完捆成捆子，铁杈就派上了用场；打场抖秸秆，木杈就是帮手。村民都说"人快不如家具快"，说的就是这个道理。虽然在众多的大型农具中，铁杈、木杈不是主角，充其量也就是个跑龙套的，但少了它们还真的不行。

旧户西村的杨大叔在讲关于杈的故事时，就像大河源头的水，汩汩往外冒。他说，杈是个不惹人注意的好家伙，战争时期当兵器，太平年代成了农具。它还没有成为工具之前，就长在树上，结实成材后会被聪慧的农民从树上截下来。经过削皮、打磨，就可以用了。从形制上分，有两股杈、三股杈、四股杈；从材制上分，有铁杈和木杈。铁杈是铁匠做的铁齿，安上木把，就成了"以木为干，以铁为首"的铁杈。

杨大叔说木杈用起来轻盈、顺手，打场、晒柴草用得比较多。耐用的木杈差不多都是用桑树做的，但自古以来，巴里坤的气候不适合种植桑树，红柳条却是不可多得的免费材料。

准备做木杈时，首先要到戈壁或者山里找到合适的红柳条，回来煨一堆羊粪，把红柳条放进羊粪火里不断反转熏烤使其变得柔韧，然后弯制成需要的样子。削齿、定型、曝晒后安装在一块长35厘米至45厘米、宽10厘米至15厘米、厚8厘米至10厘米的杈头上，想做几股就几股，于杈头另一端再安上2米左右的木柄，一个经过砍、截、烘、烤的木杈就诞生了。

当然，不论木杈还是铁杈，其齿子都要经修饰打磨成一样长的，它的制作讲究一个平衡。可以说，"杈"是农民们智慧创意的产物。

生产队的打麦场，被马拉的石磙子砸得光溜溜贼亮，手摸上一把都没灰尘，妇女、老人见麦子卸在场上，拿起木杈就摊场，摊成一个直径10多米的圆，套上马拉的石磙子开始碾压。一遍过后，拿起木杈将麦秆抖蓬松，再压第二遍，何时碾压到麦秆上没了麦粒，何时才能让马歇一歇。马一歇，场上的人就排成一行，用四股木杈轻轻挑起秸秆，收拢到一边装车后，拉到不妨碍打场、扬场的地方码垛。到此，用木杈的农事算是结束了。

70多岁的杨大叔也是个开朗的人，他说他的父辈都是种庄稼的好把式，会做各种农具，做工也特别细致，场上木杈能做到的抖、挑、翻、摊、端麦草等活计，铁杈也能做到。为啥不用铁杈呢，这也是有学问的，就是铁杈的齿子太锋利，一不小心会把光滑的场毁坏，使沙土掺进粮食。更主要的是，铁杈又重又笨，和泥抹墙用铁杈省劲，但不适合在打场这个劳动量大的场合使用。后来也有人发明了空心铁杈，但容易断，还生锈，便很少用。

说到这里，杨大叔忽然呵呵地笑了，他好像在自言自语，在咱们这里干个拾漏捡缺的活儿时会用到木杈，西方的外国人却把它们当成餐具用，地位高得很啊，你们说人是不是很奇怪啊！

大叔慢悠悠地一说，把我们惹得笑弯了腰。细细一想，这个世界确实奇妙，有许多不可思议之事，有许多未知，也有许多想忘也忘不掉的典故，许多东西一边进化着，一边淘汰着，一边消逝着，一边保留着，推陈出新，永无止境，生生不息……

木锨

伟人曾说过："农村是一个广阔的天地，在那里可以大有作为。"这里先不说别的作为，单说大大小小的农具发明，也许哪个行业的能人都抵不过农人。他们围绕一片土地，所作所为远远超过了自身的能力，不仅创造了世界。也推动了世界的发展。他们发明的农具十分有特点，就一个"锨"，如果细细研究，其中包含的学问，真的很大。

"锨"与"锨"有异曲同工之妙，都是掘土和铲东西的工具。"锨"在古代被称为"锸"，又分为木锨和铁锨。字典上对铁锨的解释是：用熟铁或钢打成长方形片状，一端安有长的木把儿，主要用来铲沙、掘土等。木锨，顾名思义，当然是用木头做成的，形似铁锨，但分量要轻得多，在用途上有明显的区别。

商户村的李大叔是村里的文化人，他说，木锨主要是用来扬场，离开场院，木锨就没了用武之地。有些地方也叫它"扬锨"。

"我也会做，"李大叔双手比画着说，"就是把一块木板截成长约50厘米的梯形，前面厚一些，有7厘米至8厘米就够了，后面薄一点，3厘米左右就好。厚的一端为木锨头，头上留一个楔子口，用来安装木

把。木锨把总长约 1.5 米，木把用木钉或木工胶水固定就可用。"

李大叔说得头头是道，原因是多年前，他曾是村小学的民办教师，同时也是种庄稼的能手。因为那个时代民办教师工资不够维持家用，业余时间就种地。他说记忆中的生产队打场，与现在康拜因（联合收割机）风卷残云式的秋收相比，真是浩浩荡荡、轰轰烈烈。那时，小山一样的麦垛码满了半个场院，站在又高又大的麦垛上，似能扯下一片天上的云彩。摊开的麦子有十多匹马拉着碌子在上面碾压。男女老少整天在场上"丢哈笆，拿扫帚"。麦垛边上有斜靠着聊天的老人、玩耍的孩子。那时候，好像除了匆匆吃饭以外，所有的时间都消磨在场上。

"碾压好的麦子和麦衣攒成堆，木锨开始忙了，风一来，我的父亲和大伯就坐不住了，他们都是扬场的能家，试好风向，戴好草帽或者头巾，分别在麦衣堆两边站好，你一锨我一锨有节奏地把混杂着草末、土、沙的麦粒甩向空中并呈弧形散开。借着风力，麦子与纠缠在一起的各种杂质彻底分离，麦衣等杂质像雾一样飘飞到下风向处，麦粒垂直落到两人的中间。大伯母就站在中间，拿一把长长的芨芨草做成的大扫帚打掠扫。"

"打掠扫知道吗？就是迎着落下的麦子，一左一右不停地挥动扫帚，轻轻掠去没碾压碎的麦草节，最后留下干干净净的麦粒。我大伯母和母亲都是行家，她累了，我母亲就上来，和她轮流着清扫，这个也是技术活，不会干的人会把麦粒扫到两边去。"

现在，那种原始的打场、扬场已经被轰隆隆驶进麦田的联合收割机取代，一转眼的工夫，麦粒就从机器的一边滚进了袋子，木锨，只得束之高阁。偶尔遇到轻薄的冬雪，木锨可被当作经济实用的铲雪工具，与祖先的初衷背道而驰，这也是历史的抉择，谁也挡不住……

木车

老邢一边看电视，一边感慨，说现在交通便利得叫人都不敢相信，早上哈密瓜还长在地里，晚上就到了北京人家的饭桌上。要是在旧社会，拉骆驼、赶牛车少说也得一个月的路程，日夜行走，把人和牲口都累个贼死。那个木轱辘大车，一走一咯噔，慢腾腾的，能急死个人。不过，我爷爷说了，"走路不要算，跟上车轱辘转"。

老邢的自言自语把周围的人都惹笑了，说都啥年代了，你还记得老皇历。老邢认真地说，老皇历可不能忘啊，没有老以前的木车当祖先，哪里有现在的火车、飞机，还有各种各样的轿车、货车呢？我小的时候，好像还不到 10 岁吧，个子还没有生产队的木车轱辘高，想坐个牛车，还爬不上去。牛车一走，双手拽着车的后辕翼子（指车辕条后面凸出的那一段）过个坐车瘾。

一阵笑声过后，70 岁过一点的老邢接着讲他的老故事。他说，记得那个大车全是木头做的，轮子的直径多是 1.5 米，也有的是 2 米。轮子一圈都镶着厚厚的铸铁，走路带响声，咯噔咯噔，后来才知道那个声音就是轱辘砸在地上发出的。那个笨轱辘大车我们叫它"铁脚大车"，也叫它"铁瓦车"。车轱辘不管走到哪里都会砸出深深的印子，就是人们说的"前有车，后有辙"。哪像现在，质量好的柏油路上，再硬的轱辘也留不下痕迹。

那时候我们家房后面有一条土路，路两边是深40厘米至50厘米的车辙，中间是牛蹄印。有时牛不听话想拐个弯不容易，要想把车轱辘从车辙里挪出来太费劲，但它一般都很听话地拉车。长途运输都要用大木车，手推独木轮车、骡车、皮车（马车）等差不多都用于短途。

听我的爷爷说，那时候村里的何木匠、于铁匠是做大木车的合伙人，因为专门做大木车的木匠还需要铁匠帮忙。

何木匠是个外来户，话不多，他收了徒弟专门做大木车。先把大木车的两个车辕、两个车轮做好，因为这是两个较关键的部分，要精工细做。铁匠重点做车轮瓦、铁键条、铆钉、铁环等。

何木匠做的车轮直径有1.5米，比我当时的个子还高。车轮是实心的，辐条18根，也是工匠们精确计算好的，个个都比半大孩子的胳臂粗。中间一个圆毂，是与车辐的一端相接的最关键的部件，中有圆孔，可以装轴承。

车毂的用料特别讲究，非是上等榆木不可。经过何木匠的打磨，最后做成宽30厘米，长32厘米，像鼓一样两头小，中间大的车毂。车毂两头再加上两道2.5厘米宽的铁圈将其紧紧箍住，为的是更耐用。

两个匠人合作，用车轴将两个车轱辘连起来，再把车架子做好，大木轱辘车就组装好了。车长就有4米多，车距宽2米。这种车，不要看它笨重，走得慢，但载重量大，不容易翻车，遇到大雪也不怕，适合走戈壁。

比起人背，马、骆驼驮，木轮大车就先进得多了，这都是轴承起的作用。轴承的出现，改进了运输工具。木轮大车对人类的贡献太大了，直到20世纪60年代后期，木轮大车才被胶轮大车和机动车替代。

小时候我还见过用牛车娶亲嫁女，新郎、新娘披红挂花，老牛头上

也戴着一朵大红花，车上铺一块红毯子，放一些包袱，疙疙瘩瘩的路上，牛车吱吱扭扭响着，一群小孩追在后面。现在给年轻人说这个事，他们怀疑是编故事，他们不相信还觉得可笑，其实我们这一代人还记得很清楚。

据史料记载，世界上第一个造车的就是我们国家。大约在公元前2000多年的夏初大禹时代，有一个叫奚仲的人，他发明的车由两个车轮架起车轴，车轴被固定在带辕的车架上，车架附有车厢，用来盛放货物。这就是世界上的第一辆车，俗称"独轮车"。

后来，中国制作木车的技术传到西方，经过改造，1829年英国伦敦出现了第一辆马拉式公共马车，距今也有180多年的历史了。如今，50岁以上的人可能还见过木轮大车的整体形状，年轻人只有在博物馆里、古装电视剧中才能见到这种古老的交通运输工具。

独轮车

看着大街小巷穿梭着的各种车辆，还有孩子们锻炼用的独轮车，80多岁的杨大伯不禁感叹："早些年我们用的可是跑不快的独轮车……"

旧社会，到哪里去，带的东西多了就推个老式的独轮车，老辈人也叫它"手推车"，还有的叫它"架子车"。据说这个车子岁数大得很，在汉朝的墓室壁画和砖墓浮雕中就发现了，有几千年的历史。创造这个车子的人可是了不起，他做的独轮车是全木结构的，看起来简单，用起来可不容易。

那个年代，独轮车也是有钱人家才有的运输工具，一走"叽咯叽咯"响个不停，俗称"鸡公车"。有大有小，它前头尖，后头两个推把就像羊角，朝外撇，因而也叫"羊角车"。在两个车把之间挂一个襻，驾车时搭在肩上，两手持把往前推。也有大型的独轮车用来载重物，前后各有双把，前拉后推，称作"二把手"。独轮车可拉重东西，也可坐人，尤其女人和孩子侧面坐在车上还可和推车的人聊天。

独轮车就一个轮子着地，不管路面宽窄，不管是田间还是山里的羊肠小道，都一扭一扭耐心地留下或直或弯的线条，老辈子也把这种车叫"线车"。

我们也不知道古时候的村庄是啥样子，从电影上看到古时候女子结婚后回娘家，丈夫就是推着这种车子，妻子坐在上面，一路哼着小曲。这在当时跟我们以前的毛驴车是一样的用法。用现在的眼光看，独轮车应该是所有车辆的祖先，是我们的先辈在交通运输史中最重要的发明，要不然，咋会有现在这么多的各种车辆呢？

前几年看过一部电影叫《淮海战役》，后来听村里的支书说，陈毅元帅讲过，淮海战役是山东人民用小车推出来的。这个小车指的就是手推独轮车。在影片中我们看到了民众推着车子上前线，给部队运输粮食、枪支弹药、医药、医疗器械，最后打了胜仗。

杨大伯的叙述让人情不自禁地对这个独轮车肃然起敬，它不仅能承载百来斤的重物，还承载了中华民族悠悠五千年的历史，是古代劳动人民智慧的结晶。人们利用了物理上的杠杆原理，发明了独轮车，那么，这个独轮车的创制人究竟是谁？有人说是三国时蜀国丞相诸葛亮，原因是《三国志》中确实载有"木牛流马，皆出其意"的文字。据考证，"木牛流马"就是独轮车。

不过，历史还有记载："蜀国著名的钢铁技师蒲元曾上书诸葛亮，禀告造成木牛之事。"由此可见，在诸葛亮之前，可能还有一些能工巧匠已经造出了独轮车。根据汉画像砖和一些文字记载，独轮车的发明时间可上推到西汉晚年，它或被称为"鹿车""辘轳车"。这些史料证明，独轮车不是诸葛亮发明的，可能其在前人的基础上有所改良。

奇怪的是，尽管人类社会发展到了近现代，把独轮车的轮胎、辐条、车棚与车架都改成了橡胶、铁管和铁皮的，使用起来更加轻便、灵巧，更加坚固、耐用，但是，老旧的独轮车改头换面后依旧在建筑工地上搬运砂石、砖瓦、水泥，还在不停地忙碌，特别是从它被改装成校园"益智运动"健身器材、杂技团的专利道具等情况可以看出，

它还是被传承了下来。我们不由得深深地感到，活在先进的电子时代，用的还是古时候的工具，有一种穿越或者是又回到几千年前的恍惚，可见古代文明的光芒辐射得有多么遥远……

午夜乡愁

新疆哈密巴里坤的农牧业历史悠久，父辈们在千百年的农事实践中，创造了许多精巧而独特的老物件，这些老物件之于他们，有生命中不可替代的情感，有自身文化的深刻记忆。

搜集、整理这些老物件的目的有三：一是想通过一些细节说明，复原并再现以往父辈艰辛创业的历程和社会文明发展的进程；二是想从另外的角度反映巴里坤的风土人情；三是重新开始出生之地的寻根之旅，不属于单纯的文字叙述。

事实上，村庄的老工具、老物件远远不止这些，本来是要继续记录下去的，暂时不着急编成册子，书也就更不用说了。但我相信朋友的一句话"活在当下"，为此，就把现有的公之于世吧。我相信自己不会就此搁笔。

更为主要的是，老物件的历史，是一部反贫穷、反饥饿的抗争史，是囊括了中国工、农、牧、商等行业的发展史。收藏老物件等于收藏了一段历史，因为每个老物件都是一个历史的记忆。从它被发明、被利用之日起，就与我们的生活密不可分，它给人们创造的价值，远远超过了它的本身。所以不论社会如何进步，不论我们走多远，乡村的辘轳井、石头磙子、煤油灯都使我们不时回望以往的生活。

说到村庄，于我而言，永远是一块磁石，它的美好在于简朴。如果对村庄的生活方式进行概括，那就是简单、纯朴！

当许多人在哀叹乡村沦陷时，我却欣慰地看到虽然我所在的村庄被小城镇慢慢地取代了，但村庄的味道依旧令人愉悦。在远古时代，从内地迁移来的先民开发、创造了这片土地，他们从一个弱小的个体渐渐壮大成了一个强大的集体，然后又以姓氏为单位繁衍成一个又一个庞大的家族。在漫长的生活、生产过程中，家族成员从一粒种子、一棵树、一片瓦开始建设家园。"远亲不如近邻"的传统观念使村民之间不是亲人胜似亲人，谁家有事，隔着墙喊一声，对方不论有多忙都要放下手里的活儿去帮忙，谁家有好事情彼此会分享喜悦，有困难也毫不掩饰把细节向街坊、邻居诉说。那些风吹过、雨淋过的老屋，都是邻居们他一锹泥、你一根椽子修建起来的。试问，谁家砌墙的土块上没有印上邻居的指纹？谁家铺房顶的麦草上没有邻居留下的温度？谁家院子里没有邻居留下的脚印？每每想起那些点点滴滴，想起那些和睦、亲近、温馨，梦里梦外都是满满的思念！

多年以后，以游牧为主的哈萨克民族融进了村庄，烟火岁月，彼此渗透，互相影响，互相磨合，并在磕磕绊绊中互相包容，互相理解，共同过着一样或不一样的生活，说着相同的或不同的语言，像鱼和水一般你中有我，我中有你，相守着天山脚下共同的家园。试想，这样悠久、古老的精神领地，谁能将它带走？谁又能将它改变？

我想，这种回归自然、质朴、简约的生活，或许就是村庄赋予现代社会的最终意义吧！

大河镇竟有这么多名字

每个人都有一个魂牵梦绕的家乡，哪怕她贫困，是不毛之地，但她用尽所有力气养育着一方人，她用慈母般的善良包容着每个人的喜怒哀乐。繁衍生息在这一块土地上的人们根据那时、那刻的境况为家园起了不少名字，有的以家族命名，有的以地形、地貌命名，有的则以祖籍命名……那么，你知道大河镇这个有着深厚历史的小地方，她最初的名字叫什么吗？

来，我们追踪一下大河镇名字的渊源。

大河镇因驻地南边有一条东西横穿草原的泉水河（三道河）而得名，历史很悠久，唐城就是佐证。我们就从民国说起吧。民国时，大河镇叫"康乐乡"，1950年划为北区，1956年撤区建置为大河乡，人民公社化时改建为大河人民公社，1985年又改为大河乡，2002年撤乡建为大河镇。

大河镇辖区内有7个村，从东往西依次为人和庄、地利庄、天时庄、大有庄、渊泉庄、玉门庄、敦煌庄。

人和庄在今东头渠村一带。东头渠村在中华人民共和国成立初期为北区一乡，合作化时为团结社，后来以生产队序数命名为"一大队"，

— 55 —

1978 年以驻地更名为"东头渠大队"，1985 年改建为东头渠村。

地利庄在今旧户东村一带，1943 年为康乐乡三保，因早于大有庄，所以叫"旧户"，后来以政府为中心，把旧户分为旧户东村、旧户西村。旧户东村在中华人民共和国成立初期为北区二乡，1956 年为战旗社，后来以生产队序数命名为"二大队"，1978 年以驻地更名为"旧户东大队"，1985 年改建为旧户东村。

天时庄在今旧户西村一带。1943 年为康乐乡三保，中华人民共和国成立初期为北区三乡，1956 年为爱国社，后来以生产队序数命名为"三大队"，1978 年以驻地更名为"旧户西大队"，1985 年改建为旧户西村。

大有庄在今新户村一带，因晚于旧户，又称为"新户"。1943 年为康乐乡四保，中华人民共和国成立初期为北区四乡，1956 年为联盟社，后来以生产队序数命名为"四大队"，1978 年以驻地更名为"新户大队"，1985 年改建为新户村。

渊泉庄在今商户村一带，清乾隆二十年（1755 年），巴里坤出现商屯，一时出现了"商民认垦，接踵而至"的局面，今商户村的名字由此而来。但在早以前，因商民来自甘肃安西县（今瓜州县）渊泉庄，故名为"渊泉庄"。后来以生产队序数命名为"五大队"，1985 年改建为商户村。

玉门庄、敦煌庄在今西户村和商户村一带，因当时迁移来的屯民来自甘肃玉门和敦煌，他们以自己的祖籍命名。人民公社化以前，西户和商户是一个村子，以后，根据人数不断增长的现实，商户四组以西分成一个村，因在最西端，命名为"西户村"，再后来又称为"光明队"，1985 年改建为西户村。

一个地方的称谓可能因为历史的变化而不断更迭，但天时、地利、人和却是由来已久，既是祖先们对脚下这块土地最贴切、最情真意切的命名，也是他们对家乡现实状况的期盼，不管你走到天涯海角，家乡的一草一木都是你绵绵的牵挂……

大河　大河

　　大河，从字面上理解，真正属于"高、大、上"；从内涵上看，也是沧海变桑田那么不容易。她是因驻地南部有一条大泉水河而得名的。

　　这个名为"大河"的小地方，养育了几辈儿女，山川可鉴，史书有证。千百年前，这里就有驻兵屯田开荒，至今仍保留着的唐代古城就是最有力的证明。从清雍正年间起，从关内迁移来的各路屯垦大军共同开发了大河一带。乾隆时，此地就有良田万顷。巴里坤八景之一"屯稼堆云"指的就是这个情景。

　　大河虽然是一眼泉水形成的河流，但她也是一条河呀，尽管她很渺小，但这个大气的名字把她衬托成了壮阔的一条河。这条河历史悠久，对这里生活的人们贡献很大。这里的山川、平原、湖泊为人们提供了丰富的生活资料，自古就是兵家必争之地。因为是争夺的焦点，所以留下了许多古代遗存下来的城池和烽火台。

　　从远古的"甘露川"到民国的"康乐乡"，从中华人民共和国建立初期的"北区"到1956年底的"大河乡"；从1958年底的"大河乡人民公社"再到1985年初置的"大河乡"；而后到2002年撤乡建成至今

的"大河镇",该地几易其名,几多风雨,几番发展。每一次更名,都标志着发展的一次飞跃,都具有里程碑式的意义。

大河不仅有唐代古城,还有史料中所记载的元代木城,更有央视10套《寻找圣水》中所介绍的怪石山古城遗址。怪石山的种种"怪"是现代人无法揭秘的,想猎奇、探险就来吧……

如果神往"大漠孤烟直,长河落日圆"的景致,就来巴里坤大河苏海图牧场,体验大漠空旷辽远的浩渺;要想感受历史的风从耳边刮过,就请站在烽火台的高处一览众小山……

大河,源头还是那眼泉,泉水不仅汇聚成了一座水库,又形成了一路向西的泉水河。缓缓溪流掀不起波浪,但她滋养着干渠、二渠、三渠及四渠下游的万亩良田,养育着数以万计的大河人,养育着草原上数不清的生灵。

蒲类海的水哪一滴不是大河的水呢?草湖的"湖"荡漾的难道不是大河的涟漪吗?

于是,我时常想到大河的边上走一走。她是一位睿智的老人,想倾听她的喃喃细语。她是我们的母亲河,她深沉、大度、广袤,她从一种极致到另一种极致,她更懂得以各种方式使自己更强大!

我相信,每一位融入大河的人,无论走出大河多远、多久,无论大河是贫、是富,他(她)都会把大河烙印在记忆深处,纵然过上十几年或者几十年,依旧情真意切……

眺望小镇的沧海桑田

有人说，怀念过去，源于对未来的迷茫……

成长在小镇的你，是怀旧？还是迷茫？心有千千结，想回老家大河镇，让我陪你去。

我知道，你只是通知我，并不是征得我同意。

下了车，细雨丝丝缕缕连着天和地，没有声息。你挽着我的胳膊，走在小镇的街上，仔细打量十分熟悉的老家。

离开太久了，一种忧伤，隐藏在看不见的内心。我想象不出你风光背后的故事，不能完全读懂你的深邃，看不清你脸上氤氲的是泪还是雨？此情此景，好像走入了戴望舒笔下江南的那条小巷，偶遇撑着油纸伞，结着愁怨丁香般的姑娘。

你说，老家大河的平房与城市的高楼大厦相比，反差大了许多，但你认为老家才是你向往的真实情调与个性。

既然如此，为何抛家舍业去他乡？我在心里说。

聪明的你猜透了我的疑问。你说，这些年在外，历经世态炎凉，艰辛的努力使经济条件改善了许多，虽与巴菲特、比尔·盖茨没有可比性，但与从前的自己不可同日而语。尽管如此，心却无处安放。多年的城市生活，父母仍然无法随俗。街坊也好，邻居也罢，洗练不出老家的随和，因而归心似箭。

这就是你的迷茫？

你说，久远的记忆里，农闲时，或端午，或中秋，更不用说春节，勤快的大姐们都要各显其能，做羊肉焖饼，做车轮般大小的蒸饼，烤油酥馍，制作各种花样翻新的面食。邻里间互赠食物的习俗，依旧在村里延续，甚至蔓延到县城、省城、京城的亲戚家，味道、厨艺和热情尽在醇香中。曾有专家评说，新疆的面食在巴里坤，巴里坤面食的精髓在大河，这话一点也不为过。

生活在城市，饭菜花样多，却没有故乡的韵味。衣服时尚，用品现代，人却越来越孤独，莫名地心慌，莫名地想流泪……这都是"根"在召唤着灵魂回家。温暖，让你情不自禁地再回首，千念万念，如血液般流淌在心里，尽可能提炼它的纯度。

也许，精神上的流离失所，对每一个关注内心审美的人是必然的。毕竟，在这个世界上，最重要的还是人。人的愿望、爱好、志趣、理想是应该尊重的。尊重父母的选择，也是一种孝的表达方式。当初，远离故乡、辞别亲人，并非从思念开始，但一定会以思念结束。

和父母一样，你也喜欢沉浸在家乡温馨的意念里。想起儿时在老家宽敞的大院里，看着与邻家小哥辛苦堆起的雪人在初春的阳光下一点一点地融化，隐藏在冰凌花里的绵绵情感，楚楚动人。秋天，在父母亲手种植的菜园里，看彩蝶在挂满西红柿的枝头盘旋；黄瓜沉甸甸地缠绵在细细的支架上，摇摇欲坠；南瓜霸道地延伸着柔软的藤，铺张一地墨绿；小白菜、韭菜摇曳；紫色的牵牛花不放过任何能攀缘的枝；听母鸡下蛋后炫耀地咯咯叫。心事汪洋恣意泛滥，独自蜷缩在大树下，做着白日梦。

记忆中，最喜欢看的风景莫过于麦田和草原。当种子悄悄从土里钻

出来时，草原也跟着绿了，麦苗盖住田埂后，迅速疯长，大片嫩绿在蓝天下尽情地渲染热闹。风来了，麦田连着草原汹涌滚动，一波又一波。行走中，被绿浪晃得晕眩，似乎要飞起来了。

能把一片一片麦田切成方块的是纵横交错的"U"型防渗渠和围栏林带。渠道每隔50米都留有铁质进出水闸门。浇灌时，村民们掐着时间点，闸门一提，清澈的渠水奔流进田，省时，省力，省钱，增产，增效，增收。

难忘那年浇水时，老化的土渠渗漏决口，大哥和几个村里人穿着长靴跳进水里，用草捆和沙袋堵水口，结果是堵了西边，东边又塌下去。最终地被冲毁，颗粒未收。大哥的长靴里灌满了泥水，脚下沾满淤泥，左脚拔出来，右脚陷下去，手脚并用爬出渠，人已被涂抹得面目全非。看着大哥，你说，你笑不出来，背过身，泪水盈眶……往事有点苦涩、有点沉重，不过，今非昔比，一切都过去了。

你说，人在旅途，岁月中掺杂着许多的无奈。大河，一个让你无法描述复杂心事的小镇，选择离开的那一天，也是这样下着细雨，那一刻的雨，下得如此缠绵。你说，那是为你流下不舍的泪。而你，同样泪眼婆娑，一步一回首，回望烟雨中斑驳的老屋。

心，经得住岁月无情，却经不起千丝万缕的回眸！

其实，你，还有你的父母是多么想留下来！故土难舍，家的迁移是一种无伤的痛！离开，情非得已……

庆幸的是，眼下，拔地而起的富民安居房有客厅、厨房、卫浴，院内有花卉景观、健身广场，院外四周有柏油马路和绿化林带环绕，破败的旧屋完成了神圣的使命，有望成为念想，新建的"双语"幼儿园即将投入使用，小麦补贴款金额逐年增长，新医保、新社保措施日益完善……生存环境更趋于人性化，让家人心驰神往。家乡的重新崛起，成了不可逆转的引力。为此，你还是决定随父母的意愿，回归生养你的这片故土。

本以为空间距离会让你慢慢不再为这个小镇而伤情，放手去喜欢风格迥异的繁华都市；本以为再也回不去了，谁能想到，有些想法竟是如此容易被颠覆；本以为不会激动了，可折叠在岁月深层的记忆，还是经不住风吹草动。也许，恋家的人，就是一只候鸟，季风来临，望断天涯路。

事实上，在外打拼多年，你完全成了那个城市的主人。但是，倘若粗暴地割裂与家乡的牵挂，忽略父母思乡心切，不留痕迹地背叛家乡，你说，可能，你、你的亲人就要去背负一生对家乡的遥望、回忆和深刻的怀念。

我知道，你同样也割舍不下让你付出更多艰辛的城市。虽然回到了家乡，你照样会阅读城市的街头巷尾。你说，城市的文化教育、医疗卫生等发展的超前性，常常会让你乐不思蜀，甚至忘了来路。

你说，故乡是精神家园，你留恋的不只有故乡的淳朴，还有骨子里的安详和宁静，更有根深蒂固的传统。曾听说"回到故乡即胜利"，"一个士兵要么战死沙场，要么幸运回到故乡"。故乡是不死的常青树。

假如没有故乡，没有身世，你何以确认自己是谁？属于谁？

假如没有故乡的地址，没有回家的路标，你，从哪里来？又到哪里去？

你不想做没有历史的一代人。在不再为生存问题而发愁的今天，在能把根留住的前提下，无论是在城市还是在农村，你都想有亲手建立的家。生活在哪里，由自己选择，反正都在咱中国的土地上！

你的睿智、豪情让我惊异。你真正领会了劳动力转移谋出路的政策精髓后，毅然贷款购买大货车闯天下，终于小有成就。数以千计的乡亲父老效仿你，张扬而自豪地成为"疆煤东运"的主力军之一，其声势振聋发聩，辐射四方，闻名区域内外，创造了可观的经济效益和社会效益。城乡两栖农民的形象，就这么，在大河镇诞生了，诞生在时代变迁、身份转换的关键时刻。

作为好友的我，欣慰地看到，你带着厚实的梦想，走出农村，走进城市，驾驭生活、掌握命运的能力日渐提高。城市与农村的界限已经被你和你的兄弟姐妹们悄悄抹平。老人带孩子，暑假在故乡过"采菊东篱下，悠然见南山"的田园生活，让孩子们从根本上理解"锄禾日当午，粒粒皆辛苦"的含义，改变孩子们"读死书、死读书"的僵化的学习模式。你游离于城市、乡村两个家，公交车或私家车丈量彼此的距离，不远不近，不急不躁，不卑不亢。日子就那么顺理成章过下去，那么从容自然地过下去……

你，一个崇尚"奋斗改变命运"的大河人，面对新农民、新家园、新生活、新观念，迷茫不在！

想有更多的时间，感受你生命里的张力；想有更多的机会，欣赏你的聪慧。一生跋涉，只为半城烟火的辉煌，不想独守一个人的社稷江山。纵使一念天涯，怀旧让你重新收拾心情，驻足，含泪朝着家的方向，眺望小镇的沧海桑田，一声轻叹，揉碎相思无数。因为那里，不仅孕育着巨大的能量，也生活着、埋葬着你的亲人！

你说，不抵达故乡，怎敢老了容颜！

守候一段地老天荒

陪我一起去大河，可好？把你的脚步，移向天山下的巴里坤县大河。

如果，你的梦从大河开始，那么，你是以怎样的姿态耕耘着大河的阡陌？

你说，游离在他乡，依旧想起大河的那一个秋天，阳光毫无遮挡，任意挥洒，水渠边多个村妇在洗衣服、聊天，还带孩子、打毛衣，神情悠闲自在。高兴处，肆意大笑。在曾号称"屯稼堆云"的农田里，女人跟着开车的男人，没有遮阳帽，没有手套，可能也没用防晒霜，拿着一把铁叉，把打了捆的麦草毫不费力地挑起来装在车上。草捆大约在50公斤以上。男人把女人装在车上的草捆按顺序码齐，然后向下一个目标走去。

午后的斜阳里，特别的场景，在墨染的情怀中，承载着一份深深的震撼。那有厚度的生命力，酣畅淋漓。万水千山走过，给了你数次回首的理由。灵动的指尖次次敲响键盘，把每个字都变成相望中绕梁不散的弦音，演绎成地里的庄稼、四季开放的鲜花……

大河人好客，也聪慧。你说，你曾慕名拜访巴里坤县唯一的皮影戏艺人李文学，他在幕后操纵的皮影戏，穿越了整个历史。他把包公斩陈世美的折子戏演绎成今生不老的传奇。秦腔《金沙滩》之狼烟四起、悲壮肃杀，《窦娥冤》的寸断肝肠、长歌当哭，《下河东》的错用将相的追悔莫及，都被他模拟得惟妙惟肖。

"一口道尽千年事，双手对舞百万兵"。室内刀光剑影，厮杀声不绝，屋外细雨斜织。在大河，尽情享受堪称全世界最古老的电影——皮影戏，是一生中珍贵的留存。夜归，慢慢舞动梦的涟漪。大河是灵魂的归地，是凡尘之外的地老天荒。

在看不见大河水奔流的大河，我还领略过一绝，那就是民间社火——舞狮。"新疆社火代表性传承人"付钦聚是舞狮小伙子们的老师。舞狮队由镇上的机关干部组成。他们进了政府部门是公务员，画上彩妆就是演员。业余练习舞狮，不论打滚、跳跃、扑、腾，还是登高、翻转，都恰如沉睡的雄狮苏醒，搅动大河地下暗流汹涌澎湃，宣泄出一个季节的万种风情。你说，舞狮的鼓点，重叠出草原的欢畅。没有大江大海的大河，有的只是戈壁、草原、村庄，它是你久待的神往、念想，是唯一的魂牵梦绕。为此，你把隐忍流放于城市，相思在村庄上茂长。

哦，你的睿智，点亮我草原的忧伤。大河的小桥、流水和你被紫色旗袍裹住的典雅靓影，合成了一个从容、惬意的景致。抑或，你还是我烟雨中一把灵巧的红雨伞，伞的婉转、浅露沾了湿意的笑靥。

你说，热情、质朴的大河人自编自演的"新疆曲子"，是对这片土地和生命的绝唱。你的目光停留在一本"书"的塑料封面上，那上面金黄色的向日葵毫不吝惜地泼洒一片灿烂。书的形象却令你赫然：那是怎样的一摞书啊！大小不一，材料不等。有插了图的日记本，有学生的作业本，还有某单位的信笺纸。那一本本"书"，纸张薄如蝉翼，深情却厚实。手工书写的目录和页码，清楚地标明《王哥放牛》《张良卖布》《梁秋燕》的确切位置。

　　《党的光辉照万家》是平均年龄73岁的老人集体智慧的结晶。面对老曲子和新词，你感叹：生命的尾声并不如蓑草般疏离，而是如秋叶般静美。即使有一天，华美的叶片逐渐凋零，依旧可以用飞翔的方式，勾画属于自己的风景。

　　那一场新疆小曲子演出，道具普通，仪式简单，却是百分百的自创。还有那些不同年龄段的妇女，组成阵容庞大的秧歌队。红蓝黄绿艳妆着身，羽扇轻摇。和着节奏，将秧歌的妙趣、大河人刚柔并济的性格特征挥洒得淋漓尽致。年逾六旬的大妈，因迟到成超员，未能加入秧歌队而心生不快，"多云转晴"后又做了热心的志愿服务者，忙前忙后提水倒茶，开怀大笑。

　　这片广袤的土地，赋予了村民们豪放的灵性。朴实、浪漫与风情，融于别样、妖娆的肢体，且行，且歌，且舞。这是一种顿悟、一种独爱，酷似一米阳光，照我沧桑。

　　舞谢，歌停，飞针走线，专心刺绣，编织五花八门的图样，又是一景。手工作品由最初的拙朴如山乡村姑，经过艺术加工，顷刻成为在水一方、端庄秀丽的窈窕淑女。其中饱含着的圣洁的意蕴、唯美的内涵，反映的是大河人喜欢的一种宁静致远的生活，是大河人的一种生活情趣，是大河人张扬、时尚的个性，也是大河人积极进取的一种生活态度！这，就是大河；这，就是大河的人。

　　暮色，淡淡的；心，也有了归属。人在景中，景在心中。一抹不舍的心动，在去留之间，饱含着相思的色调。

　　你说，也许某一天，愿化身为东天山上一尊永恒的山峰，静静地伫立在大河的身畔，听农民乐队的老人们演奏二胡声声，看农家秀女扭秧歌的靓影，遥望人们匍匐在华丽似锦的手工地毯上，在幻想和现实中，虔诚地回望梦里的故乡。

　　这样的心境，充满着对世外桃源的向往，更是天马行空的乱想。与你一起，就这样，在夏日清澈的大河边，徜徉，沉湎，或者，以草为

纸，以水为墨，以花枝为笔，为故乡，为故乡的大河，为事实上的一条涓涓甘泉，写一首"滔滔河水向西流"的狂草回文诗，顺读似行云流水，逆读字字珠玑。

你的目光停留在大河唐城的残垣断壁，历史的风在耳边猎猎作响。一袭紫衣的你，登上唐城，城墙下的我仰望着，目送你达古城的制高点，环顾四野。夯土的建筑和一串冰冷的数字引起不了你的注意，唐城的"城中城"才是离殇的千千阕歌。

无声无息的古城，一座最适合中国人传统观念的建筑，四平八稳，与甘露川遥遥相伴。文化遗产的肃立让你没了思绪，心却波涛滚滚……你看见从盛唐的丝绸古道走来一干人马，在三百里甘露川，修筑气势磅礴的城堡。官兵三千人，战马三百匹，屯田五千亩，扼守丝绸之路东西之要冲。为此，"初唐四杰"之一的著名诗人骆宾王挥笔写下千古诗篇《夕次蒲类津》，特意描述了亦民亦兵的将士们守卫边疆的豪情壮志。

几世的风霜无情地斑驳了唐城的辉煌，丝绸依旧风靡，古道却被柏油公路替代。曾经的不可一世，最终淹没于历史尘埃。是天灾还是"城中城"的封闭？是保守？是僵化的体制？还是墨守成规的坚强冷却了驿站的温暖？

时光流转，疑问俨然没了滋味。欣慰的是，21世纪的大河，突破城中城的樊篱，把千年的人文景观，沉淀在巴里坤的土地上，用自信踩碎悲情的过往，重新誉写了一份记忆。

阡陌纵横，绿意盎然，新居更替了老屋，自来水哗哗流进了农户的小院，牛羊育肥，水利、绿化形成网状密布系统。崭新的大河恍惚了你的双眼。你问，是谁的生命在苦苦求索？又是谁的心灵在慢慢受煎熬？

借我一生，想学西黑沟的瀑布飞流直下，不打折扣，把答案输入你的心里；借我一生，想学大河的浪花满腔热情地释放情怀，没有比拟，描摹你想知道的样子；借我一生，将你一语难解的轻愁、散不开的千千心结，绕指成章，轻轻刻画一个走过田间的脚印、进过牧民毡

房的背影……

你说，无须多言，掀起流年的盖头，看到大河风华正茂的容颜，在眺望的枝头，你会像一片不凋谢的叶子坚守着。让我陪你一路沿着盛唐的丝绸古道，寻一缕幽幽的新梦、一抹浅浅的相思，让心路车水马龙一样繁荣，守候一段迟到的地老天荒！

心若无尘，落雪听禅

雪，没有故乡，落在哪里，哪里就是她的故乡，落在巴里坤，当然就是巴里坤的雪。

巴里坤那轻盈的雪，似乎应了冬的预约，漫天漫地，早早地穿过秋的门槛款款而来，缤纷的落叶刹那间被凝固了舞动，唯有贴近土地，感受时光的气息，感受湿漉漉抑或是冰凉的一个吻。

雪花似寻梦的蝶，一片又一片落在任意可以落的房上、地上、公园的椅子上、娇艳的花儿上……小孩子仰起冻得微微透红的笑脸，便有雪花袅娜到眉梢、嘴唇上，他们伸出小手去接那个没有方向的精灵，好像是没接住，也像是接住了一滴水，只是又笑着追逐着。心，就在那一刻，生出几多怜爱。

雪，静静地落在树上，一片两片，就不见了，三片四片，竟然不走了，渐渐地塑造了"千树万树梨花开"的美轮美奂。

在巴里坤，一场雪一场景，常常下雪场场景。雪，不厌其烦地隔三岔五造访，不管是哪里来的游客，都能感受"千门万户雪花浮，点点无声落古城"的浪漫，虽无声，胜有声。

巴里坤虽然冷，但当地人对雪情有独钟。一旦少了雪，冬天是不像话的，少了雪的冬天，就要想办法人工造雪装饰这个苍茫之冬。于是，在寒冬腊月里，不安分守候暖巢的人们将自己包裹严实，看雪雕、冰雕，滑雪，还要做冬至饭，煮腊八粥，把整个冬季过得热火朝天。

其实，落在巴里坤的雪是幸运的，她们圣洁、安静、纯净、平淡，当她们成为雪雕时，喧嚣而灵动，同时又带着几分肃穆的禅意，让人们以清醒的心智和从容的心境走过岁月，走过严酷。由此可见，这个冬天恰恰是不能少了雪花的渲染的，试想，倘若四季满眼鲜花怒放，虽然夺目，但似乎又少了一些点缀，少了一些惊喜，少了一份新鲜的刺激。人生何尝不是如此呢？

听雪，心里会开出清幽的马莲花，淡而雅致；赏雪，又多了一份领悟，心有所归；凝视雪花，在天地间又会生出一份绝世的爱恋，让人如梦如幻、如痴如醉！

盼雪，那又是另一种景致，那就是雪花被凝固成翩翩舞女，或一个坚不可摧的城堡，又或是某种震撼人心的群雕……

除此之外，空旷原野、几行脚印的小路上，只剩下脚步咯吱咯吱的移动声，阳光灿然，普照大地，剩下草原孕育来年的丰收，剩下该剩的种种。此时，唯愿我的生命也如此宁静、安恬，唯愿善心如雪，及时向大地，抛洒自己的美丽和友善。在冰冷的季节里，用爱覆盖家园、温暖家园、改变家园……唯愿与养我长大的村庄，相望到地老天荒！

梦飞雪，乡愁不成眠

挥别

麻雀俯冲着，绕了一个圈，落在晾衣服的铁丝上晃悠，三爷挥挥手，似乎在向麻雀告别。栖息在铁丝上的麻雀，扇动着娇小的翅膀，并不飞走，与几间拙钝的老屋构成乡味浓郁的动态画面，倘若再添加几缕炊烟，会少些许黯然寡淡，遗憾的是天空只有几片飞云。

回望，再回望，不舍的目光里有的只是厚厚的雪，染白了山川大地，浓缩了整个北方村庄的掠影。

"爷爷，车来了，走吧。"三爷的孙子用标准的普通话催促。

三爷奢望昨天的太阳能够晒干今天的湿衣裳，然而，一念天涯，物是人非。立冬后的第一场雪落下，儿子就说："来哈密吧！我有些活儿还没干完，不能回家去陪你。"三爷在相邀中开始正视现实，自己步履蹒跚，好在还能自理。老伴生的病很怪，总是不由自主地摇头，孩子们都劝她去医院，因无其他症状也就作罢。

往年的雪轻若蝉羽，落在地上，总嫌少一点，"瑞雪兆丰年"的古训三爷深信不疑。感觉今年的雪沉甸甸地压住了腿脚不灵的三爷，他哀叹着，终于认输，折服于岁月的残酷。

一块淡绿色的塑料布从外面将三爷家的门窗严严实实地遮起来，在耀眼的冬雪中，绿色的窗户似万年冰川上绽放的雪莲花。

就这样，又一个静静的小院，留给了麻雀，也留给了偶尔来探访的野兔，还有偷吃的耗子。

带着乡愁，三爷登上了去哈密的长途车……

追忆

离开家前夕，三爷佝偻着腰，转了几个院子，大多数人去屋空，或门窗封死，或断壁残垣，像经历了一场洗劫，偶尔碰见一条流浪狗无精打采地徘徊，不见半点野性的狂吠。

心碎，吞噬了三爷。

在大爷的院子前，三爷仔细打量。五间房子，其中三间房顶被揭去，两间似衣衫不整的乞丐，蓬头垢面，独立寒风。想当年，他大哥修新房子，小队300多口人，除了几户外姓，差不多都是本家族，男女老少全来了，有的来干活，有的来闲聊。孩子们在沙堆上肆意疯狂；贤惠的大嫂和妯娌们，在院子里支起一口大锅烧水做饭，一脸灿烂。那时，谁家修房子都是如此，争先恐后无偿帮忙，一丝不苟，还把墙砌得笔直，抹得溜光，速度快，并以此为荣。那种兴旺，不可复制。而今，300多口人走得只剩老少弱70余人。大哥已去世，八旬大嫂被儿女们轮流照看，凝聚着一个家族的温暖的房子土崩瓦解，昨日星辰陨落，湿了谁的眼？

再往东，是五爷家，院墙有个豁口，门窗用纸箱钉住，最西边一间门开着。三爷想把门关上，上前去只见满地都是纸。"是哪家饥饿的牛吃了堵门的硬纸，然后进屋吃孩子们不用的旧书烂本子？"三爷嘟囔着，看见一个红色塑料皮小本散落在烂纸堆中很显眼，费劲地拾

起来，原来是一本《毛主席语录》。翻开第一页是"下定决心，不怕牺牲……"第二页是"世界是你们的，也是我们的，但是归根结底是你们的……"三爷合上本子，把一些旧事埋藏在心底，在落泪之前，黯然离去。

怀旧

初冬的残阳透过窗子，沦陷一室碎片。三爷躺在床上，回味曾经倒背如流的语录，想当年何等威风。身高 1.78 的三爷，一个人放牧 500 多只羊，策马扬鞭，驰骋西草湖，谁家羊的模样不仅烂熟于心？而且一口流利的哈萨克语为他赢得了好人缘，哈萨克族朋友遍天下；站在村口说话，声如洪钟；被推选为小队长后更是雷厉风行；在看不见边的麦田里收割，腰一弓，两亩左右的麦子就随夕阳倒下了……在村民的心目中，三爷无所不能，那时的世界真正属于意气风发的"三爷"们。

秋天，三爷率领村里壮劳力，赶上毛驴车、马车、牛车，浩浩荡荡，在西草湖安营扎寨，热火朝天地打草半月有余。家家牧草堆起来是一座连一座的山，蔚为壮观。暮归的牛羊驴马扬起的尘土遮天蔽日，嘶叫声震耳欲聋。凌晨鸡鸣狗吠，炊烟任意挥洒丹青。

而今，面对"孔雀东南飞"的现实，"三爷"们及乡村，似乎没有足够的信心再现"暖暖远人村，依依墟里烟。狗吠深巷中，鸡鸣桑树颠"的诗意情景了。让三爷既恐慌，又欣慰，亦难过的是孙子完全脱离了本土语言，普通话讲得像新闻里的播音员一样标准，世界又成了他们的。三爷想，如果在 18 岁，他也不甘寂寞，会选择折腾。现在，只能选择在留有脚印、留有温度、留有喜怒哀乐的故土上安静地老去。听听春天播种机的轰鸣声，看看秋天南飞的大雁，雪天，在暖暖的房子里看电视或者去邻居家串门子，那种悠然，超越了所有。苛求与满足相比，到底是浅薄的。但世事难料，他不能预测十年或者几十年后，世世代代说过的方言是否还有人会说？经济条件改善的同时，乡村古老的习俗会不会被颠覆？有一天，闭上了眼睛，落叶归根，根还在吗？打拼天下的孩儿们衣锦还乡，乡还有"乡"的味道吗？

一阵悲苦涌上来，乡愁，使三爷深夜无眠。

轮回

像村庄一样衰老的三爷，看着曾经候鸟一样的儿孙们，成了另一方土地上的留鸟，虽说就在100公里以外的哈密，毕竟不在自己的出生地生活，遗憾还是有的。孙子们生在农村，长在城市，适应了繁华，耐不住寂寞，甚至改了口音。

儿子们练就了在城市生存的基本功，置了房产。三爷住在与地面隔开的楼房上，心里就是别扭。双脚踩在别人的房顶上，头上还顶着人家的地，那种不踏实，悄无声息地藏于心间，挥之不去。当然，三爷也不想驱散。与生俱来的朴素感情，随时喷薄而出，心常常被占据，没有力气做任何事。当然，因不会操作各种家用电器，他什么也干不了。偶尔，拿了小凳子，坐在车水马龙的街道边，一待就是几个小时，看不到"落霞与孤鹜齐飞"，看不见被炊烟涂抹的奇异天空，三爷的心里像铁马冰河般汹涌，没有温暖。漂在异乡的滋味，情何以堪？夜无眠。

又是伤春的雪，缥缈在他乡。一片雪域，足以成全三爷一个宿梦轮回。痛彻心扉的乡愁，酵母一样，升腾出一种力量，梦里梦外的思念，并非为了还原过往的岁月。三爷明白，当今的世界是属于年轻人的，一台冷冰冰的电脑足以把不可想象的地球变成一目了然的村子，每每想起在这个地球村里，自己也是其中一分子，就有了一些欣慰。三爷只想在雪落缤纷的时候，再次感受一下村里宰猪杀羊储存过冬食物的充实，感觉一下踩在雪地上的质感，呼吸一下寒彻骨髓的冷风，烧旺一捧火，暖一暖雪域的寒，别无他求！

灵魂的重量

最初见到他们的那一刻，差点被一种莫名的力量给击倒，忍不住倒退一步，定下神，才意识到自己的失态，不就是众人头像雕塑群吗？何必如此惊慌！

其实，并不是我胆小、脆弱或者是矫情，关键是从来没见过这么一个庞大的群体，而且似曾相识的面孔中，有我熟悉的父老乡亲，有与我一起成长的兄弟姐妹，还有擦肩而过的行人。他们表情丰富而复杂地排列成壮观的阵容，或苍老、自卑到让我同情，让我怜悯，让我悲哀，或目光犀利到足以穿透我的心扉，让我无地自容，或傲然、狂放，简直就是目空一切……

一种从未有过的冲动，抑或是一种渴望，渴望平静地与之交流。在面对面的凝视中，眼前的泥像渐渐活泛起来。我分明感觉到这些泥塑群体超出了它本身的意义，每尊塑像满脸充斥着一种人类与生俱来的特质，这个群体尽管不能与莫高窟千佛相提并论，但他们让我缅怀的历史却如此相同。

残阳如血的冬日，透过玻璃窗斑驳的亮光，泥塑雕像给我传递了一个具有历史感的信息：他们是生活在我身边的一个群体，这个群体首先是"九三六"的重要组成部分。被塑像强烈冲击过的心情，随数以百计的"九三六"群体，将曾经飘逝的或已尘封的记忆仓库打开。徜徉在泥像与现实之间，不敢去零距离接触原本是泥土的沧桑容颜，唯恐亵渎了大地众生的尊严，只好把欲望隐藏在即将到来的夜幕中。毕竟，在与泥像目光的直视中，我感觉到了灵魂的震颤，心中涌起一波又一波的热浪，几乎把我淹没。不能否认，在极度压抑、挣扎、逃避中，我最终选择了思考，感觉有好多话要说，只是不知道能不能承载这一份大地众生相的凝重，给他们，也给自己无处安放的心情一个交代、一个合适的定位。

我先说"九三六"群体的第一个组成部分。

"九"在阿拉伯数字里是个最大的数字，不要说皇宫内的每根柱子都以九或九的倍数定数，就连飞檐上的雕龙刻凤也是逢九收尾。威严的朱红大门上铜扣纵横也皆为九。"九"是个吉祥数，也是年事已高老人的代名词，眼前这些并不精美的雕塑，绝大多数刻画的是饱经风霜的老人。

我见过这样一个老人，他穿一身肥大的黑条绒棉衣、棉裤，静静地躺在离地面只有20厘米高的地铺上，褐色的脸上有比条绒衣服上的纹路还要深的褶皱。房子里进来了人，老人表情毫无变化，眼睛始终没离开房梁的某一处，正如雕塑一般。我惊诧于老人的麻木，不禁顺着他的目光看过去，原来房梁上有着一排燕子窝，黑色的燕子箭一样穿来穿去。精致的窝里露出张着红红小嘴的乳燕等待哺育，目睹此景，心像遭遇钝物的重击一样，沉闷地痛了一下……

孤独的老人、成群的燕子，生活在同一间房子里，到底是他在分享燕子的幸福与快乐，抑或是燕子在与他共享一片清贫与静谧？

像有东西梗阻在喉头，费力地四下张望，大约50平方米的房子，一进门，正面就是老人躺着的土炕，右边的墙角处有用土块垒起来的灶

台，灶下周围是几块用来当燃料的牛粪，台上是一把乌黑的茶壶，旁边摆着一个看不清花纹的红色橱柜，柜上放着茶碗、一盏很少见的马灯，一个空酒瓶里插着几根威风凛凛的羽毛，就是这些物件与老人组成了一个"家"。

随行的哈萨克朋友说，老人叫汤加里克，儿子出去打工，老伴前些年去世了，老人经营着自己的生活，两头牛、十几只羊是与他相依相随的"哑巴儿子"。难怪老人与他人之间的关系越来越淡漠，与动物的关系反而亲密了起来。哈萨克朋友指着燕子窝说："每年燕子来了，草绿了，牧民的日子也就好过了……"

泪眼模糊地追逐着燕子矫健的身影，想深情地说："燕子啊燕子，你别飞得太急，不要走得太匆忙，可以回首看看我吗？看我在秋的无奈中不舍与你告别，看我在春的路口焦急地等你，望你能为无数的留守老人暖一下冷了的心，明年你可否早点回来？"

"九三六"的第二个组成部分，是那些花容失色的女同胞们，这个群体有一个引以为荣的"三八"节，因为节日的存在，"三八"成了女性的符号，妇女儿童权益保护法的出台，使被历史风干的岁月里，曾经受压迫、被欺辱的女性，有了法律的保护。在21世纪的农村，女性用智慧提升地位，用勤劳和善良实现自己的生存价值，但不管怎么努力，还是摆脱不了"弱者"的事实。曾几何时，流传着一句似乎很自豪的话："我在外打工挣钱，你在家养牛、种田。"然而，谁能体会在家养牛种田的滋味？谁又能理解静静的夜晚，"你也思念，我也思念"的心酸？在家留守的日子，似水年华空飘零，似蝶落叶独狂舞，养牛、种田的劳作，让伊人独憔悴。烛光残羹，相思无望梦凄凉，秋思尽，望断南飞雁。君如黄鹤，一腔哀怨空对月。留守姐妹情似杜鹃，心啼血，春光依旧红颜谢，盼能几度，与君共枕眠。

在家养牛、种田的豪言壮语并没有锁定顾盼的眼神。"三八"们在家翻天覆地闹腾了一阵子后，实在扛不起强体力劳动的重负，在熟悉的

故土上投注一个依恋而无助的目光，于是，追汽车，赶火车，固执地把微笑和草原上最动人的牧歌，输送给另一方土地上的魂魄……个人的痛逐渐上升为整个乡村的痛，于是，封门闭户，"孔雀双双东南飞"成了时尚，就这样，"九三六"的第三个组成部分诞生了。

原本唱着"六一，六一"的花儿少年，本该享受灿烂的阳光，但因父母长年外出，居无定所，只得与"空巢"老人共守一个家园，共同承担超出本身能力的责任。黄昏的田间小路上，留下脚印两对半。村口的树枝上挂满了孩子的泪珠，晶莹的泪珠固执地守望成年三十的红灯笼，风尘仆仆的打工仔来也匆匆，去也匆匆，美好的时光转瞬即逝——盼望长大的童年。

想以我的温柔为这些孩子疗伤，如果有可能，也要为乡村疗伤。我知道，眼下乡村流行的一种痛已经危及所有的家庭，那是乡村与城市的落差导致了人力资源的大迁移，然而，谁又能将留守老人、留守妇女、留守儿童心灵深处的伤痛医治好呢？

一群黏土雕塑的大地众生相，让我神游四方，浮想联翩，这些雕塑形似而神更似。我的"九三六"父老乡亲，自从不经意间看到他们，我经常困在自己的梦境中无法解脱。

在朦胧的似睡非睡中，脑海中总是出现一群又一群的头像，我只能用"群"来描述。因为实在是太多了，那些头像个个都成了有生命特征的灵魂，与那些灵魂对话，我感觉自己失去了灵魂，陷入了什么也看不见了的焦急，双眼失明，两手乱抓，或者碰壁，或者扑空，或者在一个深渊里怎么也爬不出来。有时陷入梦中之梦，被毒蛇咬伤或被骷髅惊吓，在一个梦的梦里惊醒过来，还没顾得上恢复元气又陷入从一个屋脊极陡的房顶上慢慢掉下来的恐惧中……连日来，总是幻梦绵绵，这些梦幻搞得我一整天都昏昏欲睡……

我害怕残忍的夜幕降临，但昼夜更替是自然规律。每当遇到失眠之夜，有人说数数可以消除失眠，就从1开始数，数到自己都不会数的时

候，还是很清醒。又说数羊可以早点入睡，就又开始数羊，一只羊，两只羊，三只羊……一直数到白羊、黑羊一大群，那些调皮的羊在想象中鱼贯而入，浩浩荡荡。心游万仞，居然能刻画出每只羊的模样、个性，甚至看到矫健的小山羊身上那卷曲的细毛，由此联想到烫了这种发型的同类同性是如何的妖艳……失眠更加严重，整夜记挂着那只毛卷曲着的小山羊后面还有多少只没有数清楚……

再后来还是念念不忘的头像群如浪潮一样涌过来，涌过来，压抑得我失去了知觉，似乎陷入昏迷中了。等慢慢清醒过来，耐心分析失眠的根源，原来都是泥塑雕像惹的祸……

那么，这些有灵魂的雕塑是谁的杰作呢？哦，对了，是一个叫冯学诗的艺术家。我不懂雕塑，但是他创作的大地众生塑像让我无法安然入睡，在心里默诵了 N 次寒山和尚的禅诗，"我心如明月，碧潭清皎洁。无物堪比伦，让我如何说"。还是没用，原因是那些有灵魂的塑像太有分量了，它的价值在于把大地众生的喜怒哀乐真实地刻在普通的泥土上。从此，泥土成了有灵魂的众生，众生的苦难都写在脸上。虽然形形色色的男女老少，早已司空见惯，然而，目睹眼前的一切，还是觉得很诡异、很惊奇、很哀伤。我想，如果不是对人类有深沉的博爱、深刻的研究、深入的了解，能有如此深厚的感情吗？如果仅仅是一种表层的理解，就算有点石成金的功夫，泥塑的人像也未必如此出神入化……

艺术家实在是温润到了极致，手法不露凌厉惊骇，那么缠绵、优雅的拿捏，居然用泥土将一个典型的群体、一方风土人情表达得淋漓尽致。这些浓缩了南北各地人物的雕像粗犷、豪放、恢宏、磅礴，人物表情是那么丰富、那么现实又那么浪漫，这些承载着厚重历史和深刻文化的人物，表现出父老乡亲对残酷的自然和生活的不屈抗争。记忆的碎片放在心之窗口，不敢动一下，只有守候……

隔世离空的无望

一

那个十月，过早地飘来了雪花，冰冷，刺疼了我的文字。看不见的痛觉，长久地在心里蹂躏。或许因此，一直不敢记录关于父亲的点滴。朋友说，父亲节要给父亲一份惊喜，而我的父亲却无法接受我的赠送。心，在隐痛。试图回味一个过往，泼一纸水墨，飞洒一串泪珠，在波澜不惊的片段里，追忆敬爱的父亲。

那个飘雪的十月，在医院的监护室里最后一次见到父亲。看着全身挂满塑料管子的父亲，握住父亲冰凉的手，我不相信这是真的。在悠长的走廊里找到医生，医生用冷漠的眼光看着泪飞如雨的我，说："你父亲是突发性心脏病，已经没救了。"瞬间，我似乎陷入了严冬的冰窖。院子里繁花竞放，在绝望的凄楚里，一世绚烂，碎成了一地嫣然。

将我们带到这个世界的那个人，那个无声地关注我一步一步成长的人，那个总是耐心听我切切细诉琐事的人不辞而别，一家人心中强大的依靠，轰然倒下。

听说小狐狸长大了以后，老狐狸就会把它从身边赶走，小狐狸只好孤独地面对未知的将来，谋生。而父亲，就这么把亲人互相的牵挂变成了沧海彼岸凝固的守望，互相的聊谈倾诉成了残酷的遥不可及。

父亲把我们像小狐狸一样赶走，却看不到没有他的日子，我浮起的泪光，流星雨划破天空的夜晚，听不到我千遍万遍的呼喊，感觉不到我想从厚厚的土里把他挖出来的疯狂。父亲啊，千里孤坟，无处话凄凉！

父亲走了，没有了父亲的我，很羡慕有父亲的人，每次走在街上，眼睛忍不住地在熙熙攘攘的人群中找寻父亲的影子，总盼望有奇迹出现。在商店里，将目光移向卖手表的柜台，想给父亲买一块表。在铺天盖地的广告中，像往常一样，想给父亲寻找一种能根治顽症的药品。父亲一生经受病痛折磨，药品基本上不离身。

想起小时候，父亲牵着我的手，小手躲在大手的掌心里，很暖和。走累了，父亲就抱起我，小脸伏在父亲的肩头看风景。冷了，双手塞进父亲的领子。就这么，走过田间小路，走过春夏秋冬，走过幸福的童年……

有一次，父亲要出远门，我想让父亲带我一块去，父亲说，出去好长时间才能回来，不能带。因为母亲当时不在家，我执意要去，父亲就把我反锁在屋里。我哭得死去活来，使劲砸墙，最后竟然气急败坏地用牙齿咬门的框子。父亲终于没有挪开远行的脚步，带上了我。有了这次的"经验"，在以后的日子里，为了满足自己小小的愿望，我就用这样的小把戏一次一次获得成功……

二

父亲平日很少与人来往，但从来不得罪任何人。他的一生就像他种的庄稼一样沉默。他是那样一种类型的人……现在只能粗略地勾画他的形象：体型中等，瘦弱；骨骼并不粗壮，但很有耐力；没有多少文化，却极具判断力，关键时刻的寥寥数语，胜过千言，是家里的一杆旗。每

次回家，我们总会依偎于父亲的身旁，讲自己的所见所闻。父亲一边干活，一边倾听，偶尔问一句，我们会更加起劲地抢着诉说。高兴时，父亲慈祥地微笑着，静静看我们一会儿，而后，会亲自做我们爱吃的饭菜。很难忘那些在欢声笑语中度过的午后。

不善表达的父亲，有时沉默得近乎冷漠，虽然一直是亚健康状态，但他从来没停止过家里家外的劳作。有一天，小叔叔和婶子来看父亲，父亲忙着洗鱼。不经意的一瞥，发现奄奄一息的鱼不断地从父亲手里蹦出来。父亲居然控制不住那条只有1公斤重的鱼！那一刻，父亲手中又一次滑下去的将死之鱼，结结实实地撞痛了我的心，使我忍住夺眶而出的泪水赶快给父亲帮忙。父亲躬着身，稀疏的头发有些白了，同样发白的胡须直挺挺的很刺眼。这才真正感觉到父亲老了。父亲患心脏病有多年，尽管我们小心翼翼地关照着，无奈病魔无情，各种并发症三天两头光顾，父亲总是默默隐忍着。

父亲就是一棵虽摇曳但不至于折断的树，撑起我们的岁月，充实坎坷的旅途。我们在这历程中，从蒙昧到睿智，穿越千山万水，一直在追寻着自己梦里的足迹。而父亲，是我们永远的风向。在父亲亲手创造的这个家庭里，同情心和爱心浓浓弥漫；乐观、宽容、节俭、自信、坚强、肯吃苦耐劳、踏实做事的品质一直在延续。"细雨沾衣看不见，闲花落地听无声"，有父母亲的言传身教，弟弟们的生活、工作可圈可点。

曾有多少次，面对父亲的遗照，我试图从那慈祥的目光中读懂我想知道的一切，然而，除了用最浓的泪水诠释绝望的思念以外，竟是束手无策。我知道，父亲对生命，有特殊的关爱和珍惜，对家庭和儿女有太多的牵挂和不舍，只是生命脆弱，不堪一击，让我的天空支离破碎，而我们回天无力。

父亲啊，您要在，就好了，父亲节，也给您一个惊喜！再剥一只桃子让您尝鲜；再切一块哈密瓜给您解渴。您要在，就好了，还想让您亲

手炒一顿新鲜土豆，我还想品尝那比任何佳肴都香甜的美味，还想穿一双您亲手钩织的纯毛袜子，还想……还想……可是啊，父亲，您在哪里？写满思念的词句，点缀着远逝的身影，飘忽于梦的枕边。在无奈里追念，回味那些曾经，心酸，心碎。

三

父亲的家族，据我所知，五代以上都没有显赫的人物，可以说，这个家族对整个社会的贡献和索取都是微弱的。然而，父亲对子女的引导不可忽视。至少，由于父亲的指点，弟弟们在拥有土地的同时也获得了所渴求的喜悦，创造了父亲想也想不到的财富，更新了传统意义上农民的形象。父亲就是一棵大树，一棵苍老而勇敢的树，他用尽毕生的精力撑起了一片天。我们是从大树上繁衍出的枝干和树叶，即使飘得再远，也永远离不开父爱这棵大树，飘不出父爱庇护的荫翳。

在远离家乡读书的那些年，一次，父亲说要来看我。我早早请了假，守候在车站。等父亲一下车，飞奔过去抱住父亲，泣不成声，顾不得别人异样的眼光。走在人流如潮的街上，我紧紧攥住父亲的手，生怕离开半步。当父亲要回家时，我撕扯着父亲的衣服就是不让他上车，最后还是乘务员强拉住我，关上了车门。我无声的泪流了满面，徒劳地追着车目送父亲渐行渐远。父亲也没有回头，只是用手在眼角不停地擦拭，那时，我差点放弃学业，跟父亲回家……

父亲的去世，给我留下了太多的遗憾和无尽的哀思，每每想起来都是锥心刺骨地痛……

父亲走的那一天，正是他的生日，那是在收拾父亲的遗物时看到身份证才发现的。那是一个黑色的，让我们全家以前忽略，以后刻骨铭心的日子。在心里，我几乎声嘶力竭地呼喊：父亲啊，您要在，就好了，我们一定有能力给您补上您一生中最奢侈的生日！只是"子欲养而亲不待"，谁能想到那一转身，竟成永别，思念成灰，阴阳相隔。

与父亲一起走过的日子，无惧世事多变。父亲离去，一种怅然，在四季里轮回！企图将牵挂和怀念尘封、珍藏，把流逝的情节记录成隔世离空的无望。

千古的亲情、父爱，千古的父女缘，尽在文字里舒展，许一世穿越时空的承诺：如果人生可以重来，敬爱的父亲，我会把亲人重逢的等待婉约成诗。

想念麦田

　　飞雪飘舞，落叶成殇，绚丽的秋色在瑟瑟冷风中消失殆尽，留下的又是一季苍凉。该落的都落了，就剩下光秃秃的树枝，此刻，看到漫天雪花，居然想念夏天的那一片麦田。

　　也许，每个人的生命里，都有一个特殊的故事或者特殊的人，要么与情感有关，要么与岁月相牵。

　　当季节的车辙碾过岁月，很多印记延伸到看不见的远方时，目光所及处，是那些与你相关的记忆。家乡的麦田，麦子的一花、一叶、一籽在收获的季节找到了自己的归宿。

　　想念是一种比较痛苦也比较幸福的事情，可以是唐诗宋词里的幽怨，可以是心底珍藏着的老屋的温暖，当然也少不了相见恨晚，不管怎么样，都属于一个人的山河、一个人的喜怒哀乐。

　　沿着经年的小路回望，那个与人类生生息息不可分离的麦田，正灼灼生长成梦……

　　梦中反复出现一片连着一片的麦田，麦浪肆意翻滚，几乎要把我淹没，梦中的自己，剥下所有的伪装，尽情地随着起伏的波浪上下飞舞，肆无忌惮地大笑，直到梦醒。

而后，回放梦中的情景，非常怀念家乡大河的那一片麦田，壮观、浩瀚，置身其中，有点窒息，有点晕眩。不能想象，这么多年来，如此广阔的麦海竟然被在眼前忽略，竟然没有好好地看一下，竟然在梦中如此真切地浮现，算不算矫情呢？

风轻云淡里，想象着是怎么傻傻地注视着天空下麦子的摇曳、麦子的恬静。它们晴天进行光合作用，阴雨霏霏里吸收玉液琼浆，与天山遥遥相望，无忧无虑，无牵无挂，与世无争，自生自灭。回到现实中，只得把无奈收拾好，与苦乐同行……

对麦田的想念，已刻骨铭心，谁叫我是农民的后代呢？不然，我怎么能够无端地去怀念一片麦田或者一粒麦子呢？我怎么有心在干旱时想用长歌清泪浇灌那些父母亲手种下的麦子，盼望它长，长，长成一个季节不死的灵魂，陪伴我的欢声笑语呢？

好了，今后，不论贫穷还是富有，不论精彩还是平淡，麦田，都是我的伊甸园，是我魂牵梦绕的爱恋、不可忘记亦不能忘却的思念！

家乡的麦田，我想对你说，冬已到，春也不遥远，弱水三千取一瓢，且以深情共余生！

搬不走的记忆

在这样的季节这样地时刻搬家，那份浓得化不开的情结，会在瞬间变幻成怅然、伤感和深深的依恋……

我随父母生活了多年的家是一定要搬的，因为弟弟在另一个城市买了新房子，母亲就得随弟弟一块去。只有东西还放在老房子里，正式搬家的日子就选在元旦放假期间。

搬家前夕，我抽空去老房子里来来回回地转了无数次，看着眼前熟悉的一切，闻到那温馨的气味，我忍不住地想，如果这里可供回忆的东西都搬走了，我有能力把那些往事完整地储存在脑海里吗？这里承载着我童年、少年、青年的全部历史，记录着这个家所经历的喜怒哀乐，盛装着父母辛苦半生积累的所有家当，还有……

来不及回忆了。母亲打来电话，说把这个也拿上，把那个也别忘了。听了半天，没有一样东西她认为是不重要的，我说干脆别搬东西了，这些旧物搬进新房子要多难看有多难看。母亲沉默一阵后说："把那个打了补丁的枕头拿上，那里面有你小时候穿过的衣服。"我心里一热。

　　对母亲说不要搬东西，那是残忍的，本来母亲就不愿丢开她的"草窝"，只是弟弟执意要迁移，百般劝母亲，说旧的不去，新的就不来，母亲只好随了儿子。

　　但这个家是父母一手经营起来的，6间房子，小弟弟住两间，父母住一个套间，其中里间的那个小卧室是我的天地。我自己成家后，父母没有动我房子里的一件东西。每每回到娘家，我心安理得地住进自己的"老家"，仿佛时光又回到了从前的某一时刻，很自在，很惬意。另外两间分别是厨房和库房。院子很大，有700多平方米，前院是三排白杨树加一个小菜园，还有一个取之不尽，用之不竭的深水井，需用潜水泵才能抽出清澈、冰凉的水来。后院是牲畜圈和放杂物的地方。院子外的南面还有一个门朝东开的车房。

　　老房子很大，但可利用的空间很小，除了家具、衣物、日用品外，还有许多特殊的东西。据我细心观察，这么多年来，这个院子里的东西是只进不出，只添不减，理所当然地充塞了任何一个可能塞东西的角落。在母亲的眼里，没有一样东西是可以舍弃的，我让她把看惯了、用惯了的东西留在空屋里闲置起来，显然是扮演了冷面屠夫的角色。

　　房子里有些箱子、柜子在我看来，放在新家里的确是不般配的，还有许多过时的物件，总之，对我来讲，搬这个家，实在有些困难，有些不忍心。

　　在一个木箱子里，母亲居然收藏着我的一些厚厚的笔记本，翻着这些遥远的纸片，被眼泪沾湿的回忆一幕幕浮现在眼前……

　　四周一片寂静，心很不安，透过树梢的阳光碎片，金子般地撒满了屋子，父亲遗照的玻璃框被光线折射得格外耀眼。看着父亲慈祥的目光，我心里说："老爸，咱们走吧，我知道您是不舍得离开的，可是，家就是要跟着人走的，妈妈在哪里，哪里就是您的家！"

　　"老爹……"当我再次默默叫"老爹"的时候，压抑了这些天的坚强彻底崩溃了，意识飘忽，悲不能自抑。我明白，这个家里曾有温暖我

的人，有我想温暖的人，这个家是我生命远行的港湾。搬走这里的一切物品很简单，搬走这里的记忆却是一种痛，是一种无伤的痛，我想以我的温柔为我将要离开的家疗伤，如果有可能，我也要为这个乡村疗伤。我知道，眼下乡村流行的一种痛已经危及所有的家庭，乡村与城市的落差导致了"家"这个原本物质的、有形的空间的大迁移，而谁又能将心灵深处关于家的那种柔情的分量计算出来呢？

在这个世界上，我们曾笼统地认为，家是一间房子或一个庭院。然而，当你或你的亲人一旦从那里搬走，那里一旦失去了温馨和亲情，你还认为那儿是家吗？你就会有这样的认识：对名人来说，那里是故居；对一般老百姓来说，只能说曾在那里住过，那里已不再是家了。

那么，家是什么？1983年发生在卢旺达的一个真实的故事，也许能给"家"做一个贴切的注解。卢旺达内战期间，有一个叫热拉尔的人，37岁，他的一家有40口人，父亲、兄弟、姐妹、妻儿几乎全部离散丧生。最后，绝望的热拉尔打听到5岁的小女儿还活着，于是辗转数地，冒着生命危险找到了自己的亲生骨肉。他悲喜交加，将女儿紧紧地搂在怀里，说的第一句话就是："我又有家了。"

充满亲情的地方就是家，这个家也许是竹篱草房，也许是深宅大院，也许在流浪的人群中，不论在哪里，只要有亲人、有亲情，那里就是真正的家……

陷入恋家的旋涡不能自拔，点点滴滴都勾起想家的思绪。有资料说，人的思维在一天内要产生五万个不同的念头，而我的这点想法也就是五万分之一吧。我在想，搬家是每个人都会经历的，但是，不同的人对家有不同的感受，家在心里所占有的比重也有差异。家不是酒店，亦非驿站，许多时候，离开家，不仅仅代表你离开了一个休息的地方，也不意味着舍弃了一些物品和熟知的邻居，家是你守候的温暖，有你漂泊时收留你的一张床、一杯热茶抑或是补充能量的一块大饼。历经万世沧桑，家是风雪中那炉子上不灭的火，你的脚可以走遍天涯，思念却永远

走不出这个家……

思维是混乱而凝滞的。饭桌上，弟弟每次搞出的笑话都惹得全家人喷饭的场景、邻居大嫂隔着院墙亮开嗓子问家里借东西的和睦友爱、明朗天空下的无限风光及美丽田野上的一草一木，还有那缭绕在屋顶上的炊烟……似乎关于家所处的那个空旷的、宁静的原野上的所有的味道开始弥漫、扩散，渐渐笼罩了我……

此时此刻，我所生长的这个家对我而言是那么亲切，我对它是那么眷恋，倘若来个换位思考，想想母亲吧，她离开家的痛何止我的千倍万倍？母亲能勇敢地走出去，我更应该把对家的眷恋深深地放在心底就好。把乡愁孕育在家的前堂后院，然后在家里的那棵大树上攀缘成一株牵牛花，紫色的喇叭花始终朝着家的方向盛开，装扮家里的每一个角落，使之芬芳、生动……毕竟，生活还得继续！

2010 年元月 2 日上午 12 点，我们带了一些必要的东西，咔嚓一声，把房子和那些可以称为"古董"的东西都锁在里面。回头张望那个只装着物体的房子，再瞅一眼那几排高大的白杨树，猛然间，感觉白杨树那片片落叶似无声的泪珠，那伸展八方的枝干，如千手观音纤细、柔软的手臂，齐刷刷地滴落、缠绕在我的心上，针刺般的痛楚告诉我：家的故事还没有完！

那些年，那些事

拔芨芨草

多年以前，巴里坤人在秋天都要割芨芨草、打蒌子、捆粮食、捆草。每到七月份，生产队就组织男女老少，赶上牛车、驴车、马车去割芨芨，农田周围的割光了，就到山里去。

那时山里都是牧民的草场，一马平川的草原上，芨芨草长得又高又密。牧民只要看见农民割草场上的草，感觉就像割他们的命，连追带打不让割。十几个村民赶上牛马车，就带上铺盖卷、干粮，到更远的西山、纸房去割。哪里有水，也有芨芨，就在哪里住下，少则三四天，多则七八天，一个地方割完了，再到另一个地方去找。到了晚上就用三块石头支起一个锅做饭，把干牛粪块或者枯树枝当燃料。有两个人还带了一瓶自制的烈酒，在清澈的月光下，围着篝火豪饮，其他人就在地上铺了毛毡，裹上皮袄休息、聊天。

不知不觉，奔波了一天的人都睡着了。半夜里，其中一个喝了酒的人把他旁边的人叫醒，说是自己被两个鬼夹着扔进火堆里差点烧死，现在胳膊、腿上都疼得受不了了。

旁边的人一听，大惊失色，一骨碌翻起来。吵闹中，十几个人都醒了，一看那人身上果然有烧伤的痕迹，看那痛苦的样子是够厉害的。领头的人赶紧指挥套车赶马回家，免得出了人命。

此事在村里被传得沸沸扬扬，神乎其神。经历过大事的老人们却笑而不语，只说一句："喝了多少酒？"脑子快的立马反应过来，这不明摆着是喝多了自己掉进火堆里，不好意思说，就让摸不见，看不着的"鬼"背黑锅嘛！

后来有人就懒得到远处割芨芨，又偷偷摸摸到牧民的草场割，老远看见骑马的人就跑，看不见了再割，心跳肉颤，感觉自己真正就是个贼娃子。

也有人拔芨芨，拿一截小木棍，把一束芨芨草缠绕两三道，然后用力拔起，有的妇女拿老虎钳子一根一根地拔。因为拔的芨芨和割的芨芨用途不同，人们所拔的是成熟的芨芨，可编筐子、圈子，扎扫帚，编笊篱等用的芨芨是半成熟的，主要用于打篓子、搓草绳。拔的芨芨要在阳光下晒上一段时间，揉搓掉表面翘起来的一层薄皮。如果还不干净，有的人就在一块小木板上钉上铁钉，挂在墙上或者牢牢钉在木桩上，拿一束芨芨草在铁钉上刷，或者用小火燎一燎根部的毛须，再使劲一揉搓，芨芨草就变得光滑、洁净，可以用来编筐子、圈子，扎扫帚。

编笊篱

笊篱实际上就是漏勺。它的历史由来已久，相传"八仙"中的何仙姑，是"八仙"中唯一的女仙，唐代零陵人。她常持一把竹笊篱上山采茶，每日朝出暮归，采撷山果侍奉母亲。既然何仙姑是唐代人，那么这个笊篱应该在唐代或者唐代之前就有了。

以前的人们没有先进的生活用品，都是在不断的实践中自己摸索发明的。就像手工编织的芨芨笊篱，应该是漏勺的祖先。早年的人们把芨

茇的表面剥得光滑、干净，在水里稍微泡一下，白森森的，然后编笊篱。编织时先把泡软的茇茇捆成一个小把，然后适当分开叉作为纬线，再取一些插到中间，当作经线。通过这样的经纬交错，茇茇就逐步被编织在一起，一上一下翻转着编，编成了一个瓢状，大约到了半圆时就收边，边收紧，小把子上用铁丝扎紧，一个笊篱便做好了。

很早以前，磨面粉时都要用水淘小麦。首先用一口大缸倒上半缸水，再把小麦倒进去，用笊篱在水缸里搅动打圈，促使小麦漂在水面上，沙石落到缸底，然后把小麦从水里打捞出来，倒在院子里铺的一大块帆布单子上面晾晒，这样磨出来的面粉干净，而且更白、更细腻，还能分出头等面、二等面，最后分离出麸皮。

一只笊篱能使好几年，啥时候大架子散了，还舍不得扔，拆了当柴烧。后来有了铁笊篱、铝合金的漏勺，茇茇草、柳条编织的笊篱不得不退出了历史舞台。

打葽子

很早以前，到了七月份的时候，巴里坤的男女老少都忙着做秋收的准备，满山、满洼地割茇茇，准备打葽子。

葽子其实就是单股的草绳，主要用来捆收割后的粮食，还用来捆草。

打葽子用的茇茇是不成熟的，需要年年割，遇上个旱年，茇茇来不及长高，近一点的不够割，要到远一些的山里去割。

那时，人们把茇茇割好了，就想办法分成均匀的十把子，每一把子两双手能捏住就行，一把压一把交叉成剪子的形状，然后从中间固定住，再用葽子把茇茇一把压一把地捆紧，变成了"茇茇剪子"。力气大的男人随便抓起茇茇剪子的一边，甩手就背到身上，这样能背好几个"剪子"，又精干，又利索。

被割下的茇茇长短不齐。有经验的老农先抓住长茇茇的糜子，轻轻

一抖，把夹在里面的短芨芨和杂草抖出来，分好了长短，就把根的那半截捏紧，使劲摔打芨芨糜子。糜子摔打干净了，捆成小捆放在水里再泡几个小时，捞出来柔软了，男女老少坐在一起开始打蒌子。

打蒌子不分场地，可以在家里，也可以集中在合作社的大院子里。每个人面前放一捆泡柔软的芨芨，一边谈笑，一边打蒌子。

会打的人不浪费芨芨，还打得结实。具体是把芨芨（粗芨芨用8根，细芨芨用10根）分成两股，一边各有4到5根，也就一个小指头那么粗，把其中一股的末梢分成两半，把另一股末梢处放在分成两半的末尾处捏住，右手给芨芨上劲儿，劲儿上好后顺手放在腿下轻轻压住芨芨根，左右手配合把两股芨芨连接，再转动拧紧些，就变成一根1米多长的草绳。然后和腿下压着的一端对折拧紧，拧成匀称的螺旋状，表面看起来比较光，基本上没有太多的草尖露在外面，伸开是一根1米多长的草绳，合在一起，像一个一头带环的麻花。之后，按一捆50双或者100双，存放起来备用。

搓草绳

搓草绳时，大多人就地放一个小凳子或者铺一块毡坐下，把事先选好的芨芨垫在木砧上，用木料做成的榔头慢慢来回把芨芨草敲打得柔软一些，然后取一股扎紧顶端压在腿下，手心对手心，均匀用力，手动草也动，搓到五六十厘米时，用一只手在后边拽一下，前面不停地向前搓，如此循环，草绳从掌心渐渐变长，像麻花一样盘成一堆。

搓草绳不是高科技，但需要有一定的技术含量，不会搓的人，搓出来的草绳粗细、劲道都不均匀。草绳搓得好不好的关键是会不会续芨芨草。也就是手中的芨芨草快要搓完时，再续几根来搓，绳子才能逐渐延长，不仅时间、数量、用劲多少都有讲究，续早了或者多了，搓出的绳子则疙疙瘩瘩，不好用。

单股的草绳不结实，一般的牛车、马车都用比较粗的草绳。为把一

根手指那样粗的草绳 3 股合成一根结实的粗草绳，人们发明出一个两头小，中间大，上面刻有 6 个槽子的物件。合草绳时，把 3 股或者 4 股草绳的一端扎紧固定在木桩上，木桩也是可以旋转的，然后把单股的绳子放进刻了槽子的木头瓜牙里，一个人慢慢移动拉着三股绳木头瓜牙，一个人在另一端转动木桩，绳子就很均匀地像麻花一样合在一起。这种草绳结实耐用，却很费手，用的时候蘸点水还好，要是干草绳则容易扎手，还容易断。

现在蒌子和草绳都成了人们语言上的文化，"80 后"对这些几乎是没有概念的。

梦里梦外的思念

在目光所及的地方，总想把你尽收眼底，将你守候成最美的风景，明知无望，却固守着仅存的坚持，因为，我抗拒不了你的诱惑：平静、坦荡、博大、和谐、古朴。

曾经多么希望四季都能与你相遇，将铺天盖地的花草饰你以锦绣，将汹涌如潮的灿烂赠你为华裳。而你竟无半点顾盼，就这样，在萧瑟的秋风中，轻易穿越一生的沧桑；而我，抬头，仰望，婉转的心思，只有云知道。

站在高高的天山上，放眼望去，深浅不一的绿色蔓延无边，镶嵌其中的大片油菜花正在随意绽放，展示火焰般的激情。那小小的花瓣，从浅绿、深绿再到淡黄、金黄，仿佛在诉说一生的故事。梦里梦外的思念，让我祈求上天，在花的灵魂死在高高的枝干上之前，请让我与你相拥，窃窃私语，诉说对你永不褪色的眷恋。

你把太阳柔和的光，从地球之外万里迢迢霸道地拥入怀抱。宇宙间那些绚丽夺目的色彩，就在你这里肆意张扬。无法逃避的绿，没有任何商量地闯入视野，轻风掠过，地上的一切开始微微颤抖。那些波浪一般

的律动，不可收拾地从脚下匍匐到天际，从七月一直摇曳到九月，百般的层次、百般的温柔，囊括了何止千种、万种的颜色。三生万物汇集于此，哪里还能分辨出最美的色彩？

与你千年对峙的是苍松翠柏、悠悠白云，还有盈盈的天。

自然的你、红尘中的我，也是一种对峙吗？

无助的月夜，我漂泊的心如一枚树不挽留的落叶，浮在你的上空，载着虔诚的问候，感受生命与生命的拥抱。尽管读不懂你深邃的目光，但是，我知道你不会拒绝那一份牵挂的执着。因为思念，因为能与你如期相见，因为那一份割舍不下的情缘……想在菩提树下觅一方青石，静待，看沧海变桑田。

你不属于自然，你属于生命，春华秋实，你的生命灿烂如歌。晴天是诗，雨天亦是诗。你的乳汁养育的牛羊，价格昂贵，肉质名扬四方。当时不知何故，后来才明白，橘生淮南则为橘，橘生淮北则为枳，同是生灵，长在不同的地方，就有不同的品质，你的子民——那些牛、羊，之所以身价飙升，完全是你特殊的地域条件所致，可煮、可炒、可烤的牛羊肉，暗香余韵，经久不去……你的纯净最简单，也最神圣，在工业化污染日益逼近的今天，你还是保持着当年"邻家有女"的模样，清纯、甜洌、秀色可餐。

你的美读不尽，说不完。铅华洗尽，绮罗散去，时光流逝了几千年，唯有你依旧茂盛如斯。你把生命交给秋天的时候，饱满的种子悄然落地后，牧民手中的钐镰在晨露中忽明忽暗。牧草随着有节奏的"刷刷"声，纷纷整齐地倒在一边，然后被装上马车，堆放在干燥的房顶或者屋后。为成群的优质牛羊储备的冬草，一垛挨着一垛，像鳞次栉比的青色楼群，那景致，壮观、恢宏、大气磅礴，无与伦比。

似乎有人想尝试一下割草的潇洒，使劲挥舞着钐镰，然而，半天也没见伤着一根草，惹得哈萨克小伙哈哈大笑，笑得倒在了柔软的草丛中。那笑浑厚、透明，那情、那景纯真、善良、友好，没有矫情，没有

作秀，所表达的是人性中最直白的情感。

当你把生命交给冬天的时候，地母以博大的胸襟把夏日的狂欢做成精致的书签，收藏在每棵新草的下面，孕育另一种激情澎湃的遍地芳菲。

盘旋的鹰走了，又飞来了。草原上的马儿们头对着头，酝酿着一个人类无法破解的秘密。圣洁的天山被云霞笼罩，恰似银碗盛雪的素洁。清泉迸发出的回响，犹如隔水玉箫。刻骨的依恋、清风朗月的温馨，已深深烙入血脉。有关鸣沙山、樊梨花、岳公台的古老神话，在弥漫着奶茶香味的毡房里流传，废墟文化的魅力已定格成永恒。盛产绿色、鲜花和浪漫的你，是诗人寻觅一生的爱人，是迷失的心灵可以得到抚慰的神灵，是轻纱妙曼半遮脸的新娘，是我梦里梦外的思念，是我的天堂草原——巴里坤！

无须多言，百转千回后，绿意舒缓，分外缠绵，跋涉千万里，也不染一丝尘埃。

老屋的前世今生

老屋其实也不算老，它是"80后"。要是"80后"的人，正当风华正茂；但土木结构的"80后"房子，已经是风残烛年，破败不堪了。即使它摇摇欲坠，也依然充满了深刻的内涵，因为它是我童年的摇篮，也是我们颠沛人生的记录者、见证者。尽管我已有了新家，心却常常以飞翔的姿势抵达目所不及的老屋，如果给我一个理由忘记，那就是随我一起遁入天堂……

据说东方女人对娘家的心理依赖深入骨髓，无可救药，无论她的婚姻如何，无论她的财富多少，父母亲的家，永远是她的避风港，是她一生都无法真正离开的地方。

风残烛年的老屋

深秋，父亲的祭日，一个夕阳晕醉的午后，携久别老家十年的母亲，回到了这个养育过我的家。

这个"家"，实际上成了贮存废旧物件的地方，斑驳陆离，体无完肤。钥匙一直由邻居大哥保管着。打开生锈的锁子，推开门的一刹那，女儿脱口一句"还是姥姥家的味道……"刺激了我某根敏感的神经，翻江倒海般的滋味涌上来，伤感、悲痛像图钉一样扎进心里。

潮湿的房间，地上长满了青苔，借助一丝光线，依稀可见被完美的蜘蛛网网住的大苍蝇，悬挂在大衣柜上面的墙角。女儿拿了数码相机，在阴冷的屋子里拍照。

母亲立在衣柜前，絮絮叨叨地说："这个柜子上的水银镜，是你姥爷坐在毛驴车上，用毡裹着从县城抱回来的，就怕一路颠簸打碎了。"女儿好奇地说："打开来看看里面有没有宝贝。"母亲说："哪里来的宝贝呢，里面是你姥爷穿过的一件棉衣，再就是些乱七八糟的东西。"

母亲一面说着，一面找钥匙。我说："钥匙早就丢了吧？"母亲回答道："不会，就在那个茶叶盒子里。"

果然，在写字台上盛茶叶的硬纸盒子里找到了衣柜的钥匙。

双开门的衣柜，有两把钥匙，我帮母亲开了柜子。离开这个家，只弹指，不敢一挥，十年还是没了。十年间，那么多是是非非都忘了，只有我们长年累月在电话里陪伴的母亲帮我们记着，那么多该丢的或者不该丢的东西，母亲仍然帮我们收藏着。

透过被蒿草尽情攀爬、缠绕的老屋，犹见当年父母在家忙碌的身影、弟弟们打闹的喧哗、牛羊撒欢的欣欣向荣。还有月季两三朵、各色菊花几盆、倒挂金钟一盆……檐前的青石被滴水侵蚀，虽少了几许大宅门里的奢华，却也不乏温馨和质朴，同时也蕴藏着一个家族的风风雨雨。

生活在流年里改变，我们背叛着，同时也诋毁着自己的所作所为，唯有母亲替我们坚守着……夕阳渐渐消失，正如再也回不去的那些年，感觉就像一场节目到了剧终之时，幕布缓缓拉过来，掩盖了一切的精彩。

忠贞不渝的百花草

因老屋的铁栅大门日夜紧锁，那些被雨水冲进来、随风刮来的草

籽，跋涉千里万里来老屋的院子里落户。

夏天随工作组下乡时，特意看了老屋一次。茵茵绿草还有各色小花，像哈萨克族能工巧匠的绣花地毯，被院子里夏潮的特殊土质精心滋养着，就是人工草场也未必如此旺盛、如此绚烂。

那些蒲公英、灰条、芨芨草、太阳花、艾草，还有油菜花等吧，知名的，不知名的，爬满了所能爬上的旮旯拐角，不择手段地疯狂蔓延，就像顽皮的孩子，烂漫天真。争先恐后地以强大的力量在水泥地的缝隙、裂开的墙角、房顶上屋檐下肆意绽放。

让我肃然起敬的小草，在我们不居住的这些年里，在家的每个角落撒播芳菲。也许，花草知道我们不会再有第二个童年，也不会再有第二个故乡了。它们忠贞不渝地为被我们冷落的家园贴上特殊的标签，花花绿绿，红红火火，以便我们归来时还能感受生命的气息。从这个意义上理解，我想为老屋的院子里开放的或者已经走向生命尽头的小草流很多很多感激的泪，浇灌那些意犹未尽的明媚，使它们长长长，使劲长成高天下一方永恒、快乐的绝唱，长成一个季节不死的灵魂。

我弱弱地问小草，这是一种温柔的自我囚禁吗？之所以不能理直气壮地追问，是因为与小草相比，人类要脆弱得多、冷酷的多，也无情得多，我们对小草不求回报的守候是有歉意的，至少，我要代表所有家人，向小草致以深深的问候和敬意！

其实，弟弟们陆续迁移到哈密的新家以后，就有人上门来买房子，出于根深蒂固的乡土观念，母亲和弟弟执意不肯出卖，结果就成了小草诗意栖息的好地方。

母亲小心地踩着衰草枯萎的遗体，房前屋后地看了又看。最耐人寻味的是后院里那些东倒西歪的棚圈名字，什么花羊圈、黄牛棚、奔拉耳朵驴的槽、雪花母鸡下蛋的窝……几乎每个生灵都有特点有名字。母亲一边自言自语地念叨名字，一边探进半个身子挨个查看。其实里面除了铺天盖地的草、灰尘、蜘蛛网，或许还有乱草丛里偷窥的老鼠，什么也

没有，荒芜得令人心寒。如果说有，那就是随着母亲叫出的名字，黄牛、花羊、雪花鸡的影子在脑海里鱼贯而出……

盘根错节的白杨树

在母亲的眼里，老屋的每一个物件都是有故事的，就是那一排白杨树，也有来历。

"这些白杨树是你从学校里拿来，你爹种上的。"母亲悠悠地说，并仰视十多米高的白杨树，在空中泛着金黄色相互缠绵。

没错，那些年，父亲每年夏天都要砌院墙，砌得快，也倒得快。因为房子建在大河四渠泉水溢流的地带，春天地下水上升，院子里毛驴车走过也会渗出水来，人走在上面，晃悠的感觉很玄妙。当初修房子的时候，队长就建议父亲，把宅基地移到干燥的沙梁上去。父亲看中了老屋东边的一片空地，说空地便于弟弟们停车，宁可不辞辛苦地砌院墙，也不挪窝。后来，事实证明，父亲的决策有前瞻性。

不知父亲听谁说，在院子里种上树就会把地下的水吸干，房子和院墙就都有了安全、稳固的保证。刚开始插了些柳树枝，结果全军覆没。后来学校购进五年龄的树，校长特批了十几棵，父亲精心管护，施肥剪枝。树苗长势迅猛，不几年，就长成了参天大树，院墙果然不倒了。大树根深叶茂，不仅吸纳了地下四周的水分，也招来了麻雀、喜鹊、布谷鸟，路过的大伯和婶子也要进来在树下乘凉、聊天，院子里鸡鸣狗吠，好不热闹。

母亲贤惠好客，迎来送往邻里乡亲，不在乎进进出出端茶送水。父亲在树下用芨芨草编筐子，编能编的所有，包括鸽子笼。这个画面牵动了我跃跃欲试的写作冲动，无奈笔力乏弱。假期，大树下，我恶补读书不多的缺失，痴迷于张笑天的《回来吧，罗兰》。暗夜，为躲开妈妈不断催促睡觉的唠叨，头顶一床被子，拿上手电看至天明，继续读，结果又到夕阳西下。碎碎的阳光斜斜地穿过树叶，洒在书上，晃得眼花。母

亲下地除草已归，我居然忘了母亲让我也一起去除草，埋怨了一阵见没反应，顺手将我捧着的书甩了出去。看着大鹏展翅一般飞向房顶的书，我哭得捶胸顿足，就像翻搅五脏六腑，那种伤筋动骨的痛，何以承受？父亲无言，上了房，在邻居的草垛上找到了书，破涕为笑的我拿了书依旧沉醉其中，不过，有所收敛。立志做文学梦的我，感谢母亲那红颜一怒，若是当初投身进去，日后必将备受煎熬，不能自拔，每每想起就不寒而栗。

我出生、成长的村庄里，父亲仙逝，老屋终究也会成为废墟，想想经年后，再也没有吸引我的那一盏灯，再也不会有温暖我的人为我做一切，遥望里，只剩刻下幸福、爱和被爱年轮的白杨树，盘根错节，犹如我的家族，更像我复杂、苦恋、破碎、无处安放的心，还有无法释怀的眷恋依依……

写到这里，心太痛，不能继续……唯有老屋山一样的念想在心中屹立，就像看完皮影戏里的《长恨歌》，散场时，怅惘而泣！

让生命开花的书

　　一眼望过去，没有发现这些老人的特别之处，衣着平常，笑容慈祥，在一间温暖的房子里闲聊。慕名来听新编小曲子的同事，邀请在座的大叔们唱一段。老人们一点也不推辞，拿起自制的二胡、竹板，还有一对小铃铛和一个用来充当打击乐的木鱼，就这样，一台不用彩排的小节目，在深秋的一个小屋里上演了："从前看病实在难/害上大病干瞪眼/合作医疗就是好/天大的困难国家管……"

　　听着那些通俗易记的歌词，忍俊不禁，但他们的表情、姿态似乎都非常契合此情此景，假如换了华丽、恢宏的大戏上演，反而显得不伦不类，难怪这种民间文化在镇西的原野上经久不衰，对西域汉文化的健康发展起到了推波助澜的作用。这个人人可以上场，可以任意填词的小曲子，与哈萨克族的"黑走马"、维吾尔族的"十二木卡姆"有异曲同工之妙，表演者之间配合得默契而和谐。

　　具有独特风格的地方戏曲剧种，融合了新疆各民族的音乐艺术，瞬间让在场的所有人产生了心灵上的共鸣。"党中央国务院/关注民生是关键/免了税收又补钱/人民的生活比蜜甜……"老人们的形象在我心中愈来愈可敬，想进一步探个究竟的欲望像疯长的野草，在老人们一口气唱完《党的光辉照万家》后，忍不住发问。

这一问，问出的结果让我大大长了见识。

那是一个草长莺飞的午后，巴里坤县大河镇东头渠村的妇联主任白菊娥习惯性地打开电视，手拿遥控器没有目的地乱点中，一片醉人的绿意映入眼帘：这不是咱们的巴里坤吗？

她立刻来了精神，目不转睛地盯着电视。

后来的画面让她的心实实在在地狂跳了一阵子，那熟悉的面孔、熟悉的曲调、熟悉的场景，这不是在做梦吧？她问自己。

村里老人们平日自娱自乐的小曲子居然上了中央电视台，这让她吃惊不小。

可惜的是她还没来得及把继续看下去的架势摆好，节目就切换到了另一个内容。遗憾中带着兴奋的她，想立刻把这个振奋人心的消息告诉每一个参与小曲子演出的老人。她确认了一下电视频道：中央一套新闻综合频道，没错，就是这个品牌栏目！

正准备打电话的时候，她的电话响了。

"白主任，你看电视了没有？"一个老人按捺不住喜悦，首先给她来了电话。

就这样，也就是一分钟的新闻，圆了老人们多年的梦。在这之前，从来没有哪个人想过会上电视，这在老人们沧桑的心里洒满了和煦的阳光，给了他们一个真切的安慰、一片温暖、一个永生的纪念。

这个过程是他们七嘴八舌地告诉我们的，谈笑间肆意流露的淳朴、憨厚、达观和亲切，传递给我的感动，足以让我受益一生，珍惜一生。

让我更加肃然起敬的另一个重大发现是老人们的手抄书（之所以称之为"书"，是因为"本"这个字用在这里分量太轻，不足以承担老人们付出的厚重）。

说到情绪高涨处，老人们从衣服口袋里掏出自己编写的"书"，那

些大小不一的塑料皮本、学生作业本、信笺纸都是老人们用心写的"书"，上面整整齐齐地写满了反映自己生活、劳作和世事变幻的细节，涉及面之广，看得我们唏嘘不已。

翻开那些精心编写的手抄书，扉页上还编了目录和页码。比如《王哥放牛》《张良卖布》《梁秋燕》，按照页码，可以很快找到相应的内容。

面对这一篇篇出自平均年龄为73岁的老人之手的小曲子新词，恍惚中，那些丰盈、生动的句子，仿佛爬满了蹉跎岁月里的村庄，像潮水一样袭来，荡涤着浑浊的尘埃，滋润了干涸的土地。那一本本"书"，薄薄的纸张，承载着厚厚的深情。那是一本本让生命开花的书，书上写满了缤纷生活中的华彩乐章，那些挥毫泼墨、自编自演的民间艺人是76岁的蒲东礼、郜克林，67岁的杨培才、朱勇……

写给流年

　　流年里，有许多值得记忆的人和物，写给流年的文字，一定少不了怀旧、苍凉和悲情。沿着岁月的轨迹，一路走过我的村庄、我的田园、我的牛羊，还有悄悄流逝的时光里那些刻骨铭心的生活点滴，充盈着几多苦涩、数段满面疮痍的插曲，都成了如梦如流水的诗行。

　　生长于大河，却没能一生耕作在大河边的我，念起老父老母，还有祖祖辈辈生活在这块土地上的乡亲们，从春到夏的画面、充满了生机而又欢愉的景象，成了今日记忆的主题。

　　每每沉醉于大河的往事，都会情不自禁想起那些曾经有温度、有感情、有故事的农耕生活，熟悉牛羊声声、鸡鸣狗吠，还有大片的麦田的浩瀚，尽管不能亲身体验一生，但我深谙其中的厚重。就说在收割机出现以前，面对辛苦了千万年的镰刀，我怀有敬畏之心。它不仅伴随着祖祖辈辈几代人，完成了一个又一个季节繁重的劳动量，同时也在我手上留下了九道伤痕，它的锋利和轻巧让我佩服，让我惧怕。

　　回望形似弯月的镰刀，它的历史悠长得无法考证。远古的石器时代出现的石镰或许就是它的雏形，后来成了钢、铁料材和木头的完美组合。

那时，有着"屯稼堆云"美称的大河，天总蓝得通透，收割的季节更是如此。放眼望去，蓝天下，除了零星的牛马在草地上悠闲晃荡，麦子是黄的，草原是黄的，房子也是土黄的，满世界金灿灿，除了偶尔的几声狗吠鸡叫，安静得没一点声息。

麦子成熟的日子，家家会传来有节奏的磨刀声。晚上父亲回家，第一件事就是在煤油灯下，或借着月光，坐一个小凳子，一条腿半曲着，拿一块三四厘米厚的磨刀石支撑在膝盖下，一上一下仔细地磨。我一边用芨芨草蘸上水，淋在磨刀石上，帮父亲润湿磨石，一边跟父亲有一句没一句地闲聊。镰刀的两面都要磨，磨一阵，父亲就用拇指的指甲试刀锋利不锋利。快刀在指甲上会有一种吸引力，老刀就会打滑，这是需要丰富的经验才能鉴定的技术。父亲每次都能把镰刀磨得削铁如泥，邻居都来请父亲磨刀。每天晚上，父亲的旁边都有好几把镰刀摞在一起，像一串永远没有答案的问号。我想，是不是最初发明镰刀的人就知道用镰刀干活一定很累，啥时候才是个头？所以才借镰刀的形状代替人们一直发问？

千百年来，不管世间风云如何变幻，用镰刀割麦子却是亘古未变，时间长且劳动强度大，是不折不扣的体力活。腰身一直得弯下去，左手反手腕揽过一把麦子，右手得攥紧镰刀把，紧贴地皮靠近麦秆向后用力一拽，麦子翩翩而舞的身姿，在手起刀落间，犹如雨打蝴蝶，在嚓嚓嚓的回声中结束了一生的芳华。

用镰刀割麦子也是个技术活，割麦子的时节，父亲说，割下来的麦蒲子要穗头朝西放整齐。再问原因，父亲回答："巴里坤西风多，麦穗朝东放，一旦风来，麦蒲子还没来得及捆就被刮得满地跑。"拿镰刀的手也要攥紧，不然，麦秆很滑，镰刀滑上来就会伤手，轻的会割伤脚或者小腿，重的就不能干活了。

"大集体"时期，因土地面积大，农家肥少，贫瘠、干涸的地皮被

晒得都裂了缝，麦子长得稀疏，穗头不大，麦秆细长，麦田里干燥、闷热还夹杂着微细的灰尘，身上像无数的虫子咬，奇痒无比。男男女女刚开始还大声喧哗，过不上一袋烟的工夫，距离就拉开了，没有一个人说话，只有嚓嚓的声音。耐力好的一直在前面，挣的工分也多，尤其是个子长得高的男劳动力；耐力不好的，真是拖拉机追兔子，有劲儿使不上。

父亲穿一件浅灰色的衬衣，在我前面一刻不停地劳作，被汗水浸湿的衬衣后背像地图一样的印记，我至今记得清楚。就这样，他还一边干活，一边不厌其烦地告诉我，割粮食不怕慢，就怕站，还要把麦茬子割低。控制麦茬子的高低，关键是拿镰刀把的手要放低，手要是抬得高，麦茬子肯定高，手放低，腰弯下去起，镰刀才能紧靠麦子根，割下的麦子茬子低。

父亲被村里的人们叫作"割家子"。割家子就是割得好，是行家能手。父亲还会割"踢镰"。踢镰就是左手反手腕揽住一把粮食，右手攥紧镰刀把，要用左脚半托半踢着割下的麦子根往前挪，左手翻卷着麦蒲子，割一刀往前挪一步，一行子割过去，顶我割下的三蒲子，速度快得我根本撵不上，既干净又整齐。父亲一天割两亩多，而我一天连半亩地也割不上。本来轻巧的镰刀，由于我用得不熟练，无情地在我手上留下了九道伤痕，用布条缠起来还得继续割。那时，疲惫不堪的我，感觉镰刀太沉重，双脚太沉重，生活太沉重，这样的日子，啥时候才有个头呢……

20世纪90年代中期，联合收割机在巴里坤出现了，镰刀称霸麦田的时代一去不复返，而我也离开了村庄，可我那辛劳一生的父辈们曾经在烈日下，腰都弯成180度了，却无缘享用现代农业机械，想到此，我总克制不住泪眼蒙眬。

也许祖先们从来没有想到，古老的镰刀遭遇现代化收割机，千百年来积蓄的能量竟是如此不堪一击。事实证明，即便它们再轻巧、锋利，

被最能干的人拿在手里，一天顶多也只能收割约两亩麦子，而现代化的收割机一天的工作量比用镰刀收割十天还要多。因而，它们只能在库房的某一个角落里，任暗红的锈迹泛滥，有的进了废品收购站，把曾经的辉煌和对麦子的百般牵挂，尘封在永远的记忆里。从麦田里解脱出来的人们，保留了对镰刀最深刻、最感性的记忆，收藏起苦涩、难言的情感，用使惯了镰刀的手擦去汗水，露出皱纹下的喜悦。亲历了60年后现代农业的快捷方式，他们的眼角、眉梢是无法计量的快乐。

现代农业以锐不可当之势冲击着传统手工业，是趋势，也是进步。就算手工农具再怎么完美，终究抵不过电子时代的超越。事实上，谁也难将完美的戏剧续演下去。即使勉强地演下去，演尽盛世的风华，尽显羽衣霓裳的绝色，却终难抵挡落幕后的凄然。

牵住加西摩多的手

当第 N 次收到这个奇怪的手机短信时，我不得不重视它的来源。细细品味短信，还是一头雾水，谁会发这样的短信呢？

"大难来临，我牵住加西摩多的手。"

陌生的电话号码，打过去无人接听。

在乍隐乍现的秋风中独行，飘零的树叶轻舞飞扬，夕阳斜穿树梢，投射在马路上，拉长了我的影子，也将我的思绪拉得很长——我在想"加西摩多"。

那还是在读高三的时候，班里插进来一个畸形的男生，他不仅模样长得古怪，性格也古怪，很容易激动，很容易受挫，很容易暴跳如雷，也很喜欢玩弄文字。也许知道我的作文常被老师表扬，他见到我总是没话找话，满脸的真诚与夸张的热情，搞得我很尴尬。结果此事成了女生宿舍熄灯后的笑料。那时，自命不凡的我，怎能与他为伍？情急之下，脱口说出"加西摩多"，引来一阵爆笑。此后，《巴黎圣母院》里丑陋的敲钟人"加西摩多"就成了那个男生的绰号，虽然有点过意不去，但已经晚了，话一出口就收不回来了……

时隔多年，谁还会想起被时间的长河淹没的那个人和那个绰号呢？

黄昏来得太快，萧瑟的秋风中，我陷入了满腹疑惑的沉思……

回复电话，仍旧无人接听，我有些烦躁，有些无奈。

又是一个令人伤感的日子，秋雨绵绵，落叶纷纷，我无聊地在电脑上翻看今天的世界在发生着什么样的变化，办公室的门被轻轻地推开了。

是两个高中时的同学来了，一个是梅，另一个是菊。

倒了两杯水给她们，自然少不了询问各自的生活情况，因为多年不见，少有联系，我问，今天怎么有空来了？

梅说："无事不登三宝殿。"

梅曾经是班里的乐天派，她总是无心无肺无烦恼。我笑她挖苦我，菊接着说："给孩子申请助学金开个证明。"

我告诉她们，这事很简单，不过，我说："你们两个不至于供不起一个孩子上学吧？"

她们都沉默了，只有杯子在她们的手里不停地转动——难道我说错话了？

梅和菊的举动，让我特意细细打量了她们一眼，从她们的精神面貌上着实看不出什么特别的地方，就是穿着打扮倒是显得有些落伍，脸上多了几道岁月的痕迹。短暂的沉默后，梅、菊你一言，我一句，眼含热泪地给我讲述她们自己的故事。

两个同学，成家后不期而遇，在大河同一个村子的同一个小组里当了前后栋房子的邻居，生活在一个盛产春小麦的地方，一个没有鲜明的四季，只有翠绿燃烧的颜色和欲望模糊的小镇。在一公斤小麦只能买一根普通冰棍的时候，她们的丈夫就都开始寻找新的生计了。这个方圆几百平方公里的地方，埋葬了两个同窗好友的青春岁月，而且，生活状况虽然得到了改善，但孩子一天天长大和老人身体的日趋孱弱，贫穷的势态有继续发展下去的可能，他们那有些不安分的心在躁动。她们曾经在

一起不止一次地谋划着怎么样去过一种能拥有自我的生活……

当这样的想法越来越强烈的时候，祸从天降。梅的丈夫在化工厂，被高温达1000度的硫化碱烫了个面目全非。为了整容，被剥得体无完肤。虽然病情得到了控制，却债台高筑，面对一个用"丑陋"和"狰狞"来形容也不过分的人，梅面色如灰，心如止水，仿佛跌入冰窖。她悲哀地说，自己有可能会在这个被冷气浸透的院子里像一只没有身份的蚂蚁一样，毫无声息地静悄悄走到生命的尽头。

在这样的时候，菊成了梅唯一可以倾诉的对象，菊的到来就是梅的心理释放日，梅可尽情挥洒热泪和所思、所感、所想，她们再没有提起过怎么可以放飞自己的事。

正当梅像断了线的风筝把菊当成一棵稻草一样牢牢抓住的关键时刻，菊得到了晴天霹雳一般的消息：她的丈夫不幸被查出患上了牙癌，已病入膏肓，唯一的治疗方案是手术切除病灶。不曾想癌细胞那东西蔓延开来，不可遏制，以人类现有的技术是无能为力的。花去了巨额资金，跑遍了全国有名的医院，换来的是30多岁的男人下颚骨被去掉，深陷、绝望、失明的双眼凸出，鬓角无端地生出一个鸡蛋大的肉赘，骨瘦如柴，卧床不起，生活不能自理，唯有细弱如游丝的呼吸……

"一言难尽啊！"菊苦笑着发出的一声哀叹，使作为同类的我禁不住在内心深处打了个寒战。她们两个人的故事远远超出了我的想象，瞬间的信息似乎一下子填满了记忆的空地，让人在这细雨霏霏的秋日里，十分清醒而又十分迷茫。我似乎看到两位女友昔日的甜蜜穿越时空，完全成了回忆，幽蓝如梦的情感已枯萎在心田中。伤痛的波动，在这样的环境、这样的时刻，变得异常脆弱，多么残酷的巧合啊！真像赚人泪水的小说或电视剧，一种黑色的幽默感伴着苍凉的情绪，从我胸中涌出，使我不禁莞尔……

针刺一般的心痛，让我无言，任何一句安慰的话都显得苍白无力。

梅泪眼婆娑地说："都说'夫妻本是同林鸟，大难临头各自飞'，

像我们这样的人根本做不到，只有大难来临牵住他的手！"

大难来临牵住他的手？

大难来临，牵住加西摩多的手！

我惊愕，赶紧拨出发这个信息的这个号码——手机在梅的包里响了！

梅、菊二位同时无声地笑了。梅解释道，手机是她姐姐的，为她出门联系方便。两个同病相怜的老同学，常常沉浸在花季年华的回忆中。有一天，她俩忽然间想起我给那个畸形的男生起的"加西摩多"绰号来，就借这个绰号给我发了那个信息……

原来如此啊！

她们两各自牵着"加西摩多"的手，真正给我上演了一场黑色幽默……

春归去，夏已尽，今年的秋来得太早……

眼泪的重量

　　毛驴居然不声不响地升值了，由原来的一头80元，猛增到现在的每头1500元，这个价格与汽车的一只轮胎差不多！

　　"毛驴比汽车好，"大量收购毛驴的老板语出惊人，他接下来的话更是理直气壮，"汽车有污染，毛驴可以环保啊！"

　　听者大笑。

　　"还有，"老板继续调侃，"人醉了开车违章，还出危险，你听说过有谁骑在毛驴上被撞死的吗？最主要的是人喝多了就不能开车，但是骑毛驴就不用担心这个问题，人醉驴不醉，毛驴可以送醉酒的人安全回家……"

　　没错，毛驴穿山越水如履平地，汽车可以任意翻过天山大峡谷吗？

　　"人饥饿时可以吃毛驴，轮胎能吃吗？就算是把宝马、凯迪拉克的轮胎卸下来，饥饿难耐时，能吃吗？"驴老板的理由很多，他还说："学开车需要交钱培训，上路要交养路费，拉货要交运管费，听说过骑毛驴需要执照、资格证吗？走路要交这个费、那个费吗？"一连串无可辩驳的理由，让听者来不及对答，笑声不断。

就是啊，知识经济信息产业时代，各类人才培训学校多如牛毛，唯独没有听说过有一所学校培训骑士……

由毛驴想到汽车，由汽车而联想到我父亲曾经养过的一头毛驴，那时，毛驴在我心中是神，在家里是主要的劳动力，是承担运输任务的主要交通工具，它温顺得可以让我任意摆布，我就给它起了个挺洋气的名字叫"莫尔"，意思就是"打你、摸你也不怕你发火"。有一次，我很想骑在莫尔的身上享受那种驾驭牲畜的神气，不过，我踮起脚尖才能够着莫尔的背，于是就将它牵到一截断墙边。蹬上墙头，本来可以轻松地骑上去，可是，拙笨的我，双手扶在莫尔光滑的脊背上，使劲一跳，结果，手一滑，从莫尔的这边一头栽到那边的地上，脸也被地上的沙石擦破了皮，火辣辣地痛。我把怨气全撒在了莫尔身上，拿了树枝狠狠地打它，它居然一动不动地站在那里，水汪汪、亮晶晶的眼睛定定地看着我，目光温柔而委屈，那非常有历史感的目光似乎在向我宣告：它可以和我永远对视，可以承受我的无理取闹。我不免心虚了，我意识到自己的无理，如刚出犯罪现场就遇到警察一样胆怯。目光相撞，是一种声明，也是一种较量。

我忘不了那无法与人通译的目光，至今我猜想，莫尔默然地望着我的时候，会不会把我和那些石头、树桩做比较，看看哪个更安全一些？我甚至想，在毛驴们的世界里，年长者教训幼童，会不会说这样的话："你再不听话，下辈子让你变成人。"

面对草原上那些头对头，不知在酝酿什么的毛驴，面对被人使唤而毫不怨恨的毛驴，你无法不展开想象，在两座冷森森的大山夹着的小路上，毛驴拉着车，车上蜷缩着一个害怕得快要窒息的女孩，此时此刻，那毛驴就是个人，就是保护神，就是依靠，就是安全的港湾。在这样的时候，人与人之间的关系模糊起来，人与动物之间的关系倒是渐渐清晰起来了。

凡是动物，都有适于生存的最佳环境，对于女人怀里的宠物狗和污

浊的鱼缸里的鱼，我不敢苟同有多么时尚、多么新潮，因为它们脱离了最佳的生存环境，至于草原上和田野里与人为伴、辛苦劳作的毛驴，我倒是很敬畏它们的韧性和温顺。

生活中乱七八糟的东西太多了，还是说莫尔吧。莫尔活在一个特定的时间里，那时间就像穿越大草原、大山的轨道一样，延伸到某一处，撞见轨道尽头的缓冲器，那就意味着结束，当然可以称为"死亡"。

我不知道莫尔在卸下沉重的货车后，在这个家里除了得到青草或者是麦草，还能得到什么？它和我们在一起的时候，安静而自足，不像人类那样碰到一些响动就会惊慌失措、神经兮兮，莫尔的神态具有一种类似佛陀的入定。

莫尔的沉默让我心寒。有一次，它不小心踩上了钉子，一瘸一拐还干了不少的活，终于有一天，莫尔什么也吃不下了，父亲蹲在莫尔面前很久才说了一句话："唉，牙都掉光了，吃啥呢？"

我知道，莫尔走到了生命轨道的尽头，只是我不敢正视而已。父亲的话一出口，我忍不住大哭起来，抱住莫尔的头，越哭越伤心，莫尔似乎明白我的心，它的头不停地摩擦在我的身上。我想，"爱"和"不舍得让它离去"是明显的原因，就是不能确定它能不能懂得，如果莫尔能开口说话，它一定不会说谎，它是我童年最忠实的伙伴。

几天来，莫尔只能用干裂的嘴唇蘸一下我们特意做的面汤，一家人就像对待亲人一样侍奉莫尔。我心里更是惦记着它，不能安心上课，放学后疯了似的往回跑，看到莫尔还在呼吸，稍微能得到一点安慰，手里虽拿了书，眼睛却不离开莫尔。突然，我发现莫尔的眼里无声地掉下了大颗大颗的泪珠，我感觉那泪珠是有分量的，滴滴砸在我的心上。显然，莫尔在用这样的方式宣布一个庄严决定：它要告别了！

莫尔真的要走了，它极其艰难地一步一步往前挪，我无声地哭了，父母和弟弟都来了，就像生离死别似的。全家哽咽着，默默地跟着莫尔，那是一个儿女情长令人肠断的场面。莫尔走了，确切地说是挪动到

离家大约 100 多米的空地上。忽然，它像打了强心针一样，踉跄着往前一扑，猝然倒下，眼睛睁得大大的，泪水布满了眼眶，在毒辣辣的阳光下，折射出明晃晃的亮光，正如两颗沉甸甸的明珠。这一幕牢牢地镶嵌在我记忆的深处，纵然过上十几年或者几十年，仍然历历在目……

左邻右舍的乡亲知道了，都说天上的龙肉香，地下的驴肉最好吃，想分吃了莫尔的肉。扒了莫尔的皮，我听后比剜了自己的肉还要痛，其实全家人谁也没想要吃莫尔的肉，当然不会让别人来吃。最后我们埋葬了莫尔。我在莫尔的身旁撒下了紫花苜蓿种子，我期盼绿草快快长大，让莫尔来世在绿草茵茵中享福……

低调的土豆

出了东天山，一路穿过白石头、松树塘，到了奎苏镇，哈巴公路两旁大片白色、粉色、紫色的洋芋花开成了碎碎的花海，金黄的花蕊惹得蜂儿们成群结队地穿梭。巴里坤除了草原、大漠、粮仓，独有的风景就是盛产洋芋——也叫土豆，学名叫马铃薯，法国的土豆则被称为"地下苹果"。

眼下又到了土豆遍地的时节。

土豆真是土，土色的脸蛋上还有坑坑洼洼的"麻窝窝"，在所有的蔬菜中，它的样子实在不敢恭维，但是，它却不卑不亢地与各种高档蔬菜、水果共处一隅，无论在普通人家的厨房里还是在星级餐厅，都能看到它的影子，或煮，或炒，或烤，各种美味低调而不张扬。还可以将其压榨成汁，做成淀粉，勾芡点缀别的蔬菜。我就喜欢土豆这种主食、副食兼有的属性。

生活在困难时期的人们，谁都知道当时粮食不够吃，就大量储存土豆这个事实。特别是人口多的人家，土豆经常是人们的主食。有个朋友说，小时候他家早上吃的是洋芋搅团，中午是炒洋芋片，晚上是煮洋芋蛋。过一天说改个口味做水饺，水饺也是洋芋馅。那个年代，洋芋就是主要的食物。冬天烧得红彤彤的火炉上，烤的是洋芋片。上学时书包里装着两个洋芋当午餐。放暑假了跟上大人打草、放羊，拾几块干牛粪烧成滚烫的灰，把几个洋芋埋在烫灰里，过一会儿扒出来，烤得皱巴巴的洋芋，闻着那味道，就已经垂涎欲滴了，皮都舍不得剥，在地上磕几下，一边吹一边在两手间来回倒着散热，不管是不是干净了，余温还未完全降下来就已经进口下肚了，那种滋味至今回味起来还口有余香。挖完洋芋之后，村里的老人、小孩还要提上个芨芨筐，拿上铁锨到地里去翻没有挖净的洋芋。

名为洋芋实际上其貌不扬的土豆，扮演了人见人爱的角色，就连西方人也都喜欢吃，梵·高大师还擅长画它。它的吃法花样多得无法一一表述。只说简单的就有拔丝土豆块，凉拌土豆丝，素炒、肉炒土豆片，还有撒上孜然的烧烤土豆片，等等。大盘鸡里、清炖羊肉里少不了它。有句俗话说"土豆水饺子，撑死老爷子"，足以说明它的口味十分合乎老人，从营养价值上来说，应该是大多数人的最爱。

土豆馅的饺子，做起来比其他蔬菜要简单得多，也不像韭菜或其他蔬菜那样，水分多，包不好开了口就成了一锅粥。通常是煮几个洋芋，剥了皮，趁热放少许的菜籽油，还有葱、姜、花椒、辣面子、盐，再根据需要加适量酱油，捣碎，搅拌均匀，面皮擀薄，包好，在开水里稍微煮一下，捞出来后个个饱满、柔嫩，让人欲罢不能。如果想吃肉馅的，可加进剁成肉泥的牛、羊、猪肉随意调配。据说朝鲜人还能用土豆做个"满汉全席"，可见不声不响的土豆变身的本事让其他"高贵的"蔬菜自愧不如。

土豆生长在土里，储存也在暗窖里，且保存的时间从头年秋天到第二年的秋季，首尾相接就是一年，没有哪种蔬菜能比土豆储存得更长久。

它不挣扎、不拒绝、不争宠、不张扬，不在乎人们挑剔的目光，白里透黄的沙瓤、一目了然的特性，遗传着黄土地和黄肌肤的色彩，就像憨厚的庄稼人的胸怀，淳朴、简约、耐劳、实在。

易水湖之恋

　　已是深秋了，你在江南水乡过得好吗？你的笑容是否像草原秋日的天空一样明净？读着你的长信，拾捡起当年的记忆。时隔多年，你的笑声、歌声似千年、万年以前的绝唱，我觉得你离开这里已经很久了，我在心里收藏的是前世的情缘和远古的回声！

　　你问起的那个易水湖，不说也罢，说了会让遥远的你伤心，你的伤心会让我不安，只愿能天长地久地留住那一瞬间的美丽，再回首，山常在，水依旧，在造物主的仁慈中，让那梦千年不醒！

　　易水湖那一弯绿水，你记得吗？照着太阳，映着月亮，迎着过往的风和云，录下了夕阳的余晖，录下了我们的恬静，然后，缠绵地绕过几个弯就成了地层下永生的标记了。那湖边，是五颜六色的野花，踩在绿草地上就能渗出水来，放眼望去，斑斓一片。无须浓妆，有霓裳羽衣；无须淡抹，碧波涟漪；不施粉黛，天然去雕饰，润物细无声。

　　记得吗？那时的易水湖，实际上是泉，汩汩往外冒水的泉，何止一个、两个？几乎随处可见。那时的家乡其实就是天山脚下的一颗明珠，到处是水，是草，是芦苇。打草的季节，把两米多高的芦苇从水里割下来，背到高处晾干后再拉回家，任何车子进了草湖就都变成了人抬车，因为水太大，实在太大了……

秋风起了，芦絮飞作雪花扬，乱花渐欲迷人眼。下雨时，大珠小珠落玉盘；天晴时，波光潋滟蜻蜓蝴蝶飞。夜晚，星光点点，水天一色，寂静无比。

在易水湖边的青石磨盘上，你给我讲那个"刬袜步香阶，手提金缕鞋"的风流公案。你说，有一晚，南唐后主李煜与皇后之妹嘉敏偷定幽期，相约去瑶光别院一了刻骨相思。入夜，嘉敏手提白缎绣鞋，绣袜着地，踩宫内甬路，走过一段极滑的青苔去赴约，没有星光，没有红纱灯，薄雾升起，结果，嘉敏迷路，找不到瑶光别院了……

你轻轻揽住我的肩，缓缓的带有磁性的声音如天籁，重重地撞击着我的肝胆，想象着嘉敏提着绣鞋晕头转向乱撞、后主焦灼不安的等待，在摇摇晃晃的星光中，迷离、眩晕的我是如何的惬意！那样的情景，还会有吗？

我踩着湿漉漉的草地，借着星光采集野花，你也来拈花弄草。我说，路边的野花你不要采。你说，今生只为你如此，请你记住，19岁的时候，有人为你送过一束花。我说，那是草，不是花。你说，花草花草，花既是草，草既是花。我暗笑无语，将花草插进一个精致的酒瓶里，试图想留住我一生的不舍，等到水干，草枯，丝（思）方尽……

我曾想，只要不放逐自己的心，纵时光如何流转，凭世事怎样变幻，风景改了，容颜改了，步履蹒跚了，我都会一往情深地守候着、想念着那些难忘的缘合！

你终于没能守住浮躁的心，漂泊至很远，没有了玉树临风的你，没有了荒唐才子南唐后主的典故。你走后，那一块土地都被烈日晒得卷了边，似乎你带走了水一样的家乡，抑或是带走了家乡的水，易水湖像一只枯涩的眼睛，失去了往日的灵秀，草原被超载放牧，牧草终于承受不了无情的蹂躏和践踏，日益退化，荒漠纵横，尘埃遮日，我坚强的灵魂

如一只升腾的大鹏，在世事的轮回中寻那草，找那水，想留住情深如斯、无法割舍的昨天……

可是，我踏破铁鞋，无果而归，想起曾经去过甘肃永靖县的一个叫"天山乡"的地方，那里浇灌农田、人畜饮水完全依赖雨水，"母亲水窖"在那里是财富的象征。想起全球目前还有 11 亿人用水困难，每年有 180 万名儿童死于不洁用水引发的腹泻，还有资料表明，如果人为因素和气候如此下去，100 多万个物种将在半个世纪以后从地球上消失……

我害怕，害怕地球上最后一滴水不是人类的眼泪，而是人心脏里的最后一滴血，因为，风沙把人的眼泪吹干了……

无论你是否明白我的心，都不重要！重要的是你要焚香祈祷，穿越时空，回归我们的易水湖！记住啊！

天各一方，山遥路远，你要保重！

古城幽梦

　　古城与人比起来，的确有些古老了，1300 多年的凄风苦雨侵蚀了它健壮的肌体，使其变得破败不堪，成了名副其实的破城子。

　　从古城的西门进去，穿过没膝深的积雪，在一个豁口爬上了高高的断墙残垣，放眼四野，才发现这里是一个制高点，城池里凹凸出令人惊骇的铺陈。

　　古城停泊在原野上，四周空荡荡的，显得那样无依无靠，时间在这里如石刻一般停滞了。有人说，建筑是凝固的音乐，那么，建筑的遗迹又是什么呢？对着这段凝固的历史，有些淡淡的怅然……

　　阳光很好，蓝天像洗过一样，没有半丝云彩，清冽的风扑面而来，有些淡淡的眩晕，甚至有些疲惫，也许是被这里的肃穆震撼了，大脑一片空白，抑或是超心理负荷的耀眼色彩导致了思维的短路……

　　此刻，我渴望有一种舒缓的东西来缓解别样的情绪，我希望听到冰封雪盖的甘露川的暗流能激荡起驼铃的回声，更希望看到莫合烟味和烤羊肉味弥漫的古城中有奔腾嘶鸣的战马……

　　然而，大河唐城，这个被当地人称为"破城子"的唐朝杰作，凝

重而沉寂，在一片素净的纯白中，保持着独有的品格……悲壮、苍凉、沉重的气氛，神秘而诡异，在某一个瞬间，几乎把我击倒。一个个荒诞的故事，从破城墙的边缘，游走进我的脑海……我似乎看见一群疯狂的村民，破开北城墙，引进千年来始终没有停止过奔流的河水，浇灌城内已开垦的土地。那些土地旱涝保收，越是天旱，庄稼长得越茂盛。遇到雨水多的年成，少浇一两个轮次的水，可以省许多水费。因此，这些土地的拥有者像拥有金子般惹人眼红。

拥有了金土地的某些村民，在南城墙上赫然挖了一条退水渠。挖渠时，无意中挖出了深埋在地下的成堆的白骨。饥荒年代饥饿的人们，顾不上破解古城墙隐藏的历史信息，争先恐后地用铁锹和锄头，把白骨换成少得可怜的油、盐、酱、醋、学费……

疯狂的挖掘，不知持续了多长时间，终于以当地刘姓家族失去两个年仅13岁的生命为代价而停止了。因掏骨头的坑挖得太深了，两个孩子没来得及在最后一刻，给熟悉的人们传递一声救命的呼唤，就随地下的灵魂远去了……

一丝寒意袭来，忍不住打战，难怪至今无人独往，更不敢斗胆来挖土，原来传说中的鬼怪也有如此的法力。不过，这样也好，无形中保护了古城墙的安全。

关于唐城的传说，随时光的流逝，演变得神乎其神。古城池的迷幻，使最清醒的头脑也容易发晕，万里腥膻如许，骆驼、马、人骨成堆，究竟是不可抗拒的天灾造成全军覆没？还是人祸让将士们只能悲愤、沮丧地深潜丝路古道的血脉中，深入古尔班通古特沙漠，漂泊成异国邻邦的孤魂野魄？哦，不用这么费劲，那是历史学者和考古专家破译的密码……

城破威风犹存，千古英魂安在？我在怀念中追问，因我无法相信，豪气冲天的威武之师，怎么会废弃繁荣的城池？刻在碑上的篇章是如此的辉煌；站在古城墙上，将士们操练的阵列由远到近，由近到远，蒙太

奇一般在眼前飘忽，又似乎感觉到大雪尘封的地下传来铁甲的丝丝寒意。谁能说清楚，一夫当关，万夫莫开的唐城，居然成了将士们的葬身之地？

城池废弃了，终究成了文物，成了念想，浩瀚的历史，留在这儿的仅仅是一个故事情节、几具残骸。寒雪如浪，掩盖了一切，却掩盖不住唐城的凄迷……

带着依然存在的疑问，我试图用诗的方式，和与城池相依、相守的甘露川对话。我想知道，百年、千年之前，这儿抒写过怎样的壮美人生？城池修建在这样一个关口上，为何会出现如山的白骨？史官们泼墨书写的恢宏，怎会转眼成了民族的悲剧？

但是，当我站在高处遥望，大雪覆盖，远山不见，近山隐隐约约，村庄犹如漂流的小船，冰清玉洁的甘露川——大河的源头，没有任何污染的甘露，养殖了最纯粹、自然的鱼群、大闸蟹、河蚌，然后缓缓西流，蜿蜒横穿大草原……此时此刻，我才意识到自己的无知和狂妄，天地间渺小的我，竟无力跨越时空，到达这条千古之河的对岸，步入历史的深处，留下对沧海横流的叹息，留下对峥嵘岁月的敬畏……

这样的时刻，应该有一种悠扬的音乐做陪衬，最好是羌笛或者冬不拉——不，羌笛也许是将士们最后的哀乐！那就选用《伊州曲》吧，一曲伊州泪千行，思亲情，思故乡……

歌声中的虔诚，随着冬日大气的风景跌宕起伏，地下的灵魂与现代的我们同行，同行在让上下五千年为之骄傲的唐城上，徜徉在岁月的河流中，把无知和狂妄，变成今夜的梦想！

废墟之美

凡是慕名来巴里坤的摄影师大多数都要拍大河唐城，因为距今千年的大唐王朝把最精美的城堡留给了巴里坤。不拍此景，还有哪一景敢与此媲美？

大河唐城，当地人也叫它"大河古城"或者"破城子"。从周生国老师拍摄的照片中看到，它确实残破不堪，但与远处雄伟、蜿蜒的天山相互映衬，周围又有农田、草原湿地烘托、渲染，画面肃穆而凝重。有几个制高点巍峨耸立，成了鸟儿诗意的栖息地。自古以来，农耕和游牧民族在这里与外来入侵者进行过激烈的争夺，造就了唐城独特的神韵。

建筑是凝固的旋律，古城亦如此。它由东、西两个小城组成，这两个小城分别为主城和附城，中部有一道较宽的城墙为分割线，两座城东西并列呈长方形，这样的"城中城"的设计非常精美。它虽破，但犹如巨龙残骸，昂然屹立，象征千百年来中华民族不屈不挠、守护家园，追求独立的精神之美。尽管它现已雄风不再，但摄影师另辟蹊径，使巨大的人工城墙建筑，与周围的田野、绿色植被融为一体，使坍塌中透出几多悲凉，又凸显出它的"废墟之美"。

如果你对唐城的建筑之美、精神之美、废墟之美产生了视觉疲劳，还可以到周边去看看它的另一面——自然之美。

唐城又如从远古驶来的巨轮，赫然停泊在空旷的大草原上。倘若是飘雪的冬季，可以看到白色染遍的沧桑之美；假如是红花绿草环绕，又可衬托它的雄健之美；隐约可揣测当年修建者的心理活动，他是否想让远离故乡的将士们在闲暇时享受一份狂野之美？

当然，不难看出，城堡建在平坦的草原上，封住甘露川一带的水源，有"一夫当关，万夫莫开"的凛然豪气，与不远处的烽火台遥遥相望。

它应该是唐朝的经典之作，在丝绸之路的咽喉要道，建筑城堡，调兵遣将，开荒种地，饲养军马，养精蓄锐，形成历史上最为完备的防御体系，经过千百年的纷飞战火，一劳永逸地解决了边患，使万里边关固若金汤。从这个意义上讲，大唐城堡蕴含着不朽之美。

因而，唐城就算被废弃了，但其所蕴含的厚重的历史信息，依然散发出迷人的文化之美……

守望小镇

远离了小镇，匆匆的脚步成了立交桥上的风景，挺拔的身影淹没在钢筋水泥浇筑的现代化城市中。

失去引力的小镇，变成了一个电话、一枚邮戳，或者一轮明月。

流浪的人，流浪的心，开始了一种全新的生活，进入了网络世界……习惯改变了很多，习惯快餐，习惯麻木，习惯笑脸，习惯言不由衷，习惯没有激动和感动。

孤独的夜晚，黯然走过沧桑的心，思乡的柔情淡淡飞扬。小镇的万家灯火牵引着游子，缕缕炊烟升腾起温馨的云彩，小镇成了灵魂王国不朽的经典。

没有褪色的记忆，固执地继续释放思乡的芬芳。冰雕在小镇里展示风采的日子里，小镇又多了几分妩媚。游人如织，是来寻景？还是来寻诗？小镇的柳暗花明凝固着故乡人牵挂的执着，可以走遍天涯海角，但始终走不出对小镇的热爱，为童年、为亲人、为友人，更为历史，尽管跋涉千里，也会把小镇牵挂一生，守望一生，爱恋一生。

观赏冰雕的日子，气温很低，大约零下 25 度。天空是蔚蓝的，空气潮湿、寒冷而又新鲜，玲珑剔透的各种冰雕造型，让人感到仿佛置身于没有尽头的雪域茫原，远远望去像海市蜃楼。风从耳边掠过，透明的雕塑从不同的角度，反射出光怪陆离的亮影，像有生命的蝴蝶一样，不知疲倦地盘旋着，恍惚间会觉得这不是一个真实的世界。小镇在素净的背影映衬下，显得那么有质感，那宽阔无比的雪原，其实都是冰海冻浪。小镇的翅膀搁在浪尖上，挂满寒霜的树枝摇曳出一个闪亮的主题：想念小镇。

想念小镇，仿佛忆起初恋情人的某一个微笑，有怦然心动的感觉。小镇始终生机勃勃，从远古走来，向未来走去……

在一些不眠之夜，暂时忘掉"人总是要死的"这个概念，思索小镇，思索星空、人类……在思维的轨道上跑了一百万圈之后，又回到起点上，重新思索起我的青春小镇。

春风里、夏日间、秋月下、冬雪中，镌刻着生命记忆的小镇，催我像老人一样回首往事。关于小镇清晰的回忆渐渐温柔地弥漫开来，最终化成一杯纯洌的美酒，盛装着我几乎全部青年时代的金色阳光。无论过去、现在或将来，青春的小镇和小镇的青春，都必将是我永远的梦幻。

尽管我像天空中的风筝一样，总爱在高处做白日梦，遥想那似是而非的当年，沉浸在某种微妙的、略含伤感的情绪中，想着关于小镇的旧事，并为之感动，一种意味深远的冲动和意念，就会在梦里梦外升起。

小镇的一片树叶、一盏花灯、一块铺路的瓷砖，甚至一群展翅的大雁，都会让你深夜无眠，让你在离别时喉头哽咽，走近时热泪泉涌……

这般奢侈地爱着小镇，没有理由，熟悉小镇就像深谙慈父、慈母的目光……

不能想象，背叛了小镇，飞蛾扑火般悲壮的向往，朝哪个方向

疯狂？

忘记了小镇，我的灵魂往哪个港湾停靠？

迟钝的心，悄悄地祈祷：小镇，别丢弃我！

小镇的变迁，是故乡人祖辈的期盼；小镇的繁华，是故乡人永恒的骄傲。

太阳出来了，被树枝抖落一地的阳光碎片，洒在我的脸上。朦胧中，回首凝望小镇，小镇依旧是小镇，却更有小镇的味道了。

元旦里的那些感动

　　翻过日历的最后一张，元旦就到了，一年里不断翻新的节日很多，乡村从这天开始喧嚣，直到正月十五才勉强画上休止符。关于元旦的记忆，是经年的小小感动，细心收藏起来，寄往明天路过的每一个驿站，如享受阳光一样，让温暖直抵生命的最初。

　　那些感动都是灵魂深处珍藏的情，采撷任何一朵，都会绽放出诗意来。

　　乡村的元旦犹如一本书，就这么在我面前不经意地翻开。凝视着这本书，那些飘忽的身影渐渐清晰。

　　那是一间农户的小屋，火炉里燃烧着环保的无烟煤，暖意浓浓；并弥漫着袅袅香烟，笼罩着一群嘻嘻哈哈的男女老少。这里有拉二胡的、编歌词的，有人在写，有人在念，有人还在舞，三五成群围在一起，展示着各自的才艺。出门踩着厚厚的积雪，婉转出一个富有诗意的背景！

　　留守乡村的中老年人对这个一年里开头的节日有着极其浓厚的兴趣，他们告别麻将桌、扑克牌，女人们收起正在编织的毛衣、十字绣，每天聚在自愿奉献出时间、场地、茶水的农户家，讲述生产、生活里的

种种趣事，表演小品、快板、三句半等通俗易懂的节目。

小屋里的节目策划成熟了，就搬到农家小院演出。村庄渐渐升温，几乎沸腾了，引来观看者无数。那种朴素无华的演出，是乡村里最美的守望，是一年里所打出的最好的牌。这张牌在小院里施展不开身手的时候，自然会走上乡政府为此搭起的大舞台。

在政府的大舞台上表演，是竞争，也是一种心理素质的考验。他们忘我地展示最精彩的一面，同时也接受对方的挑战。名次没能排到前面的一方，会含泪微笑着，看别人领奖。此情此景，会使在场的人为之动容。曾有一次，诞生于农家小屋的节目，感动了前来观看演出的领导，领导当场增加奖金数目，鼓励表演者，一时传为佳话。

乡村的元旦，是乡亲们放飞心情的节日，他们无意成为诗人，却在暖暖的火炉旁含情执笔，用文字语言抒写邻里之间的情里、情外、情调；他们无意成为演员，却用音符、小曲描绘大地的倜傥形象，勾勒出一个气宇轩昂的世界。

乡村的元旦，静静地飘雪，隔着时光，生命灵动又鲜活。感受这份生命与自然的清醇，心情也随之安静而辽阔。

回归自然，对很多人来说几近痴狂，然而只有站在这片多元文化交汇的土地上，才能真切地体会原生态文化的魅力和厚重。乡村的元旦所给予人们的纯净和希望，一如高天上的阳光，明净而热烈。

抛却城市的繁华和拥挤，带着一点游离，带着一点期待，欣赏元旦节目的乡土文化，那样的悠闲、那样的惬意，使人无法抗拒……因为从他们的身上可以看到生命的力量，没有矫揉造作，不会刻意装饰。

乡村文化的表演者，大智、大美，更大气，一个人的时候依然会微笑，在一年初始的节日里所释放的那些温暖而热烈的气息，经得起风吹雨淋，经得起渐老的沧桑。

翅膀点燃草原的激情

赛马表演，是热爱自由的草原人无法割舍的情结，是照在你我心中那一缕纯净、透亮的阳光，一种干净的心绪，一种清纯的感动。

马和歌是哈萨克族的翅膀。西方现代哲学家尼采说过，男人的快乐在马背上。正如哲人所言，巴里坤草原上勇敢的哈萨克男人，他们最喜欢的动物莫过于马了。尤其是那些历年参与民运会角逐的骑手，对马更有一种特殊的情感。马就是他们的翅膀，"骑上这种马的时候想到哪儿都可以去，哪里有风，哪里就有我黑马的身影。只要我有梦想，骑上我的黑走马就可以到达……"

抒情的歌曲与马，覆盖了天山脚下七月的草原，奔腾的骏马，驰骋着牧马少年美好的憧憬。此时，所有的风都饱含深情，所有的草都欣欣向荣。比赛的前一天，他们把爱马额头上的鬃毛扎成一束，嵌上根羽毛，然后把马背上的鬃毛梳理整齐，捆上一条花色鲜艳的毯子，最后将马尾混着白布条编成两条马尾辫。装扮一新的骏马，四蹄飞奔，追风赶月般飞奔过来的时候，阿斯汗说，看到奔驰的赛马，他的心就狂跳不止，有热血沸腾的感觉，仿佛自己就是那其中的一匹。于是闭上眼睛，

梦想有一天，自己能成为一匹马，在一群脱缰的马群中，风驰电掣，自由奔跑。性格沉稳的别克也是一位马的狂热爱好者。平日只见他骑着摩托车或者开着小车，但他雕刻的木马惟妙惟肖、亦真亦幻，他曾用雕刻的木马换了一匹真马。

身为汉族人的我，从未骑过马，但丝毫不影响我对马的热爱。在亲历赛马现场之前，初次听《赛马》那支曲子，就能真切体会到辽阔草原上万马奔腾的热烈场面，久久难以忘怀，继而发展到渴望亲眼看到赛马。在所有动物中，我对马情有独钟。

有种乐器叫马头琴，我想知道跟马有没有关系，挖空心思找寻与之有关的资料，不曾想，果然有一个悲情的故事蕴含其中。说有一个叫苏和的男子，终年生活在内蒙古大草原上。他有一匹爱马，与他相依为命，这匹马通人性，贞诚不二。谁知，有一个王爷看中了他的马，不好直接索要，就假惺惺办了一场马赛。苏和的马不负众望，夺得冠军。王爷无计可施，要强行霸占他的马，苏和终究惹不起王爷，只好忍痛割爱。

苏和没了爱马，思念成疾。与苏和心有灵犀的马对主人的思念也愈演愈烈。有一天，王爷骑着这匹马向大臣们炫耀，突然间，这匹马像疯了似的，将王爷摔倒在地，向苏和的方向狂奔。王爷恼羞成怒，命令下人用毒箭射向奔马，马中箭后依然不停蹄，到了苏和的蒙古包前，长嘶一声，倒地，场景令人心碎。苏和看到自己心爱的马，泪雨滂沱，紧紧抱住马头不放手，马的眼泪大颗大颗地滚下来，砸在土里变成了一个小窝。马因伤势过重，终于离去。苏和为了纪念它，专门用这匹马的尸骨做成了一把乐器，用马鬃当作琴弦，拉出的声音和这匹马生前的鸣叫一模一样，遂命名为"马头琴"。

听了马头琴的故事，更让人对马产生敬畏，联想到《奔马图》里膘肥身健的马儿，或昂首挺胸，或四蹄腾空，就在它们腾空而起的一瞬间，失去了与大地的最基本的联系，宛若一匹匹充满原始野性的飞马，

不受任何羁绊。还有《八骏图》里的八匹马儿，在浩瀚的原野上你追我赶，你呼我应，彰显狂放本色，不羁豪情，其强劲的爆发力，会瞬间激活每个人慵懒的心。

巴里坤民运会赛场上那些马儿，枪声一响，就如箭一样飞奔出去，烟尘弥漫，马蹄声脆。赛马少年全身心的投入和声嘶力竭的呐喊，让每一个在场的人的心都悬在马背上，"姑娘追""飞马拾银""叼羊"中飞奔的马，眼里只有前方，它们快乐地奔跑着，意气风发。

赛马给人的启示：人在追求希望的过程中，会获得刺激和快感，同时会像马一样无拘无束、自由自在、勇于拼搏，像马一样永不言败，像马一样，用无形的翅膀，点燃草原的激情！

天堂草原

　　土豆还在地窖里做着发芽梦，多彩的巴里坤草原就款款脱去了淡雅、洁净的素装。天雪相连的纯白告别了一个季节的念想，零星的小草拖着枯黄的身躯，将一片秀色向四野延伸……无须用语言诠释生命的密码，所有的诗情画意都在小草蠢蠢欲动的魂魄中，即将形成美丽的风景……

　　一切都是那么坦然、那么自然，衰草连天或者大雪覆盖已经不再，在冬不拉悠扬的背景下，在牧羊人急切的盼望中，草原摇曳着满目的相思，以爱的形式浓缩自己，以青葱的颜色点缀自己，以飞的信念充实自己，在草原人的期待中走进人间四月天，将沧桑和失意远远甩在身后，迎接一个沸腾的日子……

　　在那个沸腾的日子，美丽的巴里坤草原和黑走马共同构成了壮观的风景。黑走马以草原为家，它凭借威猛、矫健和友爱成为人类的好朋友。它能战斗，却从来不主动攻击对手。它的四肢强劲、有力，胴体黑亮，剽悍雄壮，步伐平稳，姿态优美，蹄声铿锵，犹如鼓点，因而被称为"马中尤物"。正如哈萨克族的一首歌中唱道："骑上这种马的时候想到哪儿都可以去，哪里有风，哪里就有我黑马的身影，只要我有梦想，骑上我的黑走马就可以到达……"优美的歌声，让每一位哈萨克骑手心旌荡漾，跃身跨上黑走马，奔驰在天阔地广的草原上，似乎融进一种超然的艺术境界，人在飞舞，马亦在飞舞……

在草原上，没有人不知道"走马"就是指稳健、善跑的马。"黑走马"的意思不言而喻，然而，这里要说的"黑走马"并不是实际意义上的黑走马，而是哈萨克民族的一种狂热程度不亚于摇滚的舞蹈。"歌和马是哈萨克的两只翅膀"，哈萨克族人在年年岁岁的生活、劳动中，与马结成了不可分割的亲密伙伴。每逢朋友来访，他们不需要刻意准备服装、道具，不分年龄，不分性别，只需要热情，在草原的任何一个地方，都可以即兴表演黑走马。冬不拉弹起黑走马的曲调来，旋律婉转、悠扬且轻松、愉快，身临其境，感觉就应该将这首简单、明快的乐曲一直在心中高唱才对……

伴随着激昂的节奏，男性舞者模仿黑走马的走、跑、跳、跃等姿态，夸张地跳马步并摇动肩膀，全身一张一弛，律动中，健美、粗犷、剽悍、豪放一览无余。女性动作舒缓而优雅，双臂、腰身如风摆杨柳，柔曼飘逸、婀娜多姿。这样的黑走马舞蹈，既可以在大型集会上跳，也可以在家庭的毡房内跳，既可以单人跳，也可以双人对跳或多人集体表演。双人对跳的男女，每个动作都包含了特定的内容，表演者将活泼而含蓄的眼神和内心的情感融为一体，或羞涩，或爱慕，或幽默，或滑稽，根据舞者自身的水平和情感的流露任意发挥，并在不断的完善中有突破，有创新。表演者在兴奋至极之时，从黑走马的动作中衍生出了"天鹅舞""黑熊舞""绣花舞""擀毡舞""挤奶舞"等栩栩如生的舞蹈，从而达到不同的艺术享受。

巴里坤的千人黑走马表演活动，是在火辣辣的七月举行的。那个时节，牧草长势旺盛，几乎淹没了膝盖，蓝莹莹的天像水洗过了一样。按捺不住激动心情的牧民在平坦无垠的草地上精心搭起了雪白的毡房，准

备了丰盛的特色食品，迎接四方的游客。做生意的商贩也瞄准了商机，在人流如潮的道路两旁摆满了琳琅满目的商品。服装、饮食、小游戏摊点人头攒动、摩肩接踵。不远处，哈萨克骑手竞相角逐，赛马、赛骆驼、叼羊、姑娘追等传统体育运动空前高涨，无论是参与者还是旁观者，个个精神振奋，情绪激昂，究竟为谁喝彩不重要了，重要的是观众不分对象，把掌声、喝彩声送给了每一位骁勇的骑手……

在那狂欢的节日里，是没有黑夜的，当星星和华灯齐明的时候，篝火把草原的天空装扮得迷幻而诡异，精彩纷呈……黑走马的乐曲缓缓响起，晃动的人群由远而近，进入主会场，一曲接一曲的翩翩舞姿，浓缩出一片迷人的梦境，恍惚间竟不知道身在何处。黑色的夜幕笼罩着幻影中回旋的天籁，千娇百媚在万种风情里发酵成盛夏的马奶子酒，醉倒了草原上的每一颗星星……

马背上的民族，以无拘无束的个性，把蕴藏在心中的情感的种子，催生成激情迸发的舞蹈，在草原上尽情挥洒。舞场的气氛渐渐达到了高潮，场外的观众被场内的热烈深深感染了，随着舞曲情不自禁地汇入这庞大的千人黑走马的队伍跳起来，没有民族之分，没有性别约束，没有年龄的界限，会跳的或不会跳的，都被拉起来跳，每个人脸上都洋溢着幸福的笑容。所有人就像没有人观看一样尽情地舞之、蹈之；就像从来没有忧愁、苦痛一样舒心地欢笑；就像没有人聆听一样引吭高歌，通宵达旦；就像今天是世界的末日一样疯狂到极致……

我只想用心铭记这一刻喧嚣的律动，铭记大自然恩赐的柔情，往日被挫败击痛又麻木了的神经，瞬间被触动而苏醒，忧伤无痕而逝。我承认自己无论如何也没有勇气像其他人那样放松心情，忘乎所以地宣泄，我真的做不到这一点，但是，在这样的场合，在这样的一个特殊的环境中，我被同伴强拉着卷入人群，平日的沉静和矜持被无奈封存起来，原本不会跳舞的我，居然让奔流的热血燃烧出少有的绯红的激情。

难忘那壮观、恢宏的盛会，其浩大的阵势足以让草原沸腾，让草原

人沸腾，那种与生俱来的古典与风情为草原升温，为草原演奏一曲生生不息的长歌……

流淌着历史、流淌着欢乐、流淌着爱情、流淌着黑走马传说的草原，在一片抒情的牧歌中，定格成一组美轮美奂的、完美与浪漫结合的相思梦。在这个梦中，假若我爱的人能在盛夏的草原与我共舞黑走马，我愿意化作草原上的一尊石头，舍弃我生命的全部，风雨无阻地守候我的天堂草原，守候我的黑走马，守候我爱的人，直到地老天荒……

山之韵

　　草原的风景，固然让人心旷神怡，那雨中戈壁、雨中迷蒙山川的神秘，你领略过吗？你亲近过吗？你感受过吗？也许，你看见了你能看见的，但你看不见你永远也无法看见的东西。

　　在雨中的戈壁上行走，感觉恍如梦境，把天、地、人合一的最高境界，体会得真真切切。蒙蒙细雨把情不自禁做着发芽梦的小草惊醒了，于是，一点、一线、一片的碧绿染尽了戈壁，广阔而沉寂的大地顿时有了生命的灵气，人的五脏六腑也被雨水冲刷得干干净净，平日里无法承受的压力此时此刻幻成无谓的泡影。这里的一草一木，都会在瞬间激荡起令人怅然的遐想……

　　从传统的风水地貌上来看，巴里坤的山，称不上什么青山，而是一座座沉默着的雕塑，空张着一只只枯涩的眼睛，怅然若失地观望着一个世纪又一个世纪的更替。巴里坤的山，在世风的打磨中，究竟屹立了多少个轮回？到底是哪一次惊天的浪涛掀起了它的头盖，让它如此悲壮地横空出世？不甘寂寞的学者，以超乎寻常的精神探索、追寻、感悟巴里坤的山的灵慧，于是，重新发现了怪石山，有了关于怪石山远古时代的美丽传说。那怪石像骆驼？像慈眉善目的大佛？像恐龙……任凭你去随意想象吧！更神奇的是那个怪石坡，半坡上矗立着一块巨石，巨石中间裂开了一个小缝，里面渗出一丝丝不知源头的泉水，假若不用山中的空心芦苇秆吸取，你是无法品尝这一口被哈萨克牧民称为"圣水"的泉水的。

一方水土养一方人。冷峻的北山脚下，星星点点的小草和细若游丝的泉水，居然让这里世世代代的哈萨克牧民繁衍生息。牧民的土房子、蒙古包随地形修筑、搭建，没有规则地排列着，少了许多讲究，房子的结构和布局却和汉族人的一致，有土木、砖石。用石头垒砌的院墙，有方形、圆形，很结实，经得起水冲和雨打。靠山吃山的牧民，在山沟里开垦出大小不等的山地，种上牧草和小麦。不远处，有大河镇政府帮他们修建的蓄水小塘坝，拦住时断时续的一股细流，汇聚成一块清澈、透明的镜子，还有那一棵在石缝里挣扎的松树。这些都给大山平添了几分灵秀，几分魅力，几分只可意会，不可言传的凝固的神韵。

走近大山，用心去感受那"山路元无雨，空翠湿人衣"的韵、那鹿鸣声声的幽，这一切是诱惑、是情感、是信念，是一种对心灵的慰藉，也是一种独有的享受。大大小小的山，以它的公平和威严，撑起一片绝俗的天。在它面前，人显得特别渺小，它不会被人的恩恩怨怨左右，无论风水如何轮转，山还是那座山。正因为如此，人对大山充满了钟爱和崇拜。

面对巴里坤雨中的大山，你会惊叹它的雄奇、傲慢与冷峻，惊叹它的壮丽，甚至惊叹它绝顶的荒凉和峥嵘，惊叹大自然的鬼斧神工之作竟是如此非同凡响！无论你出生在巴山蜀水，还是楚天潇湘，无论你来自白山黑水的关外，还是烟雨缥缈的江浙，只要你来到这里，来到巴里坤，过不了多久，你就会毫不犹豫地把自己视作它的一部分，把它当成自己精神上的故乡。

哦，像父亲一样宽厚的大山，你是我至真至纯的友人啊！

又见油菜花

那是一个遥远的梦境。

一个让我迷醉的梦境，在雨后的某一个夕阳西下的时刻，突然神奇地化为现实，使我整个身心微微震颤。

那是无边大海上的一块绸缎，又是一块金黄的地毯，黄灿灿中隐含着绿色，从脚下一直延伸到天边。那个勤快的小精灵，忙碌地上下飞舞。远处放蜂人的帐篷，像茫茫海洋中的一叶小舟。

久违了，油菜花；久违了，小蜜蜂。

它把我引到了甜蜜的童年时代。那时候，每到油菜花开遍田野的季节，放蜂人便拉上布满网眼的小木箱驻扎在村边的油菜花地旁，小伙伴们兴奋地围绕着打扮奇特的放蜂人转，那放蜂人戴着草帽，草帽沿上挂着垂到胸前的白纱，我们只能朦胧地看到他的脸的轮廓。那人操着浓重的外地口音，急切地向我们挥手，大声地嚷嚷，大概是让我们离蜜蜂远一点吧。我们似懂非懂地答应着，腿脚却不曾离开半步，当然会被蜜蜂无缘无故地蜇一顿。任凭委屈的泪水在眼中打转，还是不肯离去，倔强地沉醉在浓浓的花香中，听不见母亲的呼喊，看不见被冷落在一边的盛

猪草的篮子。

豪爽的放蜂人拿着蜜罐让每个人尝一尝蜂蜜，羞涩的女孩嬉笑着退到远处，胆大的男孩凑上去，小心翼翼地用手指蘸一点蜜，舔着，笑着，手舞足蹈，毫无顾忌地互相追逐着。油菜花挂在高高的、瘦瘦的枝干上，淳朴、自然，不加任何矫揉造作。

花的波浪拍击着我的心岸，激荡起令人怅然的遐想。

油菜花在城里是很少见的，热衷于养花的人从不记得它，花园里也不种它。在花的世界里，它始终是默默无闻的，只有在乡村的田野里、山坡上才能看到它并不丰韵、但很实用的身姿。经过"百年老油坊"的锤炼，便化作纯正、清香、回味无穷的菜籽油，被源源不断地运往四方。它把营养和力量毫不吝啬地留给人间，尽显其超然、脱俗和无私的品格。

岁月匆匆，花开花落，我只有一个简单的向往，那就是当艰难时光到来之前和之后，我会在花的笑容里，找到自信，找到生命的价值。

落日的余晖轻轻洒在油菜花上，泛起比本身的光芒更让人陶醉的色彩。放眼望去，无边的油菜花连着无边的紫花苜蓿，浑然一体，自然天成。面对熟悉而又陌生的景致，愚钝的我，缺乏智者的灵秀，难以从这大地的气息中感悟到"天人合一，物我两忘"的真谛，只是恍惚感到农庄和大地是由万物的灵魂、品质、精神和不死的生命组合而成的，感到生命与色彩构成的风景，迷醉了尘世的脚步。那非同凡响、火焰般热烈的激情，让我惊叹，让我痴迷，我似乎听到了大地的呼吸声，看到了这个与大地紧密相连的植物永不消失的精神所在……

曾在孤寂的独行中，面对梦境中的油菜花，我企图以诗的方式和它对话，但，此时此刻，耳边只有蜜蜂的吟唱，我的声音被无情地淹没在寂寥的上空，喉咙好像被什么东西堵塞了，一句话也说不出来……

我知道，油菜花纤细的根已深深地扎入了我潮湿、柔软的心田，我

将用一生的心血，把它移植到即使花完一生的夜晚也走不到头，花完一生的白天也走不回来的原野上去，让它成为永恒的花、凝固的花、不可漠视的花。

家乡的油菜花，你在默默倾听我的诉说吗？

绿之魂

三月的风刚刚吻过生命的枝头，那嫩嫩的心事，便拱破季节的约束，在阳光下，倾诉所有的期盼和缠绵。绿梦蔓延，几乎用整个生命充满了整个夏季。

柔弱的小草，就是那么不卑不亢地感恩于阳光的普照，点点片片，手牵着手，根连着根，汇聚成无边的绿海，衬托起那一方绝俗的天。鲜亮的古城，安详地面对小草连成的大草原，笑盈盈地迎接八方来客。

小草虽然很小，却很大气。它们之中有为人而活着的，那是城里的草，是专门用来点缀风景、用来观赏的；有为牲畜而活着的，那是乡下的草，是用来当饲料的。不管是为谁，小草都忘我地活着。

为人而活着的草，身价要比为做饲料而活着的草高贵。城里的草是有名字的，乡下的草也有名字，但乡下的草不计较名利，只是一个劲儿地长，长绿，长壮，长出精神，长出个性，长出风韵，长出大气，长成整整一个浩瀚的大草原。

每逢走进大草原，忍不住心情激动，眼含热泪，柔柔地问一句：你好！大草原，是你带春来了？还是春带你来了？

轻轻踩着起伏的绿波，仿佛那摇曳的绿浪会把你送上云端。站在云端的最高处俯瞰用生生不息的生命染绿的古老小城，看小城厚重的城墙，看小城古老的庙宇，看小城崛起的新楼群……小城被气度非凡的大草原环绕、引领，那大草原宛若小城的旗帜，舒展、耀眼。晶莹的"甘露之泉"一手牵着鸣沙山，一手伸向蒲类海，蜿蜒穿越草原，在风吹叶动的晨光和夕阳里，涌动着斑斓的色彩和情结……

古城和村庄是不沉的巨轮，旅游区精致的红顶、蓝顶的白房子，吸引着人们的眼球。每一棵小草，都演绎着一个又一个浑然天成的故事；每一群蜜蜂、蝴蝶都能采撷到一个永恒的心声。撒向草原的每一首牧歌、点缀草原的每一座彩色的毡房、悠然飘荡起的每一缕炊烟，都那么热情、奔放地绽开了一个季节的辉煌……

小草、花儿与阳光是没有距离的，大草原沐浴艳阳，面对寒夜苦雨和无情践踏，虽柔弱但不折腰，虽忧伤但不哀鸣，傲骨凛然，豪放而正直，高亢而大气，即使有万千磨难也心揣梦想，撒播充满生气的种子。她那嫩嫩的身躯向前、向上，在飞沙走石中生长，在贫瘠、干旱的土地上，用自己的平凡找寻不俗的足迹，被人踩倒了，被工业废水污染了，被野火烧焦了，仍然挣扎着，爬起来挺直腰板，即使卑微也总是无怨无悔，即便伤痕犹在也刚毅无泪。大草原从不怨秋风烈，春光短，在风情万种的飞雪中孕育又一个崭新的生命……

草原上的人们，期待着湿地生态修复工程，能为一方百姓再现那美丽的风景，赛马、叼羊、摔跤、阿肯弹唱、姑娘追都是依附草原而生的，没有草原，没有天山融雪，没有大河潺潺流水的滋养，能有钟灵毓秀的古城吗？能有空明、洁净的天空吗？能有炫目、温柔的阳光和月色吗？

宽厚的大草原慈母般养育着数以万计的生灵。眼下的人们正给草原的兴旺一个永久的承诺，希望在不久的明天，草原在不经意间流露的淡淡忧郁，会随着引水灌溉的竣工而烟消云散！远方的朋友，你来吧！来了，看一眼，就再也忘不了了……

来生想长成一棵树

　　大河九丫杈神树生长在哈密巴里坤大河镇政府西侧约 1 公里的旧户西村。这棵有着 300 多年树龄的神树，高 25 米左右，树围有 6 米多。巨大的树干上长有 9 个伸向高天的粗壮树杈，枝干遒劲而沧桑，直插蓝天，根深叶茂，人称"九丫杈神树"。

　　多年前，一白姓村民砍伐了其中一枝树丫杈，结果此人生病后不治身亡。人们说这是神树对他的惩罚。"树罚说"在那疯狂的年代，无形中保护了神树的安全。

　　从古至今，九丫杈神树便成了村民们顶礼膜拜的图腾。

一路看过来，这是最粗壮、最高大的一棵树，树上长着 8 个向四面伸展的枝干。其中一枝已经枯死，仍固执地傍依着活枝，铮铮硬骨苍劲、挺拔，直向高天。

　　初夏的阳光在此刻竟如此璀璨夺目，站在大树下，想起那首流传极广的童谣："一棵树九丫杈，里面坐着个老妈妈，生下的儿子会念书，生下的姑娘会扎花。大姑娘扎了个牡丹花，二姑娘扎了个石榴花，丢下三姑娘不会扎，拉着车车纺棉花……"

老妈妈怎么可以坐在树的中间？万一大风刮过，摇摇晃晃安全吗？忽然觉得有些迷茫，有些悲怆……

坐在有着300多年历史的老白杨树下，静看枕月衾云的众丫杈，想象着百年前绿树成荫、飞鸟遮日的壮观。忽然，一片金黄的枯叶，翻卷着被风霜洗礼过的身姿，有目标似的轻轻飘在脸上。惊回首，想问那盘根错节的树杈，中间除了坐着个老妈妈，是否也有汉武帝所钟情的承露盘？

我问我自己，为什么要来看九丫杈，而实际上只有八个丫杈的树呢？我想知道，它那第九个丫杈去了哪里。

百思不得其解间，问询了一位上了年纪的大妈。令我惊讶的是，这棵树原来的确是长有九枝，后来不幸被一白姓村民砍伐了其中一枝，当柴火烧了。结果此人生病后不治身亡，在当时曾引起了轩然大波。村民们都说是百年神树惩罚了砍伐树枝的人。

不管是巧合还是偶然，总之，村民遭此不测，给这棵树涂抹了一层神秘的传奇色彩。其他的树早已淹没在历史的尘埃中，唯有老白杨依旧沐浴在剑霜刀雨中。也许，是"神树罚说"在那疯狂的年代无形中保护了神树的安全。

一棵树的生存竟然需要神话的保护来延续生命，这是树的幸运还是人类的悲哀？

事实证明，我们需要一则神话来说给自己听，需要一个形象把我们画给自己看。传说中的老白杨，经历了数年的挣扎与苦痛，阅尽了风霜后的泰然处之让我们汗颜……曾经，这里水草丰美，丰收的麦垛鳞次栉比，高接云端，因而有巴里坤"八景"之一"屯稼堆云"之称。据说是得益于神树的庇护，才成就了今天的"甘露川"。我想知道，既然有这样一棵神树给我们的生活带来吉祥、平安与幸福，那为何还要对老树实施暴力，侵犯一个生命的生存权？

传说总归是传说，在我们需要食物，需要房子，需要更多用品的同

时，我们的确也想要一棵或很多棵九丫杈的树，作为一种精神的寄托、一个令人类敬畏的偶像、一个顶礼膜拜的图腾、一个可以约束过激行为的潜规则。面对这一被摧残过的白杨树，我们除了敬畏、仰望和震撼，是否还有一种自惭形秽？

我一直认为，所有的树，包括九丫杈的神树，都是把欲望的枝伸向天空的，然而，在遇到九丫杈神树以后，我才真正明白，树的另一半是属于大地的。

九丫杈的神树生长在一个毫不起眼的地方，周围有房屋、农田、水渠与之相伴。它的根在地表时隐时现，顺着树根长出的嫩芽，可一直追寻到神树的下面。村民们都说，在修渠、盖房子挖地基的时候，距离老白杨十几米的地下，都有树根，可见老白杨的根系有多长了。

凝视这棵根深叶茂的大树，不由得怦然心动，无意中发现了一棵树生命深处的隐秘。有的树干已经走完了生的曲折历程，在死的枯枝上还接纳了麻雀、乌鸦这类在城市里不受欢迎的客人。这个庞大的鸟类家族，在神树腐朽的心脏里避风避雨、繁衍生息，以顽强的生命与树共存。而在另一端的枝干上，抽出的新叶又青青翠翠地活了起来。长长的树根在地下缠缠绵绵，延伸到何处汲取养分，不得而知，伸向高天的一半长成一排永恒，没有妄自菲薄的姿势，没有屈膝的弯度，新干、枯枝齐刷刷举手向苍穹，形成合力如夸父一般追逐太阳……试问，我们有这样的能动性吗？

在这块故土上，腐朽却无人凭吊的树枝，神奇、珍贵的天山雪莲，岩石上的微小发菜，以及种种不知名的万类物种，甚至没有生命的黄土、石头都和谐地存在着，每一种生物都在有尊严地活着，生命不仅如此仁慈、公平，而且有强大的潜力。

看到物种不可抗拒的生命力，我开始怀疑自己生存下去的能力……

夏日的轻风伴随我一天，微微返青的树叶在眼，叽叽喳喳麻雀声在耳。乌鸦的羽翅纯黑、华贵、硕大、耀眼，但它的声音平直而低哑，没

有丝毫的婉转和流利，"嘎——嘎——"，简单直接，细细品味，似乎有种直抒胸臆的悲痛，好像要说的太多，仓皇到极点反而只剩一声长叹了。

看来，不论哪种生命，都有自己的活法，而且繁荣昌盛，生生不息。

但是，人，最终活不过一棵树。如果有来生，希望成为一棵树，无论树枝还是树叶都长得独一无二。在高天下沉默着、美丽着并骄傲着，从不奢望，从不攀比……在大地里的一半安详自如，在天空下的一半肆意飞扬；一半遮阴避暑，一半拥抱阳光，层层年轮记录岁月的沧桑，在光合作用下，自生自灭，无怨无悔……

诗意栖居

燕子一直是我心中不可忘却的生灵之一。因而常常被感动着、吸引着，盼望着。每当听到燕子的吵闹，就按捺不住想看个究竟。

清明一过，我就怀揣一颗盼归的心，希望燕子那婉转的歌声能快点唤醒我的梦，可是，今年的燕子不知何故，来得很晚，把我的心都给等疲乏了。燕子啊，你可知道，你让我等得好苦、好累！

见到燕子的时候，已经是初夏的五月了，它们姗姗来迟，三五成群地在院子里一刻不停地叽叽喳喳，栖息在精致的窝巢上，惬意地梳理黑亮的羽毛。一边洗衣一边倾听燕子的呢喃，感觉心随燕舞，燕鸣梦醉，真想知道燕子不远千里跋涉到底为了谁？每天早起歌唱给谁听？

不知何时飘起了细雨星，屋檐下燕子的低语充盈着我的耳郭，水滴从我的脸上滚落，雨雾洇湿了我的眼镜。透过朦胧的镜片，我看见燕子那矫健的靓影，像箭一样上下翻飞，尽情张扬热烈的生命。屋檐下，有燕子辛苦奔波，一嘴一嘴衔来泥和麦草，垒起半圆形的家园。我猜想那燕子的口中其实衔着一个美好的预言，在上帝赐予的季节里，从容地完成一个鸟类建筑史上的杰作，那杰作就是用嘴建起的家园。在那充满诗

意的、神奇的家园里养育着燕子的后代，那些可爱的小生命张着粉红色的小嘴，耐心等待着燕子爸爸和妈妈送来的美味，等待着明天成长后的展翅欲飞……

对那个绝顶精巧的燕子窝，我情有独钟，很想拿在手里，细细端详，看个明白它的构造，但实在是望尘莫及，那窝太高了……

后来无意中发现了一个燕子窝，让我久久不能忘怀，因为它是我见过的最大的一个燕子的家园。那窝建在一座三层楼南墙的楼檐下，塑造得极为精巧，半径也就 15 厘米，在靠墙的一面留一个仅能出入燕子的小巧的门，说是门，实际上是一个靠墙留下的缝隙。这个"家园"设计得比我家屋檐下的那个"家园"更合理、更科学、更保暖，雨淋不着，雪花进不去，风再大也奈何不得；而且这个燕子部落不知有几代，也无法知道他们有多少个兄弟姐妹。仅窝巢就整整齐齐排了 12 个，在楼房西面的墙上又建了 4 个，每一个窝都是这种飞行物杰作，每一口泥都凝聚着创造者令人敬畏的力量。当你看到这些能工巧匠的杰作，不能不对这种通人性的飞行物肃然起敬。

精灵——当我的脑海中跳出这两个字的时候，有些惊悸，感到燕子那幽灵般的眼睛，时时注视着我的一举一动，感到流动的空气、树木和房屋上都写满了"精灵，精灵"，这个精灵超脱而吉祥，跟人类有不可分割的亲缘关系，有诗为证："旧时王谢堂前燕，飞入寻常百姓家。"既然能来咱百姓家，就是朋友，就是荣幸，就是客，所以，在燕子应该归来的时候还看不到它们的影子，我有点失落，有点焦虑，有点担心，唯恐它们那柔弱的生命，在漫漫旅途中遇到不测。每当秋风萧瑟，寒夜袭来，燕子不得不离开的时候，有点难过，有点无奈，有点不舍得，寂寞、无聊的日子里，因为有燕子的陪伴，我不觉得生活孤独、单调。燕子啊，你是我童年的再现，你是我辉煌青春的念想，我漂泊的心如山百合般等你的归去来兮……

燕子，你知道吗？你每天盘旋、停歇在我们共同的空间，我的眼光

在所及的范围之内，始终追逐着你、关注着你。你眼里的我是什么样的？不是敌人吧？

生活在这样一个人与鸟共同栖息的神圣土地上，心中有爱，有依托，也有期盼，更主要的是感觉这个世界又多了一些让人热爱的理由……

母亲的村庄

村庄原本居住着父亲、母亲，但父亲不辞而别，儿女在外奔波，母亲独自守护着村庄的老屋不愿离开，依赖着村庄的土地、麦田、牛羊，还有鸡等，打发着波澜不惊的日子。

那年，也就是现在这个季节，乘下午的末班车，到母亲的村庄。太阳西斜，我没有立即拐过大路回家，而是站在小桥上发呆。

柔弱的麦苗缄默不语，蓝天上飘着几朵没有方向的云，一群大雁鸣叫着掠过头顶，追随大雁的目光无意间落在父亲留下的那头老黄牛身上。

站在熟悉的风里，灼热的眼盯着倔强的牛。因为我清楚地看见牛角上拴着一根缰绳，母亲使劲拽着绳子，不让它吃路边的青苗。在这场力量悬殊的抗衡中，母亲显得那么单薄、孱弱。

对于那时那刻，不知道该用怎样的笔墨形容我的心情。重重撞击心扉的画面里，少了父亲的影子。如果父亲还健在，这头牛还会如此嚣张吗？

斜阳下静静站立的我，没有前去帮母亲把牛赶回家，脑海中浮现出一串幻影：父亲牵着牛走在前面，母亲手里提个小筐子走在后面，小筐子里装着刚刚采摘的黄花野菜，二老偶尔说两句关于天气的话，和谐、温馨……其实就是曾经的过往，上演在当时，烙印在长久的记忆里，至今历历在目。

自以为可以成熟应对一切变故的我，在观望母亲牵牛的那一刻，竟无法掩饰痛彻心扉的伤怀，像委屈的孩子，任凭泪水滑过脸庞。

母亲雪染的乱发、倔强的牛、沉默的村庄，是我今生不能承受之重、之痛。那一刻，我想大喊一声："妈妈，我来了!"

可能风把我的声音撕碎了、阻挡了，或是刮跑了，最终，哽咽在喉咙又吞了下去……

太阳躲进云层，暗影里，我伫立在微风中，心里反复强调：父亲缺席的日子不过是昨天出远门旅行的一次道别。

骗自己终究是骗自己，事实是父亲的猝然离开，结束了我的无忧无虑，同时也化解了许多纠结，让我真真切切地明白了生命、亲情、友情、健康在人生旅程中的深度、广度、纯度乃至厚度……

在以后的岁月里，哪怕老黄牛早已成了别人餐桌上的美味，哪怕村庄的土路已铺上了柏油，哪怕村庄的年轻人都在城市里置办了新居所，哪怕健在的老人都成了大雁一般的候鸟，我一如雕塑般坚守着这个不可复制的幸福，因为父亲、母亲在村庄里的所有故事，填满了我闲暇时的整个空间，尽管没人能够读得懂。

我知道无力阻挡父亲的离去，更无力如父亲种下的那一排白杨树，忠诚地守护父母的村庄，守护老屋，守护母亲，只得千言万语劝说母亲依依惜别左亲右邻、村庄，还有更亲近的老屋，随儿女在一起开始另一种全新的生活。

一年又一年，村庄依旧，田野依旧，我心怀感念与敬畏，默默守候在时光的深处，用心呵护轻易不敢碰触的悸动，用文字悄然记录一种思念，叫村庄；一种牵挂，叫母亲。

兄弟的村庄

　　住在村庄的弟打电话给住在哈密城里的兄，说隔三岔五的雨水从房顶漏下来，把老屋前墙冲得七沟八凹，修还是不修呢？

　　城里的兄不假思索地回答："修呀！"

　　说完了，城里的兄才开始想，咋修呢？离开村庄有二十多年了，离开老屋也十多年了，本来就破败的老屋经过多年的风雨侵蚀，基本失去了使用价值。修葺的意义在哪里呢？他陷入了纠结中……

　　这里说的兄弟，可不是血缘关系的兄弟，而是一起在西湖里捉泥鳅，在二渠里扎猛子，在场院里打老牛，在草丛里找麻雀蛋的发小。他人虽离开了村庄，其实魂还在原地。每到节假日，就算他没空回村，住在村里的兄弟们都会以各种方式相约，让他控制不住思念的心。

　　本来十年前，老屋就成了储藏那些不能带走，扔了又可惜的老物件的库房，有迁移来的牧民看上了院子里那一排挺拔的白杨树，打算买了这栋旧房子翻新再住。可人家的想法还没有说完，就让他给回绝了。他想留住房子，源于那一份割舍不下的念想，也是给回老家找了一个无可辩驳的理由。

老屋看上去确实很破败，在他心里占据的分量却不轻。那份情、那份挂念，就像天上的风筝，飞得再高，绳子始终拴在老家的房梁上。

赶上暑假，城里的他一早就带上儿子向村庄的方向飞奔，两个多小时的距离，蜿蜒的天山一闪而过，转眼就到了满地翠绿的村庄。

站在老屋生满铁锈的大门前，荒芜的院子里，牵牛花耐不住寂寞，附着白刺攀缘而出，蒿子、芨芨草还有各种杂草霸道地占满了每一个空间，甚至连墙缝里、房顶上、屋檐下，只要是能生长的地方都爬满了草，貌似"老虎不在家，猴子当霸王"。它们互不相让，疯狂地生长，连落脚的地方都没有，院墙边还有一棵向日葵高傲地只盯着太阳张望。

他有点哀伤于家园的杂芜，又有点欣慰于野草装扮了房前屋后，把斑驳而又承载着太多记忆的老屋夹在中间，使老屋看起来没有那么苍白、荒凉。再看那几排白杨树，每一片叶子都闪闪发光，并没有因为主人的冷落而逊色几分。

他打起精神审视这个令人魂牵梦绕的村庄。村里的兄弟看到了他的车，赶过来商量怎么收拾漏雨的屋檐。其实，需要动工的地方不是太大，他们都是有生活经验的能手，半天时间就能把漏雨的洞给补上。白色石灰墙体上留下的几道歪歪斜斜的痕迹，像几行离别的清泪，那种伤怀或多或少冲淡了兄弟相见的喜悦。

他们细致地补上老屋上下前后的残破处，就像在弥补长期不居住的缺失。其实修补的不光是老屋，还有心里的那种复杂的情感。然后打开一间间潮湿的屋子，家的味道依旧浓烈，西边那间小屋的里墙上，竟然塑了几个崭新的燕子窝，也不知道燕子是怎么进来的。

兄弟们四处寻找哪一处是燕子可以进来的"门"，没想到是窗子上有一块已经脏得失去光亮的玻璃烂了一个角，机灵的小燕子一次次衔着草泥，就是从这里钻进来建造了万无一失的巢生儿育女。

总算还有生命在这里延续，兄弟们悄悄地出来关好房门，不忍打扰一对燕子的恬静生活。

接下来，兄弟们围坐在一起张家猫李家狗地胡扯了一阵，气氛渐渐冷下来。因为前几日送走了村里的一位外姓爷爷。这位爷爷是村里大家族中一位远房的亲戚，出于礼貌，村民们与之有关的、无关的都统称其为"大辈子"，久而久之，小辈们都搞不清楚他到底是哪门子的长辈，老小都叫他"大辈子"。大辈子爷爷去世后，破例停了四天，按习俗是在家里停放三天就埋葬了。但大辈子爷爷是外来户，基本没有什么亲戚，村里的青壮年大多数都外出打工，仅剩"老、弱、小"，土葬大辈子爷爷成了当时村里的当务之急。

留守的村民都打电话召回在外的儿子，说再远、再忙都要停下手里的活儿，回村子给大辈子爷爷送葬。因为年长的村民已经从大辈子爷爷的事上预料到了将来某一位老人的不幸。为此，这一次兄弟们的小聚少了一些平日的狂欢，多了一份凝重。聊到这个话题，他们当即做出一个对村民来说非常重要的决定，那就是，从今往后，不管哪位老人仙逝，村里外出的男儿，无论多远，无论多忙，都要回来送老人一程，这是责任，也是义务。

自此，远离村庄的兄弟们，多了一份沉甸甸的责任。在一个人离去后，都要回来，都要拿起自家的铁锨，给死者的坟上填一把黄土，这不仅是对逝者虔诚的怀念，也是对生者的一份责任和爱。

兄弟的村庄，是有爱的村庄，更是有责任的村庄，他们义不容辞地丰富着自己的精神家园，延续着村庄的记忆！

女人的村庄

　　尽情妖娆的机会，总是有限，每逢"三八"妇女节，就会莫名生出一份感动，呼朋唤友，自编自演，狂欢一阵，哪怕五音不全。如此，追忆年华，也足以温暖内心的苍凉和落寞。

　　盘点心情，虽然孱弱，却吟唱出一段潮起潮落，可与须眉比肩。

　　那一日，春风将雪线以下隐藏的垃圾暴露无遗，身为妇联主任的她以"亮化环境，还一方净土"为己任，骑着自行车去动员村民大扫除。谁知一不小心摔倒，致使膝盖骨严重受伤，举步维艰，切肤之痛，难忍，数日与梨花落雨相拥。

　　横空而出的挫败，没能将她击垮，半声叹息后，像一只决绝的蝶，挣扎着破蛹而出。

　　"三八"妇女节就要到了，她一如既往组织村里仅剩的"40""50"，甚至"60"的妇女排练节目。她说，在外面排练，都成了大熊猫。我才注意到，虽戴了口罩，因风吹日晒，美丽的脸庞不仅黑且粗糙，还有褐色斑点。大眼睛露在外面，的确像个熊猫。心里感叹：她原本是个漂亮的女子啊，操劳，使她的手和脸几乎是一个颜色。惊奇的

是，她粗糙的手写出的字却格外娟秀。曾经的美丽化作今日别样的妖娆、俏丽。

她的演员们盛装登场，轻摇红扇，踏着《欢聚一堂》的旋律，迎着初暖乍寒的微风，舞动起来。

"聚一份欢畅，聚一份吉祥，聚一份花好月圆的好时光，问候这春风别来无恙……"歌声回旋在村庄的上空，荡涤了残存的疲倦，尘世的沧桑、过往的一切，随着这乐曲渐行渐远……此时，她、她们展现的风采远远超过了她、她们的容貌。她们自创的小曲子，曾在中央电视台新闻节目中亮相。

"上面千条线，下面一根针"。在农村，不知有多少根这样纤细的"针"被"千条线"所累。毫不夸张地说，来村里考察的各级领导干部、记者，只要跟妇女主任接触一次，便会深深地喜欢上她。这份喜欢与风月无关，是发自内心的，带着无限的赞美和敬佩，无须刻意，就忘不掉了。她们干练、贤惠、善良、纯朴，如一株迎风摇曳的马莲花，尽情释放芬芳。别样妖娆的农家女子群体，虽然也渴望奢华的物质生活，却又如此依恋黄土地上的踏实，尽管也羡慕职业妇女的生活，但也想小鸟依人，相夫教子，也想做妩媚女人，或温柔，或婉约，守着那个雨季的丰盈与多姿，既娇艳动人，又传统、含蓄。

女人是一道不可或缺的美丽风景！从她们的骨子里无意间流露出的宽容、和谐、大气、从容与淡定，赋予了生命厚重的活力，足以让一世芳华在农村的土地上，在父老乡亲的世界里生根……

淡定的村庄

　　一场罕见的大雪落在了九月初的村庄，等待秋收的万亩小麦、饲用玉米全都被大雪覆盖，沉甸甸的穗头经不住一边消融一边不停地飘洒的雪花。看着这场早雪，周大姐的心里一半庆幸，一半担忧。庆幸的是，针对她家种的几十亩地，春天政府动员入保险的时候，她没有犹豫就交了保险费；担忧的是，她女儿家种的地多，反而没有入保险。不过，这场雪给她带来的烦恼，一会儿就消失了，因为比起以前的人工收割、打场，这场雪不至于让她太沮丧。

　　雪后第二天，大面积的小麦齐刷刷卧倒在地上，根与头部埋在雪里，企图挣扎着支撑一片蓝天。可惜秋天的雪来得凶猛，消融得也快，很快化成水穿过麦秆、麦穗，渗透进地皮。

　　村民们先后来到麦田，查看了倒伏情况后，一致认为挽救的办法是等天晴了，麦子晒干了，康拜因（联合收割机）来收割的时候，由两个人拿一根长一点的竹竿，分别站在康拜因的两侧，把倒下的麦子挑起来，陆续再进机子。这样虽然熬时间，慢一点，但损失较少，如果天气好，三五天就可以完全进仓，与手工镰刀收割没有可比性，因而村民们

不会就此而焦虑。

旧户西村80多岁的杨华才老人说，他年轻的时候，每年秋收都会遇到一场或者几场雪，大雪压倒小麦太平常了，损失也是惨重的。那时在大雪里秋收，收割的速度太慢，都到了十月份，田里的麦子还在四处张望，有的麦子成熟得实在坚持不住长久的等待，镰刀还没到来，已经从薄薄的壳里蹦出来，落在干裂的地缝里。捆子拉完，妇女、孩子还要提上芨芨筐拾落在地里的麦穗，有的还拿了扫帚把已经出壳的麦粒扫起来，在风里扬去沙土。

那时从八月底开始收割，到了十月底、十一月初才能把麦捆子全部码在场上摞成垛。天晴打场，下雪休息，晚上有专门看场的人。持续到过春节，有的场还没有打完，以至于麦垛底下的麦粒都发了芽。

有一年雪下得勤，过冬至那天，还在打场，晚上包好饺子，准备早上吃过冬至饭再去场上干活。本来是在热乎乎的炕上睡觉的好日子，谁知道凌晨刮来一阵风，因为场上还堆着没有扬的豆子，队长敲着烂犁铧做成的钟，大声吼叫着："风来了，风来了，扬场，赶紧扬场！"

那时的人，心里就是有一万个不愿意，行动上还是不拖拉，硬着头皮，重新穿上厚重的棉衣，腰里再勒一根草绳，顶着刺骨的寒风，钻进了黑黑的夜色里。

打豌豆风小了不行，只有风大一点才能把草和豆子分离开。借着马灯的光亮扬场，第二天早上才扬完。男人们开始装麻袋抬麻袋上车，还要扛起100多公斤的袋子进仓；女人们有的装草末子腾场，有的开始摊场。

那时有个顺口溜："鸡骨头，羊脑髓，东方白的瞌睡……"意思是这时起床特别难，不想起床的不止一两个人。队长一边把烂犁铧钟敲得震天响，一边喊着"摊场，起来摊场"。小娃娃被惊醒哭闹，狗也叫，鸡也叫，半夜里全村都不安宁。

天还没亮，人们就陆续到场上了。有人上到粮食垛的顶上往下扔捆

子，下面的人提上捆子先往场的最外边送，慢慢就摊到了垛跟前。摊场还有个讲究，就是要按顺序把粮食头朝里根朝外围摆成一个同心圆，根据场子的大小，能摊 20 来圈，就是一场。

捆子放到指定地点上，有些人就拿镰刀剁萋子，边剁边把萋子套在胳膊上，拿回家当柴火烧。有的人拿上叉把捆子抖虚，横七竖八一个圆圈，有尺许高。这时，太阳还没升起来，马套好碌子，开始上场转圈碾场，其他人可以回家。再次回来，正好赶上起头秸，卸了碌子的人可回家，回来头秸起完了，又赶上碾第二遍，就这么一环扣一环，没有闲工夫。

上场前，要在马嘴上戴个半球形的嘴笼子防止它吃粮食，再在马脖子上套一个人字形的木夹板，夹板的里面有一层毡子，怕用力时伤了马的肩胛。夹板的下端有一个用皮绳做的环，可以扣住马脖子。夹板子两边中间向后的地方各拴有一个绳子做的环，这个环叫"拉扣子"。拉扣子两边各系着草绳或者麻绳，绳的另一端连着由木框套牢的石碌，这个木框叫作"拨驾"。

拨驾套好，吆碌子的人站在场中间，一只手拉着一盘缰绳，一只手举着一根几米长的长鞭，吆喝着马转圆圈。马拉着石碌沿着摊好的场由外向里转圈碾轧。石碌发出的嘎吱嘎吱声一天都在脑子里响个不停。

有一次，马正拉上石碌转圈，一只鸽子冷不防从马眼前飞过，马受到了惊吓，一下脱缰满场乱跑。牵马的人没有提防，惊叫一声，使其他在场的人、马都慌了神，套着石碌的马喷着粗气嘶叫着，牵马的人牢牢抓住嚼子不松手。

那匹受惊的马拖上石碌子疯跑，一边的拉扣断了，把个拨驾碌子摔得七零八落，剩下的一半绳子甩打在马身上，马跑得越来越快，从场上跑出场外，又跨过 1 米高的围墙，往草湖的方向跑。打麦场上人喊马叫，全都停下手里的活儿看热闹，那种慌乱和惊恐，现在想起来都后怕，小伙子们也追不上狂奔的马，只好眼巴巴地等马跑乏了自己停

下来。

吆碌子的人也得身体好，不然几圈下来就会头晕眼花。其他人趁这个空儿，靠着粮食垛，有的睡觉，有的聊天，有的抽烟……

一匹马一天只能打几十个麦捆子。场院大，人多，马也够用，碌子也有，就可以同时摊两场或者三场打。这个速度，打到春节也就不奇怪了。

那时，从摊场到碌子碾、起一遍秸、碾两遍、起两遍秸、攒毛堆、清扫场院、扬场再进仓，要经过八九道工序，加上前面一把一把割麦子、捆捆子、拉捆子、摞垛，大致算下来有十几个环节的工作；现在的康拜因一次就完成了，省时省力。

单纯就说割麦子，一个壮劳力一天不停地割，才能割两亩地，康拜因1个小时割10亩左右，还不算同时完成脱粒和麦草分离的时间。

老人的叙述像在回放一部老电影，真实、亲切又心酸，只有亲身生活在那个时代的人，才能体会。跨入现代农业机械化时代，遇到今年的特殊天气，完全不用担心下雪怎么收割、寒冬腊月怎么打场。就算有损失，种地还有财产保险、国家农资补贴。

社会的进步，给了村民一份从容，他们不急不慌，不惊不讶，不论城镇化怎么推进，地还是那块地，该发芽的发芽，该开花结果的也不需要炫耀，村庄始终保留着一份朴素，一份淡定，一份不攀比、不争强的超然……

高贵的村庄

村庄平淡，却也高贵、典雅。

它虽无奢华的大街小巷，更没有地产商造就的高楼大厦，但它拥有黄天厚地恩赐的大戈壁、大山、大草原。看起来平淡的山水，四季轮回，不改初衷，可圈可点的大景致是城里人崇尚的"诗意栖居"，淡然里永远充盈着村民的淳朴和悲欢离合。它的高贵在于"天不言自高，地不言自厚"，是一种大美、大气魄、大胸怀！

夏日的风抚慰着大河镇百万亩绿草和万亩麦苗，老白杨树依旧蓬勃。为了详细了解今年的小麦种植和杂草铲除情况，我们一行来到了旧户西村村委会，村主任说的情况大家都知道，就是外出人员把土地流转给留守在家的还有劳动能力的人。有代表性的是其中有一个村民小组共有156户村民，现今只有88户人在家，他们耕种全部的1664亩小麦。有些村民虽承包了土地，其实也是"候鸟"，春播、秋收两季才回来，除草、浇水等农田管理的活儿又承包给在家的人完成。

实际上，从20世纪90年代开始，每年小麦返青后到拔节初期都已施用了巨星牌、骠马牌等相对安全的除草剂，杂草不像以前那么多。

年近70的周润梅大婶说，老早以前，对农药也没个概念，野草燕麦跟上苗子一起疯长，草拔得不及时，比庄稼长得还快，稍微一放松，庄稼就被野草欺得长不起来。为此，头回水一浇完，地皮一干，就薅第一遍草。轮灌几次水，就拔几次草，一直拔到麦子收完。

那个时节，薅草就是大多数妇女们无奈的选择。夏天一到，人人都用围巾把头脸包裹起来，只露出眼睛，在无边的麦田地头一字排开，蹲下薅草。热得再难受也不能把围巾取下来，因为密密麻麻的蚊虫横冲直撞，任意乱钻，骚扰得人人咬牙切齿又没法抓住。实在招架不住时，有人用废弃的小铁盒，在两边分别钻一个小眼，穿上细铁丝，之后将两条细铁丝连接在一起做成把手，然后在小铁盒里面装上驴马的粪蛋点燃，利用烟雾驱赶蚊虫，效果非常好，走到哪里提到哪里，虽然味道有点熏人，但比起虫咬来却好受得多。

除草的工具是个小巧的薄铁铲，铲面大的如成人的手掌，小的似一片树叶，铲面一头安有30多厘米长的铁杆，铁杆末尾处安有一个拿起来比较顺手的木头小手柄，整个造型像极了微微倾斜的"丁"字，只是弯钩有点夸张。妇女们一边用小铁铲草，一边张家长李家短地聊天，声音大得能惊飞蓝天上的鹰。

蹲在地里薅草，腿也疼得受不了。实在没办法，就拿个小凳子，有的也拿一块皮子坐上，一步一挪动。没有耐心的人真熬不下去，当然也就没有工分可挣。

头遍拔草能把那些还没长大的苣苣、黄花还有燕麦草连根拔出来，第二遍、第三遍草就少一些，人还能有个空闲。草多的地方，一天连一趟地都薅不出去。

在草小苗时薅不净，长高了就得拔。拔草也不容易，人淹没在麦田里，既要防止伤了麦子，还要把草除干净。如果草太多了，拔下来绕成一只手能攥住的把子，扔到埂子上。一趟地拔出来，沿着田埂高一脚低一脚，再一把一把收起来搭在肩上，背出麦地，放在空地上，晒干了就

成了牲畜饲料。

将老旧的过往当故事讲的时候，一切都成了苦涩的回忆。那些纯粹的野生植物，尤其从潮湿的地里挖出的苣苣、黄花、艾蒿等野菜，嫩绿的叶带着白生生的根，湿漉漉的，翠绿欲滴。当时狂吃野菜是为了果腹，而今，城里人崇尚吃天然野菜为的是调剂乏味的生活。

那时，家家奢侈地享受着没有任何污染的野菜，似乎那年月的苍蝇都是纯天然的，"大集体"热热闹闹的劳动场面，也成了今天村庄的念想。可能若干年后，村庄成长为一座城市，远古的标志，成为一张图片、一段文字、一则令人潸然泪下的故事……不管世道怎么变幻，村庄始终清纯、高贵……

恬静而寥落的村庄，老人们执着地传承着祖先遗留的习俗，循规蹈矩地守候着一方淡然的山水，成为黄土地最虔诚的信徒。他们相信土地是永恒的，永恒，也许就是苍茫、辽远，双脚踏在坚实的土地上，心也会跟着宽广、自信起来，所以，不论现代科技渗入村庄的程度多么深，只要土地在，乡音在，根就在。

厚重的村庄

　　村庄很古老了，伴随着村庄长大的农具也行将就木，有的已寿终正寝。二牛抬杠的犁铧，光滑的场院，打场的铁磙、石磙还有水泥磙子，三股、四股铁叉、木叉……这些遗留在村庄农家角落的风物，散发着淳厚的风俗和原生态的芬芳，蕴含着古老的浪漫气息，带着父辈的情感和温度，渐行渐远。

　　时至今日，犁铧的厚重依旧活跃在我的脑子里，如同还在黄土地上缓慢而行，父辈们扶着犁铧一步一步蹒跚着走到田地的终点，又回过头来重新开始。我不知道这片地的尽头在哪里，两头牛牵引着笨重的犁铧，感觉这个家伙很厉害，能把平展的土地翻得沟壑纵横，草根暴露后也成了飘零的枯枝。

　　那时，犁地人起得早。老人说："鸡叫头遍叫谁呢？叫得长工套牛呢……"鸡叫头遍时就是北京时间四点钟左右，正是人睡得最香的时辰，有时把牛套到地里时，天还没亮。

　　犁铧扶手是木制的，犁铧尖是生铁做的，用起来很笨重。这种犁铧，有的是一匹马拉，有的是两头牛拉。两头牛拉的就叫"二牛抬杠"。二牛抬杠的历史很久远，敦煌千佛洞北魏时期的洞窟中，就绘有二牛抬杠耕犁的壁画，唐代史书中也有记载。基本构造就是一把犁套两头牛，在牛脖子上架一根有两个小弯，名为"档格子"的横木。档格子搭在牛脖子上，中间用结实的绳子扣紧，叫"阳扣子"。木制犁被用"犁栓子"挂在"阳扣子"上，人扶着犁头，赶着牛拉犁往前走。两头牛的头用绳子连起来，一头走在沟边，一头走在沟里，就这样来来回回把地犁完。

犁地人一手扶犁，一手拿鞭。牛鼻上拴一根细绳子，这根细绳子叫"牛鼻钳子"。拉一下牛鼻钳子能叫牛向右转，如果牛走得靠右了，就拉牛鼻钳子喊"yi—yi—yi"，牛就向左走一点，如果走得靠左了，要用鞭子向右挡，发出"ao—ao—ao"的命令。如果叫牛走，发的口令是"de—qiu—qiu"；如果要牛停，要喊"wai—wai"，牛就会站住。

再说犁地人，看起来牛拉犁，人扶犁，好像不出力。其实，比我大十几岁的堂哥说，木犁很重，牛能否拉得动、能否把地犁好、犁得深浅，都是由犁地人掌握的。深了就把犁头往上提一下，浅了就按重些，人站直扶犁走不行，必须总是猫着腰，犁一天地，就腰酸背疼。

那时犁地，费力、费时，还有很多规矩要遵守，不是想在哪里开犁就在哪里开犁。先从条田的低处划开第一道口子，这样能把地犁平，后面的一个一个跟上。忙的时候一个生产队有20多对牛，一前一后排开，那个阵势至今想起来，苦着也乐着。

大哥说，一对牛就是一副犁铧，十对牛就是十副犁铧。牛对多地就犁得快。牛套上犁铧低着头，蹄子深深陷进泥土里，一步一步使劲儿拉，到地头，扶犁的人要提起犁铧走几步，重新开始下一个来回。

播种时节，犁完的地经过太阳的暴晒，土质疏松。现在没有农家肥，化肥施得多，地都板结成块；大马力拖拉机犁过的面积大、速度快，土质却不如以前。

秋茬地翻完，第二年清明节前后，就开始打磨地。当时种地，头

一年秋翻，第二年春天还要再分别犁、耙、磨一次。按现在的眼光来看，干的都是重复活。

犁地的在前面，耙子跟在后头，磨地的再跟到耙子的后头。

耙地的耙子，是把两根直径25厘米左右、长2米的扁圆形的木头，中间相隔50厘米至60厘米，靠几根短方木竖着连接起来。木耙的两边钉有铁齿子，坚实又牢靠。耙齿又粗又长，套上马耙地，能把地耙得平整，也能把大土块打碎。毛驴也能耙，就是驴的力气小，费劲。

地耙平了，为了保湿，磨耙就跟在耙子的后头。

磨地用的磨耙，多数都是用土尔条编的。土尔条就是一种树条子，柔软、耐磨、结实。为了编磨，男人到北山上找土尔条砍回来，都不能说"割条子"，土尔条非得砍，割是割不下来的。在编磨前，先要煨一堆羊粪，等羊粪火着成红彤彤的灰，把土尔条埋到高温的灰里，像烤羊肉串一样翻过来，转过去地烘烤柔软再编，不然硬得没法用。

编磨是个技术活，不会编的人玩不转。先挑三根碗口那么粗的椽子，把烤软的土尔条一折二，密密地固定在椽子上一根压一根地往前编，编上30厘米左右，中间再夹一根椽子，继续往下编30厘米左右，再夹一根椽子，编到条子梢，一副磨耙就编好了。条子长的编出来也就长些，条子短的两根椽子就够。

磨地的时候要是嫌磨耙轻，就在耙床上压个茇茇头，也有压土疙瘩的，以便磨耙能紧紧地扎到土里。胆子大的人，一手拉着绑在磨耙横木上的绳子，一手拿着鞭子，双腿前后分开，站在耙床上，增加重量。

耙地、磨地都有前辈定下的老规矩，要保证旮旯、犄角都能耙到，不能走重复路，还不能留下空白地。

关于犁铧及耙、磨的记忆，一如它本身一样沉重。曾经闪闪发亮

的犁铧尖已黯然失色，像一只忧伤的眼，无奈地注视着时光的变幻；曾经活蹦乱跳的那一群牛还有它们的子孙后代，或许都进了屠宰场；曾经苦中作乐，不知天高地厚的父老兄弟，秉承着他们固有的品质行走于世。村庄也活成了耄耋老者的姿势，无法释怀的某种情绪有如在不知不觉中，千年垒砌成的墙壁轰然坍塌，不能忘记，也不敢忘记，更无法忘记！

时尚的村庄

夜半，村里的大喇叭突然响起了音乐，跟着就是女高音独唱："哎——今天是个好日子，心想的事儿都能成……"还没完全从沉睡中醒过来，喇叭又切换成了"我们的家乡，在希望的田野上……"再切换为"我们新疆好地方啊，天山南北好牧场……"

这一首歌刚开了个头，就听到"喂，喂，大家都听着，三渠水挨上了，三渠水挨上了！"

重复两三遍后，村庄的夜又恢复成一片宁静。

初到村里的人遇到夜半歌声，一定吃惊不小，但村庄里的人们已经习惯了，每到轮灌期，大喇叭不响等于灌水期有了变动，还着急呢。

村民小组保长老沈广播完上面的内容，收拾铁锨、照明灯，将其绑在摩托车后架上出了门，沿着砂砾铺成的机耕路，一直到了三渠地的渠道边，他取下照明的矿灯，戴在头上，查看水的情况。

大河农田夏天有四个轮灌期，大概时间老沈记得很清楚，晚上出门，走到哪家的地头上了，该谁家浇水了，他也一点不含糊。

现在浇水不比从前，地块多年不变，熟悉得就像家里的那一群羊，长啥模样一目了然。不一样的是原来的土渠变成了"U"形水泥渠，水到地头，只需把50厘米宽的闸门一拉，水就进了地。手电筒也换成了便捷、耐用的矿灯，一个轮次灌完，有些人身上不沾一点泥巴，浇水根本也不怕掉进水里。

曾经浇水，可没有这么轻松，浇水就要堆坝。那时的渠都是土渠，又宽又深，渠底下长的尽是草根，堆的坝又高又厚，每垫一层土都要夯实才行。就这样，有时也经不住大水，稍微一疏忽，土垫起来的坝就倒了。坝一倒，要么冲毁刚出的苗，要么就是人掉进水里，遇上恶劣天气，轻的感冒，重的就是终身关节痛。所以，浇水时，一般都是两三个人，白天还凑合，到了夜里，黑咕隆咚，管水的人要挨家挨户去叫人。叫上半天不见人影，就使劲敲挂在村口大树丫杈上的烂脸盆或者废弃的犁铧尖，"当当当——"，刺耳的声音哪能跟老沈的高音喇叭比啊。

那时，提上马灯，踩着窄小的田埂深一脚，浅一脚地往地里走，碰上水大，埂子一断，地就浇不上。浇水人在地里跑来跑去加固埂子，忙得焦头烂额，有时两脚插在泥里，一只脚抬起来才挪了一步，另一只脚就又陷进泥里，干着急没办法。力气小的人手脚并用，一不小心掉进水里，爬起来就是一身黄泥水。那时还没长筒胶靴，浇水时穿皮窝子，皮窝子浅，挡不住水，两只脚就泡在水里；现在浇水，鞋上几乎沾不上水，有些人还穿着时尚的皮鞋去浇水。

那时，浇水最怕坝倒，坝一倒人就慌了。被渠水冲开的缺口，黄乎乎的泥水哗哗响，不会打坝的人挖一锨土扔下去，转眼就不见了，有经验的人会事先在麻袋里装好沙子或者堆几个大一点的芨芨草墩备着，遇到坝倒了，一个办法就是从两头把土慢慢拥过去，在中间堵上沙袋或芨芨墩才能打住。就这样，浇水回来的人满身稀泥。

现在老沈不论是骑摩托车还是步行，都可以在平整的机耕路上从容来去。农渠、支渠差不多都陆续被修建成了防渗"U"形水泥渠。太阳一出，绿油油的田野反射出奇异的光，空气中略带淡淡的青草味，深深

呼吸，感觉五脏六腑都被净化，变得通透。老沈站在地头，看着哗哗流淌的渠水，那种惬意，不可言传。

他的妻子也没闲着，天还朦胧，她就起床到房子外面的菜园子里摘了几棵油白菜、几把香豆子，还把糖萝卜的阔叶子捡回来，用菜刀剁碎，拌上些麸皮搅匀，然后去后院打开鸡笼子喂鸡。一群鸡争先恐后挤到她跟前，她把拌好的饲料分开倒在一个用木头做成的槽子里，鸡们争夺食物，引得邻居家的鸡也前呼后应，村庄的早晨热闹了起来。

墙角立着一把芨芨扫帚，她顺手拿起打扫院子。坐北向南的院子一半是水泥板铺成，一半是裸露的土地，用来种菜。院子本来也不脏，出于习惯，就像每天早上洗脸一样，还是要整理一遍，对生活的热爱含于其中。院子的另一半用约1米高的土墙隔开，40多平方米的地方，被精致地分成了几个小块，里面种了土豆、韭菜、大蒜、芫荽、胡萝卜、大葱，还有一方西红柿枝繁叶茂。

扫完院子，老沈妻子洗了手，轻轻拿起一束墨绿欲滴的香豆子，揉了起来，淡淡的清香弥漫了整个院子。

就在此时，来电话了，她双手上下拍了拍，掏出手机大声说："哦，你们去海南旅游啊！好，好，奶奶早知道呢！你爸妈计划好长时间了，去吧，去吧，路上注意安全啊！"

村庄一边坚守着、保留着、延续着古旧的习俗，一边更新着、渗透着时尚的元素。

亲爱的村庄

敬畏岁月

亲爱的村庄，四季轮回中，按说你的美无处不在，可是飞雪飘舞在中秋，大雁啼叫了几声就没了踪迹，麦子、花草树木猝不及防地感受了寒冷的力量，那成熟的黄、那些正在绽放的绚丽瞬间凝固，蜇疼了多少人的心？你看到了吗，万物还萌动着生机，一夜间大雪染白了原野，唯恐惊动了沉寂的村庄，然而，它却掩盖不住村庄日渐破败的矮墙、锈迹斑斑的大门。穿透时光，这些老旧的建筑在冥冥之中透露出曾经的繁华、古朴、衰落和忧伤，此时，渗透到骨髓里的梦境让我敬畏岁月的残酷。

回访梦境之前，亲爱的村庄，我想对你说，再过几年，或者用不了多长时间，你就要变身成"小区"了，因大河镇有 600 多户人家潮水一般踊跃报名修建安居富民楼房，原来那个方寸间都是木的"村"就要消失，即将成为圈在一个框子里的钢筋水泥合成的"小区"了。那时，大河镇就成了名副其实的城镇。不过，我们有理由相信，就算农村

变形为城镇，但田地、树木、河流、山川依旧。屋檐下那些泥塑的燕子窝也许会迁移到小区；仰望城镇的天空，也许仍然可见大雁排成"人"字的诗行。院子里的老水井该废弃了，习惯在南墙边上聊家常的老人们可以去小区的广场上晒太阳。

然而，行走在祖辈繁衍生息的村庄里，经过百年老杨树，绕过窄窄的石桥，总是抑制不住地怀念从前，拾捡村庄遗落的碎碎花絮，有一种不合时宜地冲动，试图尽最大努力收藏起与村庄有关的一切，然后将那千年烟尘拷贝、保存，在静夜里独自回望。

村庄啊，有太多念想，不知从何说起。都说"岁月静好"，岁月能够安静地停留在最美好的时光里当然最好，为留住快乐而让它静止，这样岁月静是静了，却不好。因土木结构的老屋经不住沧桑，墙裂顶漏，即便坐在热炕上聊天、喝茶、听雨，内心也难免带有淡淡的苦涩。

家园如梦

深秋去村里，偶遇周润梅大姐淘粮食，一桶、一筐、两把笊篱，还有铺在院子里的彩色塑料布上湿漉漉的粮食，似曾相识的景致浸湿了我的回忆。

那是一个天蓝得没法形容的清晨，父母早早起来，把两麻袋粮食抬到院子一边，再搬来一口大缸，在院子的深水井里提六七桶水倒进缸里，倒至缸的三分之二处，再把两根木棍平行放置于大缸旁，木棍上面摆两只苤苤编的大筐，然后把袋子里的粮食倒进大缸。母亲坐在缸边，左手拿柳条编的笊篱，右手在缸的水面上边打旋，边把粮食捞出来扣在左手拿着的笊篱里控水。一筐捞满了，父亲就端起筐把淘好的粮食倒在早已铺开的 20 多平方米的大帆布单子上，拿一个短齿木耙，把刚刚出水的粮食划成薄薄的一层。

大约一个多小时后，太阳也升高了，没有一丝风，阳光照在姜黄色的粮食上。树上的麻雀、屋檐下的鸽子忍不住美食的诱惑，时不时盘旋

一阵。

父亲坐在背光的暖阳下用各种彩色的布条搓绳子，那些布条都是旧衣服拆剪的。搓好的绳子像麻花一样一盘盘安放在父亲脚边，长长的，不知牵扯着多少旧事。麻雀、鸽子们来觅食，父亲顺手轻轻一甩花绳绳，它们走了，过会儿又来了，给土屋，白墙，刷过淡蓝色油漆的门窗、房檐平添了几分生动。

院子的另一边，母亲已将所有的用具收拾好，又从屋里端出几盆花来，用软布蘸上茶叶水轻轻擦拭叶片。后院里传来母鸡产蛋后炫耀的鸣叫，小黄狗摇晃着胖乎乎的身子附和着汪汪。

今夕何夕，院里树叶婆娑，窗棂依旧，慈父已逝，慈母华发丛生。时光不会倒流，恬静、安详已成过往，年少时的根，深深扎进家园，心碎，只有我知道。

流年似水

家园，犹如令人迷恋的情人，咋看都是西施。名为"大河"的大河，源头其实是一个泉眼，水从地底下几经挣扎溢流到地表后缓缓向西游动，远离江河、湖泊的草原人，许是向往大江、大海的壮观，就把泉水汇聚成的小溪冠以"大河"的美名。因巴里坤地形的原因，"东水西流"自然天成，在径流渠道进入农田的途中，尘沙烂泥已尽，渠水清澈见底，1米多宽的渠边上站满了嬉水的妇女和孩子，她们一边大声聊天，一边洗刷，冬天的棉衣、鞋子在水里被反复揉搓。以干净利索出名的巴里坤大河人，恨不能把房子都搬来洗个清爽，孩子挽起裤腿在水里肆意嬉闹，笑声不断。

邻家嫂子洗得不过瘾，竟拿来一块30厘米宽的板子横搭在渠上，把新剪的羊毛放在芨芨筐子里洗好又搭在板子上，等水微干，用筐将其提到草地上散开，其状宛若一片云。

渠边的草滩上摆着木盆、铁盆、瓷盆，圆的、方的，芨芨草墩上到

处挂着围巾、床单、被套、衣裤，还有鞋袜，棉的、单的，花花绿绿、零零碎碎，成了村庄的点缀。洗刷完了，三三两两回家，炊烟升起，带着生命的活力，母亲呼喊孩子乳名的声音传得很远，很远。

阳光、草原、麦田、炊烟属于村庄，大气且大美，它们赐予了村庄最纯粹的包容、豁达。

热血村民

只要有个风吹草动，全村的人都出来围观，最典型的是看露天电影。那时也没有固定播放点，开阔、平坦之地是首选。所选场地若有树木，就用四根绳子拉住或长或方的幕布四角，并牢牢绑在树干上，扯得平平整整；若没有树木的场院，就栽两根粗壮的木杆绑幕布。

白生生的一块幕布被高高挂起时，扩音器开始对着村庄播放一曲京剧："我家的表叔，数不清，没有大事，不登门……"谁能抵挡住诱惑呀，大人、娃娃难掩兴奋。家家抓紧做好眼前的活儿，远处的抓毛驴套车，近处的搬椅子，提凳子，有的人会赶10公里左右的路追电影。暮色尚未降临，黑压压人群已挤满了场院，说话声压住了歌曲，小孩互相追逐着蹿来蹿去，大人们也劝不住，你推我搡，拥挤得没有一点空隙。吵闹声、吆喝声、咳嗽声混合成一团，脚下扬起的尘埃，被一束灯光照射得真真切切。

放映员不急不慌地打开绿色的箱子，一件一件摆出他的工具，刺啦刺啦的声音响起，胶片轮子开始缓缓转动，明亮的一束光由近到远，由细到粗，准确地投在雪白的幕布上时，高分贝的噪音戛然而止。

来迟的人，目光越不过人墙，有的遥遥观看，有的坐在农户的房顶上，有的爬上高高的草垛，胆大的居然上了树杈。小孩看不见，只得由大人抱起来，或骑在父亲的脖子、肩膀上。

在下一场电影放映之前，这部电影的每个故事情节被茶余饭后的人们复述得头头是道。今天坐在家里看电视、沉迷网络的"80后""90

后"们，哪个会想到曾经在黑咕隆咚的夜里，有那么一群热血村民或踩着咯吱咯吱的积雪，或踏着尘土跑到老远的村庄，踮起脚尖，伸长脖子挤挤搡搡地去看露天电影呢？

含泪微笑

村庄的前世今生，平凡一如脚下的泥土，一层印记被埋没，一层新的又将诞生，层层叠叠，离不开村民的悲欢离合，离不开村庄的兴衰。

古老的村庄，没有飞檐画廊的古巷，有的是说不完的典故；有着不安于现状的青年，他们用新理念冲击着、改变着、影响着村庄的传统习俗。纯朴的留守老人见证了村庄千年的风流，如今村庄累了，也老了，许是旧得不堪，走进村落的那一刹那，心在无形中震颤……

亲爱的村庄终有一天会残忍地带走几代甚至十几代人满满的各种深刻记忆，而后消失。那时，我会很难过，很不舍，但，更多的是欣慰，是含泪的微笑！

温暖的村庄

　　飘摇了千年、万年的雪，落满了村庄的沟沟坎坎，怎么看也看不出诗人笔下"千树万树梨花开"的景象，氤氲中倒是有一种柔美、迷离的宁静，全无冬日的苍凉和凛冽。

　　此时的雪忽然让人感觉到了温暖，这种暖不是因为想起了张岱的《湖心亭看雪》，湖心亭的雪应属于江南，而我要说的是落在巴里坤的雪，很有质感，比如雪雕就是典型一例。

　　冬日的村庄，又是另一种古典的咏叹，高高低低的房屋、草垛、棚圈，全覆盖着素颜的雪被，屋檐下挂着透明的锥形冰凌，那才是我们独有的冬日。雪中的村庄空旷而浩渺，人与自然的亲和力渗透在寂静之中。

和谐徐家帮

　　走近雪野中宁静的村庄，不忍叩响门环，唯恐惊扰了一室温馨。轻轻推开一家农户的铁栅栏，小院打扫得不留一丝残雪。听见动静，女主人肖艳霞迎出来热情地招呼我进屋。我因调查常住人口信息，问起她家里的情况，肖大姐似乎为积攒了多年的话题找到了宣泄口。她告诉我，她娘家是大河镇旧户东村的，嫁到旧户西村一组的老住户徐家。徐家兄弟八个，受父母的影响，兄弟姊妹情同手足。后来，其中一人参军，四人入党，几十年来，互相牵挂不离不弃。

"大集体"的时候种地、打草、打场都在一起，徐家人多，合起来种的地也多，秋天码在场上的麦子都成了山，然后消停地打场进仓。

徐家父亲早逝，母亲是家里的一杆旗，把儿女们都收拢在一起生活。为了长久地和睦相处，她要求"亲兄弟，明算账"，把最敏感的经济问题处理得很好，没有纠纷，没有吵闹。春种、秋收的大忙时节，兄弟几人在父母的老院子里支起一口大锅，妯娌们轮流做饭，一大家子人一起吃饭，一起干活，那种热闹与和睦，村里的人都很羡慕，称他们为"徐家帮"。

如今"徐家帮"各奔东西，包括他们的子女都在外就业，自留地由她家和她大伯哥家两家种植。因春种到秋收都使用机器，两家共四口人完全有能力周转。他们唯一盼望的就是家人平安、健康。

肖大姐一边说笑，一边做十字绣的鞋垫，我夸她的手艺好，她二话不说竟拉我到里屋，翻开席梦思的床垫，下面整整齐齐摆放着大小不一的十多双十字绣鞋垫，让我眼前一亮。花色绚丽、针脚细密不说，每双鞋垫上都绣着"平安""吉祥""幸福"的红字隶书，一种视觉上的享受，让我顿感满屋甚至满世界的温暖。

怀旧布鞋

肖大姐微微抬起脚上的黑条绒棉鞋对我说："这鞋也是我做的。"以前这个时节，就准备做鞋了。那时家里人口多，一人一双，得9双，要是每人两双单鞋、一双棉鞋，一冬天得做近30双。做鞋麻烦得很，要找鞋样子，还得搓麻绳、打袼褙。打袼褙时先要把旧衣裤拆

了后洗干净，拉平，晾干。然后用铁勺盛些干面粉，倒一点凉水，搅拌成面汤，拿到火炉上一边加温，一边搅拌成糨糊。之后，在木板上铺一层方正的布片或者一张报纸，上面刷一层糨糊，再使大小不一的碎布与底层吻合上，这样铺上三四层，达到自己需要的厚度，最后铺平，压在火炕的毛毡下焐干。

裕褙干爽之后把纸剪的鞋样用长针脚缝在上面，照葫芦画瓢剪下来一只鞋底，再刷上糨糊，贴上一块白布，白布四周要长出鞋底一指宽，边上剪几个小口，包紧边沿，照这个样子再做一片，两片合在一起，中间垫两层布片，一只鞋底就做好了。做鞋帮也是先把鞋样子用长针脚缝上，剪下来，贴上自己喜欢的鞋面，把周围长出来的边沿裹紧并用针线缝好。鞋底、鞋帮做好后，要压在火炕下焐干或者放在太阳下晒干，刷在上面的糨糊不干透，就不好纳鞋底。

接下来就要搓麻绳。那时候晚上没有电视，一家人围着一盏煤油灯各干各的活儿。"两个孩子趴在炕桌上写字，我坐在炕沿上用'砣砣'搓麻绳。"砣砣就是一根三四十厘米长、比筷子稍微粗一点的铁棍，细的一头有个小弯钩，粗的一头磨光，碗底大的一个铁砣穿在中间。

纳鞋前先要在粘好的鞋底留出一指宽的边沿，围绕一圈密密走一遍，再横着用细锥子在鞋底上面扎一个眼，在麻绳的一头抽去一丝麻纰，捻得能穿上一根针，针线穿过锥子扎的孔，手绕在麻绳上得使劲拉。每纳一针都要费力，实在熬不住手疼，可以用"顶板子"。"顶板子"是用15厘米宽、30厘米长的两块木板组成的一个"A"字形的工具，下端的两个点固定在同样大小的木板上，木板两边分别长出10厘米。纳鞋底时坐在炕沿上把顶板子夹在两腿间，两腿稳稳压住长出的两边，鞋底牢牢地夹在"A"字的顶端，这样可缓解手握住鞋底产生的疼痛。

在"顶板子"下面两边的缺口处补上两块小板，就成了一个小小

的收纳盒，里面可以装线、顶针、锥子等。她伸出手想让我看，但又很快又缩了回去，自嘲地说都磨出老茧了，也伸不直，这哪像个女人的手啊。

她说，鞋底、鞋帮做好了，然后就是绱鞋。绱鞋技术不好的话，做出来的鞋不是底大了就是帮大了；要是正合适，说明手工活是过关的。鞋绱好，直接穿还夹脚的话，就在鞋底渗入一点点水，塞进木头做的模型楦头撑大鞋子，这样不仅外观好看，穿上也舒适、合脚。

在做鞋方面，女人们暗暗较劲，互相攀比看谁做得好。做得好的人都是能家，鞋底上纳的针脚花样有平行针、菱形针、丢针、环形针。布鞋的式样有大耳朵、八紧口、牛鼻子、拉带、松紧、毛边等。鞋面有绣花、平绒、条绒、华达呢，花样很多。现在的人都穿各种皮鞋，手工布鞋几乎没人做了，那些细枝末节都记不清楚了。

麻花草绳

"我做鞋的时候，孩子的爸爸坐在火炉边的小凳上搓草绳，以备春天拴牲口、干农活用。"搓草绳前，将事先选好的芨芨洒上水，用麻袋包好，捂软了，垫在木砧上，用木榔头慢慢来回把芨芨草敲打得柔软有韧性。之后，取一股扎紧顶端压在腿下，手心对手心，均匀用力，手动草也动，搓到五六十厘米长时，用一只手在后边拽一下，前面不停地向前搓，如此循环，草绳从掌心渐渐变长，像麻花一样盘成一堆。拉车的绳子要粗一点，就把两根单股的合起来再搓，还像麻花一样精致。

搓草绳不是高科技，但需要有一定的技术含量，不会搓的人，搓出来的草绳粗细、劲道不均匀。草绳搓得好不好关键在于会不会续芨芨草。也就是手中的芨芨草快要搓完时，再续几根搓才能使绳子逐渐延长。不仅时间、数量、用劲多少都有讲究，续早了或续多了，搓出的绳子则疙疙瘩瘩，不好用。搓草绳的方法看起来很简单，其实还需

要真功夫。老行家们搓得又快又结实，粗细均匀；生手搓得又慢又不均匀，还容易拉断。那时候老人冬天穿着破棉袄，腰上扎一根草绳，别一根油腻腻的旱烟袋，好像就是咱农民的形象。

　　坐在暖暖的火炉旁听肖大姐讲那过去的事，想想低碳环保的布鞋、草绳都成了用来回味的物件儿，成了村庄的符号，成了村庄永不消失的记忆……

永恒的土地

迎着草原的熏风，心情很难形容，王姐找不到宣泄口。

想当初，孩子考上大学，迁走了农村户口，那种失落，似乎所有的野花都因此而凋谢了。

那时，她认为太阳底下最光辉的职业就是当老师；天底下最可喜、可贺的事就是脚踏在村庄坚实的土地上。她教育孩子的一句话是：农民是衣食父母，终生不可忘记。她甚至固执地认为"劳其筋骨，饿其体肤"就是对懒惰者的惩罚……

站在自己的一亩三分地上，看着天山脚下的这片烟云，王姐没有埋怨，她认为晒黑的皮肤是健康的标志，沾上泥土的服装，是与土地亲密接触的证据。

穷孩子不能富养，她督促孩子写作业的同时还要干农活。其实，王姐没明白，孩子最痛苦的劳动莫过于写作业，就算在家里，也很难乖乖地安坐在书桌前。

转眼，儿子大学上出来了。应聘工作，屡屡挫败。飘在城市，居无定所。儿子郁闷着，王姐却满心欢喜，因为又可以回到自己的土地

上了。

儿子无奈，悄悄收藏起迷茫，把自己的梦想埋在心底，打道回府。

国家对"三农"的优惠政策年年刷新。农产品升值，寸土寸金。对土地的爱，在王姐的灵魂里疯狂生长。儿子带户口回来了。

事实是王姐没能如愿，确切地说是没能完全如愿。

儿子回来迁回了户口，户口是有了，但没有了土地。她大惑不解，追问，才明白。村里人多地少，人不在，户在，地在；人、户都不在，地也就不在。王姐晕了。

曾经的农转非炙手可热；而今，非转农又成了难题，失落的心无处安放，她恨生不逢时。

流年里，一纸户口，翻手为云，覆手为雨，真是欲哭无泪，欲罢不能！

回不去的农业户，黯然了容颜，隔着时光怀念过往。180度的弯道，乱了思绪，沧桑了岁月。

像王姐一样的许多人，为土地烦恼，为土地兴奋，又为土地纠结着、累着。其实不难理解，这个世上，被称为"永恒"的东西很多，但什么才是真正永恒的主题？就是土地！人类千遍万遍、千辛万苦与同类争，与自然斗，求索未知，不就是为了争夺对土地的所有权和使用权吗？不就是为了找到一块人类可以栖息的土地吗？一旦脱离了土地，人会不会成了一片枯枝落叶，飘零，不知所终？

很多时候，人就是欲壑难填，拥有时恨天怨地，失去时撕心裂肺，总是患得患失。其实，简简单单，保持平常心，比浮华的奢望更能获得真实，一如土地，才是最可珍惜、最可依赖的！

母亲的年

母亲的年不是正月初一，而是儿女相聚的每一次。

可以说，母亲的年在 365 天里随时都有。

事实也是如此，周末或某一个夜晚，只要一个儿子到，母亲就知道三个儿子很快就会聚齐。这是多年来形成的规律，不论他们有多忙，忙到多晚，只要在家，一个一到，三个不见不散。

儿子们呼哥唤弟地电话一打，母亲就开始忙活。吃是形式，弄两个小菜；喝是手段，拿一瓶小酒；谈谈各自的状况，互相出谋划策，然后山南海北地闲扯才是主题。这个时候，母亲的脸上始终洋溢着过年般的笑容。

居住相隔不太远的儿媳妇们忙完家里的事也陆续挤上来聊天。乐于逗笑的老大假装一本正经地说："女人跑来干啥呢，不管娃写作业去？"话音没落，立刻遭到弟妹们的反驳："谁说吃饭喝酒专门是男人的事，管娃写作业就是女人的活儿啊?!"一阵哈哈大笑后，老大继续说："那就来，坐下一起喝!"

"喝就喝，吓唬谁呢!"笑着、闹着，就凑成了一桌。

其间，母亲端来一盒瓜子，再洗上一盘水果，不厌其烦地烧水。泡茶是儿子们的事。他们买了喜欢的铁观音茶叶，置办了茶具，在母亲的房子里细细品茶，说笑逗乐，不知不觉一壶茶空了。

直爽、率性的老三故意大声呼叫："孩儿们，拿酒来！"三个小一点的孩子都围上来，嘻嘻一笑伸手道："劳务费！""哎呀，还要劳务费啊！现在人咋咧，只认钱不认人啊，给你爹拿瓶酒都要劳务费。好吧，来，打条子，赊账！"又是一阵子的笑声。

不经意就会幽默一下的老二说："就要过年了，总不能天天赖在妈妈家里吧？"母亲赶紧回应："没事，啥东西都是你们买的，我就做一下罢了。"

"看看，妈妈多大度啊，有你说的这么小气吗？"老大说话一向都是开玩笑的口吻。"就你脸皮厚，隔三岔五在妈妈家混吃喝不说，还拖家带口一起来。"老二不客气的回敬笑翻了一家人。

他接着喊侄子："儿子，来，我们商量一下从大年三十到正月十五，先从谁家开始摆桌子。"

上初二的侄子弱弱地说："天天摆桌子多没意思啊。"

"过年就得天天摆桌子，要不哪像过年呢。你说还能干啥？"叔侄的一问一答引起了大家的兴趣。

侄子说："去 KTV！"

"也行，听儿子的，去 KTV！"

"可是说好了去 KTV，二爹你得掏钱钱呢。"侄子得意地做调皮状。

"啊，真是人小鬼大，骗着我上当呢。好吧，二一添作五，总共多少钱？"

"一人一半不行吧，我哪里有钱啊？你得多掏些。"

"你的小金库里的钱呢？叫我掏多少呢？说个价格，来来来，这个私下里谈。"

老二顺势把侄子的手拉进自己的袖筒里，像《大宅门》里的白景

琦买黄连时，双方在袖筒里讨价还价的样子，叔侄俩的神态、语气、姿势使家人忍不住笑得前仰后合，侄女一边笑一边偷偷录像。

老三不甘寂寞，说去 KTV 还得等几天，不如现在就先在家里搞个预演。

老二说，好，小孩子先来。就把上初二的女儿和小学四年级的侄女推到桌子前面。俩女孩毫不怯场，手里拿了个作业本卷起来当话筒，对着大家鞠了一躬说："先给奶奶、爹爹、婶婶们献一首最拿手的流行歌《两只蝴蝶》吧！"

未成年人唱这首歌本来就滑稽搞笑，一米七六的老二借着酒劲儿说："好好唱，我给你们伴舞！"说话间他扭动着 80 多公斤的身子，扇着粗壮的臂膀学着蝴蝶翩翩飞。哈……哈哈……哈哈哈，爆笑溢出了屋子，似乎房顶上的灯都被笑声震动了，把个春节前夕的家庭小聚会推向了高潮。弟妹们一边擦笑出的眼泪，一边嘲笑："就像老鹰，哪像蝴蝶啊？"

笑声中，孩子们要求大人也唱一首。

老大自告奋勇说给大家献一首刀郎的歌曲。老二、老三立刻把老大拉到桌子前面，找帽子，拿眼镜，瞬间把老大装扮成刀郎的经典形象。

老大醉眼蒙眬，深情地模仿刀郎的《谢谢你》，孩子们故作虔诚地赶紧献上一朵花，兄弟们又举杯敬酒。母亲慈祥的目光追随到儿女的幸福，她快乐着儿女的快乐。

在另一间房子里，孩子们在电脑上播放录像，再回首相看，更是笑声连连，老二看到自己卓别林式的表演，着急地说："太难看，太难看，难看死了。删了，快删了吧！"孩子们却故意一遍一遍回放，狂欢直至深夜……

父亲去世的那几年，中国最盛大的节日皆与这个家无关，在此后的岁月里，悲伤渐渐被时间融化成儿女们频繁的相聚，把无法对父亲尽的孝集中体现在母亲身上。对母亲而言，这样的相聚即使是在很平常的日

子，也像过年，她乐此不疲地把每一个有儿女陪伴的日子当年过。

因而，操劳一生的母亲平凡着，满足着，舒心着。年逾七旬的她，跟上儿媳妇们学绣十字绣、扎丝网花、用毛线做各种家居饰品，样样不比别人差。儿女们平和着、淡泊着、奋斗着，偶尔心生不快，也会在嬉笑怒骂中化解，只把世间破事，当作秋风掠过。

因而，母亲的年，是几段文字所不能概括的。母亲在，家在；家在，亲情在；亲情在，天天都是年！还渴求什么呢？

村庄往事

春日的阳光温暖到极致，天蓝得透彻，因"群众路线"工作的要求，在旧户西村里转了几户人家，有的准备春播的种子，有的洗衣、做手工刺绣，有的计划在信用社办理小额贷款买化肥，大多数的农户在院里给前几天抓来的"扶贫鸡苗"造窝，除了选个向阳的好地方外，还得防止贪吃的猫盯上还没有反抗能力的小鸡。

到了村民徐志俊家，老人告诉我，要是在实现机械化以前，这个日子就是给地里施播农家肥的时候。说到农家肥，老人似乎情有独钟，一下子把话题引到了很久很久以前。

那时候，大河公社土地很薄，都是零散耕种。每亩地的产量也就100来公斤。合作社社员从春种到秋收都使用畜力耕作。

为了多打粮食，合作社里就组织毛驴车到离家十几公里的县城拉粪。种庄稼的人都说"庄稼一枝花，全靠肥当家"，也都知道"一年庄稼两年务"这个道理。当时的粪一半是黑土，一半是城市的生活垃圾。负责管理合作社牲畜的饲养员，到冬天，每天早上打扫棚圈，两个人用芨芨草编的抬把子，把圈里的牛马粪抬出来，堆积在一个地方。

再就是到相距几十公里远的西山，有时也到北山冬窝子里去拉。冬窝子是牧民冬天的居住地，从那里拉来的粪都是羊粪，质量好，工分也高，但这个活儿可是最难干。一到冬天，社员们自由搭伙，半夜起来吆上毛驴车就到西山去拉粪。那个时节的天冷得很，身上穿个皮褂子，脚上还套个毡筒，刚坐车上就冻得地打战，于是就跟上车跑，跑热了，再坐上一阵，天亮就到冬窝子了。

冬窝子大多数建在山沟里，七高八低，不平整，羊粪里的沙子也多。我们都带着细铁丝编的筛子，在羊圈里选一个能支筛子的地方，把羊粪和沙子筛得分开。要是沙子筛不净，羊粪的质量就上不去，毛驴车也重得能把胎压爆。筛完装好，就快到晌午了，装满羊粪的毛驴车在山路上走得慢，赶车的人也就乏倒了。

满身热汗地跨在车沿上，啃一点冻成冰疙瘩的馍馍，身上冰凉，怕一冷一热着凉感冒，于是就跟着车走，由着毛驴的性子晃悠。到家的时间大概就是下午的四五点钟。卸了车，合作社派队长来验方。验收的等级按粪肥的质量定。

从山里拉来的羊粪都是一等品，二等品就是牛马粪，三等品是草木灰，四等品就是生活垃圾之类的东西。谁家的粪好坏谁心里也有数，队长验收过了，再量方。是谁家的粪堆，谁就帮队长拉尺子，等量完了准备回家休息时，天也黑了。

再就是妇女、娃娃拾粪，冬天见了冻成冰疙瘩的牛马粪也铲起来。秋季提一个芨芨草编织的筐，在湖滩里拾。有些人嫌提着筐太重，就挑个担子，一前一后两个筐装满了粪块。有的人骑毛驴出去，带个塑料编织袋，拾满了搭在毛驴的背上回来。还有的人，直接赶个毛驴车，边走边拾粪，谁家拾得粪多，谁家的工分就多，也证明谁家的人肯干、肯吃苦。

粪堆到没有新粪掺杂的时候，春上就在北戈壁拉些土沃粪，粪堆大的土压厚一点，小堆就压薄一些。到天热了，粪沃得也差不多了，就开

始翻粪。

有些粪堆有六七米高，十几米宽，要是随便地翻，翻不过去，有些人就开始动脑瓜子了，把粪堆下面掏空，人在上面稍微一用劲，就塌下去一行子，铲过去，再掏空下面——这都是男人干的力气活儿。

妇女翻粪按一来一回的行子翻，翻过去一行子，回过头来再翻一行，像纳鞋底一样，整整齐齐，脚底下也干净，翻好了还要堆得四四方方，有的就堆成底宽顶窄的梯形样子。

粪翻一遍过去，有经验的老农就知道粪沃熟了还是没沃熟。熟粪基本没有多少气味，生粪刺鼻子。要是没沃熟就是生粪，摆到地里也没劲儿，需要在上面再压一层土继续沃。心细的人，还要洒些水，用铁锹拍瓷实，等第二次翻过去，粪、土便和均匀了。

秋收一完，毛驴车、牛车、马车就闲不住了，社员们就开始在麦茬子地里摆粪。毛驴车也就卸三堆，牛车能卸个七八堆，摆成横看是一行，竖看也是一行的形状。一块地摆完了，再挨着一铁锹，一铁锹地散在地里。

整个条田的粪散完，就开始收拾犁铧、耙、磨。

老人一口气讲完了一个时代的故事，一半留恋，一半欣喜。那种原始的农耕生活再也回不去了，毕竟，新的生活方式是每个庄稼人的向往！

老甲和小鸡

组成村庄的元素有好多种，信手拈来，就是一篇乡韵浓浓的美文，"真实而具体"是村庄的特性。

曾记得小时候，夕阳西下时，庞大的牛群从天边缓缓滚过来，扬起的尘土遮住了落日的余晖。村庄犹如电影里激战的沙场，牧归的牛羊嘶叫着撒开四蹄奔跑着回家，胆小的人只能远观，不能近看。现代农业的迅速发展，使所有的牛失宠并先后进了育肥场、屠宰场，遮天蔽日的壮观成了记忆。

成群的小鸡让人眼前一亮。其实，养鸡在村庄并不稀奇，只是近两三年来养殖规模空前壮大。

政府扶持养殖土鸡致富政策实施后，得到实惠的农户几乎家家众鸡喧哗，羽毛纷飞。不想养鸡的人看到邻居忙忙碌碌几个月，换来了不菲的收入，也开始行动，从养殖8个、10个，一直发展到100到200个，还有不断上涨的趋势。

给村庄取名没有特定的规矩，有的按方位，有的按姓氏，有的按住户的籍贯。村庄的北面有一座山梁，梁上住着来自山东的一家人，因此该梁就被当地人叫作"山东梁"。有一个住在巴里坤山东梁上的人，大家称呼他为"老甲"，也不知何故，反正都这么叫着。老甲吃苦耐劳，很会养鸡。去年养殖政府给的扶贫鸡，得了实惠，今年三月初就开始修理鸡棚、鸡舍，虽不精致，但完全可以避风挡雨。而后，他将那些毛茸茸的小鸡买来饲养。这里所说的"买来"，是指实际上每只小鸡只掏3毛钱的防疫费。如果成活率在85%以上，政府给每只小鸡补贴4元；如果成活率低于这个数，原则上是要退出2元钱的。基于此，村庄里的人的养鸡技术日渐成熟，成活率有达到100%的。

据说老甲不识字，也不识数，但这丝毫不影响他养鸡。他数不清多少只鸡，但每只鸡的长相特点他却熟烂于心。老甲的"特异功能"就是认识村庄里所有人家的猪、牛、羊等家畜，谁家的猪跑了或者牛羊丢了，只要进入过老甲的视野，就是天涯海角也能找回来。老甲差不多就是村里的监控器，谁家来了什么人，谁家发生了婆媳之争，逃不过老甲的慧眼。老甲不关心房价，不知道索马里海盗，最上心的事就是养鸡。他饲养的200多只鸡，除了个别体弱被压死以外，从来没丢失一只。每天打扫完鸡舍，在长长的鸡食槽里添加饲料的时候扫一眼过去，哪只鸡有异常，他立刻就能看个一清二楚。对于有问题的鸡，他也会及时隔离治疗。因而老甲鸡养得卓有成效，不到年底，就高价销售一空。

老甲唯一的遗憾是这些鸡没有妈妈，他得承担起小鸡家长的责任。跟人聊天的时候，老甲幽幽地说，以前都是老母鸡经过三七二十一天的孵化，才能孵出小鸡来。这些小鸡的安全，就由老母鸡来负责。老鹰来了，老母鸡会展开飞不起来的膀子，把小鸡藏在肚皮下面。要是遇到偷吃小鸡的猫，老母鸡也跟猫有一拼，摆出一副你死我活的架势，死保小鸡不受伤害。

如今可好，所有的小鸡都是电孵出来的。出了蛋壳，有的十五天，有的还不到半个月就被车子拉着四处卖了。唉，可怜这些鸡，小小年纪就成了没娘娃，背井离乡，举目无亲，不管老鹰还是猫来偷袭，只能束

手就擒了……

老甲的表情、声音极其悲切，就像在诉说一个孤苦伶仃的孩子的经历一样，在场的人无不怜悯起小鸡来。他责怪好事的人改变了鸡们传统的生育方式，使鸡们失去了亲情，在缺少母爱的环境中长大，也失去了报时钟的功能，打鸣的时间不分白天黑夜，让人很郁闷。

如果老甲知道好事的人还能把鸡变成四条腿，还有含瘦肉精的猪肉、地沟油、苏丹红，会不会忧郁而死？好在老甲看到的是政府发放的不仅能致富，还能提升生活质量的土鸡。出了家门，还可以看到衣着华丽的大公鸡带领它的妻妾们寻寻觅觅找食吃，可以在春暖花开时赶着一群摇来晃去的鸡们到草原上捉虫子，可以在神清气爽的村庄过平和、淡泊、悠闲的生活。

村庄缺少情调，但多了几分朴实、洁净和恬淡……

木制车轮挽歌

记不清从何年何月起，从中世纪前就诞生了的木制车轮成了博物馆里的展览品，有的已沦落为堵羊圈的门。

也许木制车曾经是历代达官贵族的公车或是高级私家车，它们与牛为伴，从汉唐的故地出发，缓慢经过宋元的大道，步履维艰地穿越明朝的村庄，披星戴月地翻过晚清的山坡，一路风尘仆仆，吱扭吱扭，喔啷喔啷，居然走出了一条闻名世界的丝绸之路，从而云集了声势浩荡的商贾、驼队，成就了巴里坤"三大商都""八大名城"的繁华。

无与伦比的木轮，不仅承载着一个又一个世纪的荣耀与厚重，而且成为后来的一切圆周旋转机械的偶像，成为现代科学和艺术中超乎寻常的绝唱。

这个奇妙的东西进入农家村庄的某一个时刻，就像失宠的王子脱去了昔日的锦衣缎袍，车轮不再精致，车辕不再光滑、圆润。从远古缓缓滚动而来的千年之轮，终于在轰鸣的机动车声中，完成了它的使命，悄然谢幕。这就是木制车最后的归宿。

也许，古老的木轮还在梦想着那"吱扭""喔啷"的千古绝唱能够

再次奏响；而与它为伴的牛，却由主要的运输工具和劳动力，渐渐成为餐桌上的美味。

事实上，从车辕和犁铧中解放出来的牛是很幸福的，它们在阳光下悠然吃草，在温暖的棚圈里安详地闭目反刍。然而，生存在巴里坤这个特殊地域条件下的牛羊，是幸运的，也是不幸的。说幸运是它们沐浴着大自然恩赐的玉液琼浆，因此这里的牛羊肉肉质非常好。可是正因为这样独到的肉质，使不再为温饱而奔波的人，一想到巴里坤的牛肉便垂涎欲滴，它们随时都可能成为刀下魂、桌上餐，所以它们又是不幸的。

记得那年春节，村民们宰牛。因为牛不再耕田种地，就得被拉上屠宰场。我有些为牛而感到愤愤不平，心里说：卸磨宰驴变成了卸犁宰牛，人真是太狡猾了。

思绪还在混乱中，已看到牛被捆绑了四蹄躺在地上。站在牛的正前方，看到牛的大眼睛里滚落出绝望的泪珠。表面波澜不惊的我，内心却已是铁马冰河般汹涌。

宰牛的大叔一刀下去没切中要害，被激怒的牛可能把我穿的红衣服当成斗牛士手中的红布，为此，差点葬送了我的小命。

其实，我的体育成绩从来就没有及格过，那天的拼命奔跑及翻墙的轻而易举纯粹出于本能。由此看来，人不能发挥出超常的潜力是因求生的欲望还没有达到极限而已……

那头牛还是被执行了"死刑"，侥幸地逃脱只不过是缓期而已。次日，看到成群的牛疯了似的瞪着通红的双眼，低着头，痛不欲生地号叫着，坚硬的蹄子愤怒地刨着染有同伴血迹的泥土，一块块草皮被抛得四处飞扬，好像它们要把同伴从泥土里挖出来。呼天抢地的悲鸣大约持续了一星期。这种哀悼的方式惊心动魄，令人为之动容。

真不知该用什么样的语言来抚慰生灵的心？

禅宗说："青青翠竹皆是法身，郁郁黄花无非般若。"大概是说，每根竹子都藏着法身，每朵黄花都充满了智慧。牛的悲壮结局何尝不是

自然界生发的必然呢？

这，也许就是牛该有的宿命。回望风尘满眼的来路，对牛而言，这是不可逆转的命运，因为没有谁能与自然规律抗争。而木制车轮是一种文化的载体，它退出历史舞台，是一种进步，也是社会发展的趋势。只是不知道，挽歌唱给谁？是千年木轮？还是吃苦耐劳的牛？大概都有吧！应该都有！都应该有！

毕竟，它们都与人类有着割舍不断的缘分，有无法释怀的念想。幽幽似宗教式的挽歌唱给谁，都是心之所愿！

一个人张灯结彩

再次遇到梁大爷时，他在跟几个老人在路旁边下棋，心情似乎很好。

于是，跟他聊了起来："梁大爷，您不是说病了吗，这么冷还出来下棋啊？"

梁大爷一愣："你记得还真清楚啊，那是以前的事了，呵呵……"看到大爷穿戴整齐，我很欣慰地说道："我就是记忆力好，啥事都不会轻易忘记。"

前段时间听说大爷病得厉害，不愿出门，也不愿看病。村里来了好几拨人说服大爷去医院，都被他婉言谢绝。大爷的病被左邻右舍牵挂着，但他就是不去医院，只说有病，不愿出门，不愿见人。

快过春节了，没人劝，大爷却自己出来了。为他操心的人总算歇了心，但不清楚这个倔强的老人怎么会变化那么快，难怪都说老人和孩子是巴里坤的天，说变就变。

"梁大爷，您的病好了？"有人关心，便问道。

"嗯，好了。"

"啥病啊？"那人追问。

"好了就是好了，问那么多干啥？"

理由是：总有一天你会知道的。

（从此，梁大爷曾经的病成了悬念。）

那天接到大爷的电话，说梁奶奶感冒了，要去看医生，路上有点滑，能不能帮他叫个车。正好朋友在，我们便拉上梁奶奶去医院。缴费的时候，大爷一扫往日的木讷、哀愁，掏出来合作医疗卡给了医生。

"哈，梁大爷也用上卡了！"开车来的朋友笑着对大爷说。

大爷掏出烟，点燃后，眯着眼睛告诉我们他和老伴还有社保卡、低保卡……还说："不瞒你们，我那些日子生病，其实生的是心病，我那儿子在外打工，身体也不好，不指望他养活我们老两口了。我们也不敢生病，可是生病不生病能由得自己吗？老伴生病花去了社保和低保的钱，没钱加入新型合作医疗，医疗费报销不上，我是又急又气，才生病的。"

"那你现在不是入了合作医疗了吗？"

"嗨，要等我有钱了自己入，就入土了。"

我和朋友都奇怪了："那你儿子挣上钱了？"

"嘿嘿，儿子还是外甥打灯笼——照舅（旧），是比我儿子还好的人给我入的合作医疗。"老人吸着烟，一脸的惬意。

"是谁啊？"我们忍不住齐声问。

老人指了指远处："去问'老油坊'吧……"

梁大爷的小满意写在脸上，也许他猛然发现，走过了人生中的69个春秋，这么多年，经历了生活的酸甜苦辣咸，唯有现在才觉得活得自在，活得有尊严。

大爷对着天空抑或是对着我，似自言自语又仿佛对我诉说着许许多多的生活的变化。他说2012年的春节就要到了，等会儿和老伴商量，顺便买些年货、春联回家。好多年都没心思贴春联了，今年要买金灿灿

的大条幅对联，他还让我帮他挑些有意思的，贴在家里家外的大门上，再买一副灯笼挂上……

大爷的眼睛发出少有的亮光，也许他看到了并不富裕的家瞬间成了豪华的殿堂，温暖、雅致而热烈。他也许发现自己是如此喜欢这个世界，喜欢这个家，他想就这样身无负担地走下去，看看后面的路上还会开出怎样的花来——他发现，"活着"真好。

一想到有钱治病，心里没有空荡荡的感觉就是活着真好；

儿子打来电话，一个平常的问候感觉就是活着真好；

邻居见面打个招呼，感觉就是活着真好……

"活着"的感觉真是太好了！

大爷似乎已经看到了春节绚烂的烟火、喜庆的灯光照亮了天空，看到了亲朋好友推杯换盏的喧闹。还有几天就过年了，儿子一定回来，老伴的病也很快就好了，那些难过的日子总算都过去了。

梁大爷又一次心满意足了，他站起来跺了跺脚，长舒一口气，向这个温柔的世界敞开了胸怀……

梁大爷准备好了迎接这个不寻常的春节带给他的所有的喜悦！

孜尔娜什的牧场

四月，天如镜，乍暖还寒。

孜尔娜什收拾好家里家外的东西，带上必需的生活用品，还有20多吨草料，准备去春草场接羔。

这样的劳作，从她懂事起就开始年复一年地做着。接羔的时间一到，不管冰是否消了还是雪依旧在下，就得赶赴草场，这个劳作的习惯是祖辈流传下来的，就像草原上的花朵，春天一到就悄然绽放。

孜尔娜什和草原上的其他牧民有点不同，她除了有冬窝子和春、夏草场的家，还有一个在大河甘露川新村的家，因而她家流动的次数比别人多。一年奔波在三点一线上，忙得不可开交。

为缩短迁移过程中的时间，随着生活条件的改善，她丈夫拜孜·热合曼把原来的摩托换成了皮卡车。年前，又花了12万元购买了越野车，生产、生活水平与10年前不可同日而语。

孜尔娜什位于甘露川新村的家很气派，坐北向南，占地面积约1200平方米，红砖院墙，紫红色大铁门，铝合金窗子，阳光毫不吝啬地洒满一地。进了院子，是他们夫妇俩和儿子的房子，分别占地80平

方米，两栋房子 160 平方米，连在一起并打通隔墙，厨卫齐全，属于楼房的布局。只要进一个门，可以任意进入其他的房间。

他们的孩子布置了一间家庭 KTV，在节假日期间，让喜欢串门的左邻右舍一边喝茶，一边纵情地跳舞、唱歌，通宵达旦。

绣花毡铺成的大床上曾经铺展着一块偌大的餐布，这块餐布已挪到同样大气的玻璃茶几和小的木质餐桌上，上面依然摆满了精致的玻璃小碗盛装的酸奶疙瘩、巴旦木、冰糖之类的食物，随着时代的更迭、社会的发展，游牧的生活方式也添了新意，发生了变化。

如此的豪宅与冬窝子和春、夏草场的家根本没有可比性。但是，在孜尔娜什心里，不管哪个家都温暖如春。红砖青瓦的新居，冬天用上了小锅炉，夏天用液化气。烧干牛粪块的冬窝子和春、夏草场的家她依旧挂念，照样放不下操劳惯了的心。100 公里以外的冬窝子有雇用的低保户斯牙子拜克和其他两个人给他家放牧，过一段时间，她和在大柴沟当村主任的丈夫还是要带上面粉、清油和常用药品去看一看。那里不仅有400 多只待产的母羊、30 多头乳牛、十几匹马，更主要的是还有雇用的三个人。

现在转场已经不用沿着古老的牧道，赶上一群羊，浩浩荡荡而又疲惫不堪地辗转几天，100 多公里的转场只需一天的时间。

畜群抵达小红旗沟的春牧场不久，就到了产羔的高峰期，一天有二三十只新生命诞生。孜尔娜什要住到这个家里，给三个雇来帮忙接羔的牧民烧奶茶、做饭。

孜尔娜什话很少，家务做得可不赖。除了烧奶茶，做饭也是好手艺。她把面和到软硬适中，就使劲揉，揉到一定程度，搓成拇指粗的长条，一圈一圈有顺序地盘起来，盖上食品塑料袋或者锅盖。等把菜洗完，炒好，面也醒好了，又细、又长、又有筋道的拉面瞬间摆满了饭桌，这种娴熟的手工面食，与汉族的做法没有两样。闲暇时，她也不分昼夜地陪伴那三个帮忙的人，只有 400 多只羊增长到 700 多只，她才能

够结束这种漫长而又喜悦的"春之累"。

有时，孜尔娜什头上包一块方巾，穿着厚厚的棉衣，穿梭在羊群中，身前、身后围着的大羊领着活蹦乱跳的小羊羔，绊得她迈不开步子，耳边是此起彼伏的咩咩声，有的清脆，有的娇嫩，吵得她满脑子都是羊叫声。不过，她听不到这样的"噪音"，看不见欢蹦乱跳的小羊，还难以入睡，困极了在吵闹声中和衣躺下睡得很踏实。

接春羔虽说是喜事，但也是一年里不堪重负的劳累活儿。小羊出生后，她要及时把它们与羊群隔离开，稍微疏忽，就会被其他羊坚硬的蹄子踩踏，对那些体弱的小生命，要像呵护婴儿一样细致入微，要用奶瓶喂奶，精心饲养到秋天，每只平均900元出售，一笔可观的收入让所有疲惫瞬间烟消云散。

这个季节在牧区接羔有苦，有累，还有甜，但最令人担心的是倒春寒。遭遇一场风雪苦不堪言，损失自然少不了。当最后一个新生命降临，就进入了五月，轻松不了几日，剪羊毛的日子就越来越近了。

孜尔娜什似乎没有时间考虑过家里以外的事，她家每年发牛羊财收入都在40多万元，供4个孩子上大学。几年来，当村主任的丈夫拜孜·热合曼不知给几个无法按时还上贷款的牧民垫付过资金，也记不得接济过多少个生病的牧民，更不记得借给过多少个非亲非故的困难户钱……粗略估计，借给邻里乡亲的资金达50多万元。孜尔娜什几乎没有计较过这个债务。

草原上的人心都大，没钱的人旧账还没结清，又续上了新债，有钱的人只要还有钱能借出去，就慷慨得令人惊讶。站在普通人的角度上，这种举动让人不由得想起一句话："比大海更广阔的是天空，比天空更广阔的是人的胸怀。"眼下，曾过着游牧生活的人大部分融入了定居的生活方式中，但哈萨克族像草原一样广阔的心胸，还有乐善好施的个性早已渗入骨髓，这种品质是不会变的。

晨曦中，阳光洒满春牧场，一片耀眼。站在小山脊上，孜尔娜什意

外地发现，她可以望得更远，能看到银装素裹的天山，还能将目光延伸，仿佛能看到他们的孩子的另一种生活状态——也许固守着传统，也许会走进时尚和现代，也许……

　　金色的阳光，明媚了生命的每一个角落；纯净的天空，一如孜尔娜什晴朗的心。她只有一个简单的愿望，就是期盼四季牧场草木旺盛，能够转换为大量的财富，使她家，使草原上所有的人餐桌更加丰盛而富足、房子更加宽敞而舒适，使游牧生活成为一种享受……

期待烟花灿烂

梦飞清楚地记得，去年元宵节，带了家人看完斑斓的烟花升空，转瞬即逝的璀璨后，一边向停车的地方走去，一边努力地回味"东风夜放花千树，更吹落，星如雨。宝马雕车香满路，凤箫声动，玉壶光转，一夜鱼龙舞"的灯会盛况。

笑意还写在脸上，心里就像十五的月儿一样圆满。

梦飞家住在哈密运输车辆最大的大河镇。他属于那种比较矜持的一类人，不善于表达。这些年跑运输走南闯北虽然辛苦，但小有成就。不仅有两辆载重货车，有私家车，在哈密还置办了一套楼房。过年休息几天，打算元宵节以后继续奔波在运输线上。

依稀可见的烟花、震耳的鞭炮让哈密成了名副其实的"不夜城"。回头看灯下女儿那笑意灿然的脸庞，梦飞哼着小曲去开自己的车。谁知，他的车被挡在了里面。看看四周，小区静得只剩下柔和的灯光。

小区的人们还流连在迷离的花灯会上。

其实，这个小区不是梦飞在哈密的居住地，因元宵节部分路段实行临时交通管制，不得已，梦飞将车停在了路过的这个小区。

车开不出来，说实话，这样的悠闲对忙碌了一年的他来说，是一种奢侈，难得的享受。等了许久，还是不见有人来开车。娇小的女儿有点受不了夜晚的寒冷，他让妻女上车，随后打开了暖风。

再等，小区里总算陆陆续续有了回家的人，但那辆车依旧霸道地挡在那里。车主没来。

女儿有点着急想回家。"谁的车？""谁的车啊？"梦飞试着呼喊，感觉声音越来越大，但没人理睬。以往练就的儒雅在此刻显得很无用，他最终忍不住扯开嗓子喊车号。无奈地呼喊车号，梦飞觉得有点可笑，有点后悔，早知车多路难行，还不如打车方便，梦飞的呼喊引来了不少目光，少言寡语的他为自己超常的举动感到有点难为情。

耐心等吧，他对自己说，也对妻女说，并对堵车有了充分的理解，也有了足够的宽容。私家车剧增是生活日益提升的表现，路上堵车很正常。小区堵车一是由于新手不会停车，二是因为有像他这样在不需要进出通行证的小区临时停进来，图方便的人。

梦飞在等待的同时想起了儿时元宵节爸爸做的五角星灯笼，想起了奶奶做的那种香甜的汤圆，想起了跟着扭秧歌的社火队狂欢的时光……猛回首，才惊觉自己在岁月流逝中已平添了些许淡定与坦然，如一曲穿透心扉的古筝曲，弹奏出那数不清的人世沧桑。

就这么想来想去，已是凌晨，倒车镜里终于出现了一个美女。

梦飞走过去说："才会开车吗？挡得我无路可走。"

美女嫣然一笑："我以为你这个车是不用开出来的。"

梦飞哑然。

夜的灯影里，两人相视一笑，各奔东西。

2011 年的元宵灯会，在梦飞一家的记忆里封存着一段抹不去的妖娆。那么今年的元宵节又有怎样的美丽？想象那如织的人流，梦飞似有所待！

华贵的满足

    这个叫"年"的东西，实在让人欲罢不能。刚进入腊月，过大年的序幕就拉开了，吹拉弹唱，吃喝玩乐，不管有钱没钱，都要红红火火过大年，千年依旧。

    该怎么安排回家过年的日程，是个棘手的难题。以孝而出名的梦飞与妻女的三口之家虽不算大，却五脏俱全，照顾家庭本来就够累的，还要为"一票难求"纠结几天甚至十几天。愈接近过年，巴里坤大河老家的引力愈大，梦飞的心里也愈烦。

    梦飞痛苦着、挣扎着，但还得打起精神微笑着，毕竟，累着也乐着，生活就是五味杂陈嘛！

    "火车票可以网购了！"这个喜讯顷刻间使梦飞像服了兴奋剂一样激动。打开电脑，按照提示，输入所需信息，回老家的票不费吹灰之力就能搞定。梦飞傻傻地靠在椅子上，感觉心空落落地无处安放，多少有些不习惯。折腾了这么多年的买票难，说变，一下子就变得如此容易，顿感惊喜。

    老家的爸妈打来电话了，说："今年过年谁在谁家过吧，买票那么

难。"爸妈心疼儿子、孙子了。

梦飞惊呼："我的好爸妈啊，以前买票难，您老都不说各在各家过大年，今年买票不难了，您二老又说不要回家了。票都买好啦！"

爸妈在那边同样以惊呼回应："啊？票买好了？这么快啊，托熟人了？"

梦飞耐心地给爸妈讲了买票可以网购的新鲜事。二老连声说"好"，继而是"回来吧！回来吧！"

龙年在即，轻而易举买好了票，梦飞没有理由不跨越千山万水尽孝道。"一票难求"的那些年，也没有影响回家的旅程，更何况现在有票在手，少了诚惶诚恐的担忧。梦飞心里泛起一阵阵暖流，眼睛有些湿润。

过去的那些年被购票难折腾得身心憔悴。提着大包小包，拖家带口回老家，还没缓过劲儿，又得为返程奔波、操劳，神经一直处于紧张状态，有泪都没时间流。母亲说，票难买，啥时候回家都是过年。对梦飞来说就不一样了，过年非比寻常，再说了，平日想回家没假期啊。

困扰了多年的买票难问题终于得到解决了，啥时候想回家就回家！事实让梦飞如释重负，感觉冬日的太阳从来没有那样温暖过，西伯利亚的寒流似乎也没那么可怕了，心里充满了华贵的满足，只是觉得好日子让他等得太久了一点。

聚散两依依

　　年味儿渐渐淡去，被儿子接到另一个城市过元宵节的雷大爷急着想回巴里坤大河镇的家，孙子却是不依不饶缠着不让走。死缠烂打的作用失效后，拿出最后一个武器：可怜兮兮地拉着爷爷的胳臂，一个劲儿地掉眼泪。爷爷心软了，回家的日期推迟了一天又一天……

　　没办法了，爷爷只好耐心地给上三年级的孙子讲"回家"的原因。孙子振振有词："这里也是家啊。"

　　爷爷说："这里的家不是老家，不是故乡，爷爷要回的是老家，是故乡……故乡有乡亲们帮忙一砖一瓦砌起来的房子，有能长出麦子和花草的土地，有成群的鸡和牛羊……"说话的爷爷归心似箭，听话的孙子一脸迷茫……

　　在孩子的记忆里，住在哪里，哪里就是家。他们来这个城市后已经搬了四次家，第五次搬家才算固定下来。家的游移不定使他们对家的感觉简单到不恋旧、不喜新，感情上没有难分难舍的缠绵，没有与朋友的告别仪式。孩子也没有一起跳皮筋、一起逃课、一起撒谎、一起干"坏事"的淘气发小，他成长的路就是跟父母奔波。因为父亲跑长途运

输，母亲只得带上他。偶尔回老家，相聚依依，连老家的路都没认准，更不用说认识哪个小朋友了。屡次搬家，意味着一次又一次告别似曾相识，转眼成陌路的邻居。也许，他们从未和在同一个地方居住的人有过重要的感情联系，难怪孩子对故乡的概念那么淡薄。

爷爷说："跟我回故乡吧，故乡的任何去处都不用排队，不用挂号。"

孙子反驳："你说的故乡没有游戏机、动画片。"

"在故乡，可以自己到鸡窝去收蛋。"爷爷夸耀着。

"故乡没有好看的烟花，也没有儿童乐园。"孙子对故乡不屑一顾。

在爷爷的记忆中，故乡的沟沟坎坎有他的足迹，颗颗麦粒上有他的体温、指纹。故乡是由难忘的人、生活细节和情感构成的档案，是心之安放处。他虽无法在故乡满足孙子的要求，但完全可以使自己心安理得，活得自在。

爷孙二人各抒己见，辩论不分胜负。爷爷的坚定，最终让孙子的眼泪像决堤的小河。看着哭成泪人的孩子，大人们以沉默代替依依惜别。

历经世事变故的爷爷，深刻地感觉到这个时代有一种切割的力量，使人可以轻而易举地抛家舍业，千里迢迢不回头，耗尽心血疯狂抢购一套房子。如他儿子一样，离家多年，让孙子少了对老家对故乡的认识和牵挂。

他很怀念年轻时，谁家盖房子，左邻右舍知道了，都会主动来帮忙，根据各自的特长挑选活儿。男人将地基打得像城墙般结实。砌墙的师傅们传递起砖头、土坯来，犹如抛起土豆或者皮球那样轻松，抛与接之间，有着优美的弧线和动感的旋律。小孩子们则风一样奔来跑去，上蹿下跳，因碍事招惹了大人们的责骂也毫不在乎。路过的村民会站上片刻，评论几句。现在是怎么了？"邻居"这个词在城里似乎消失了，有些人和宠物在一起，有的孩子和游戏机、玩具在一起……

爷爷不想离开儿子和孙子，但他更不想离开他的土地，两者比起

来，儿子一家也不用他操心，他毅然选择了土地。他早就计划好了，立春了，要赶快把西红柿、黄瓜、辣椒等蔬菜的苗育上，每年的庭院经济让他不仅有纯正的蔬菜可吃，还可以将剩余的卖出去。再说了，去年他领到了150只政府的"扶贫鸡"，要不是下雨鸡挤在一起压死了3只，成活率就是100％。秋天的时候，每只鸡长到2.5公斤至3公斤，卖的时候不论斤数论个数，每只平均75元，他留够自用的，卖出去137只，挣了1万余元。眼下先要做好鸡舍、棚圈的准备工作，希望今年政府再有养殖"扶贫鸡"的政策，年底有个更高的收入，再来看孙子。

泣不成声的孙子，再次听爷爷的许诺，慢慢露出了笑脸。

回巴里坤的长途车已经启动了，孙子带着哭声呼喊："爷爷早点回来啊！"爷爷泪眼模糊地隔着玻璃挥手……

属于自己的风景

　　漂泊得仅剩下眼里的渴望，心很憔悴，流浪到梦开始的地方，回头张望，感觉无论身处哪一个驿站，都是个匆匆过客，扬起头，让风告诉我，属于自己的风景在哪里？

　　风不经意地一阵一阵随意刮过来，树叶飘舞，发出天籁一般的声音。许多时候，我都会在静静的观望中，突然产生一种想记录下什么想法的欲望，于是，拿起笔或者打开电脑，写下那些并不精美的文字。

　　某一天早上，拉开窗帘那一刻，一个清洁工在扫院子，无意中看了他一眼，就这一眼让我记住了他。整整一天，我都被那个身影感动着，那个有些艰难的动作让我忍不住心里难过……

　　他穿着清洁工的衣服，是很显眼的橘黄色，似乎还夹杂着一些白条。他左手拿一个长把大扫帚，斜靠在身上，用身体的摆动一下一下地扫，右手的胳膊肘下面的袖子有节奏地空甩着。右腿是瘸的？还是不能弯曲的一个直的？我不能确定自己的观察，反正那个扫院子的姿势，很夸张地扭曲着。语言面对这个奇特的动作，显得很苍白，无法描述得更准确，但无论怎么，他是一个标准的"瘸腿断胳膊"之人。

心被感动着，并且是被深深地感动着，我想，当我什么也不缺少的时候，为何还是郁郁寡欢？是为了追求一种虚无的精神需求，还是忽略了享受生命的精彩？

清洁工的生活态度给我传递的感动，让我瞬间成熟，从而也唤醒了我对生活的另一种希望。

人生就是天涯苦旅，有时身累，更多的时候是心累，身体的衰弱和死亡是注定的，而心会不会也如此呢？心灵如果不会老去，当然也不会死亡，假定心死了，那么身体的存在还有意义吗？

在自问的过程中，非常希望有海菲兹的音乐响起，因为在曾经居住的一个地方，无数次在窗前驻足凝望远方的时候，那首小提琴协奏曲在那个泛着淡淡的光华的月夜缓缓响起，第一乐章让我在风中昂起并不高贵的头，以虔诚的心等待让我肝肠寸断的柔情……

身是由心来支配的，那个"瘸腿断胳膊"的人之所以愉快地干自己力所能及的事，我想，或许是他为自己还能做事而欣慰，比起病得不能动的人，他是幸福的，抑或是他感觉已经很满足了。

听说这个扫除工作是他自己要求干的，工钱不论多少，至少他还能干。他的可贵在于他的心态非常好。他能正视现实，坦然面对，如果发挥得很好，每天都是健康的顶峰，如此重复，每天都是愉快的。当他全身心地去感受生命的美妙的时候，残疾甚至死亡还有什么可怕的？至少他的心灵是健全的。有人说，心圆满，生活就圆满。人的不满足，说穿了是心的不满足造成的。

还是想起清洁工的样子，那扫地的声音，如枝头轻微颤动的梨花般的音符，一种不知名的忧伤将我击倒，在这个总被认为很漫长的夜里，梨花般的音符陪我度过了孤独的长夜。

天亮了，太阳出来了，每一片飘飞的落叶都有自己成熟的风采，它们把整个精彩的过程都浓缩在具有个性的颜色上。

雨来了，轻轻淋湿了我的心，胡思乱想被雨打碎，被风吹乱，失落

和惆怅竟然如此委婉……

　　清洁工的行为提醒我，我的不幸在于，启蒙教育让我从一种蒙昧中走出来，又陷入另一种蒙昧中，极端情绪化占据了大量的时间。为了达到自我设计的目标，让精神与意志进行激烈的较量，当人身处不以意志为转移的痛苦中，自然会出现与身体的死亡相伴的心灵死亡。心灵死亡了，就不会爱了，因为爱要付出，也不会欣赏了，因为失去了那份童真未泯的心境，整个世界就会变得世俗化，也就标志着自己心灵的死亡！

　　就算与死相遇，内心培育出的那种难以表达的情感得不到宣泄，心灵深处会有愧对死亡的自责，因为，死亡也是神圣的！

　　清洁工用他手中的大扫帚，刷新了自身的心灵空间。珍惜生命中所经历的一切！从眼下开始，面对大草原，看春暖花开燕舞，看云卷云舒自如，看属于自己的风景！

爱心如此美好

　　大年三十，听说他收留了一位因没有身份证买不上车票回家的青海藏族小伙才旺仁次，切切地想赶去看一下。想着的时候，稀疏的鞭炮声隐约传来，只好作罢。

　　许是仰慕仓央嘉措文采，抑或是向往西藏的缘故，因而对他收留藏族小伙过年很赞同，只是想知道事情的原委。故事尚悬而未决，想从内心出发，去往另一个人的心里。

　　大过年的他怎么会收留回不去家的藏族小伙在家过年？按捺不住好奇，不由自主地前去探个究竟。原来收留藏族小伙只是一瞬间的事。

　　年三十的午后，他上高一的女儿上网，碰巧曾经跟他一起干过活儿的藏族小伙才旺仁次也在网上。他女儿就问才旺仁次在哪里，那个叫才旺仁次的小伙说在工人市场附近的网吧。他女儿把这事告诉了父亲。当时他没在意，但转念一想，都大年三十了，还在哈密上网，他家可在青海啊。

　　他让女儿继续问，为啥不回家，才旺仁次说，在罗布泊干活儿，放假了来到哈密买火车票回青海的家，谁知买火车票要身份证，他没身份证，就回不去了。

才旺仁次在哈密没亲戚，他有些担心，于是就让女儿赶快传话过去，问他准备去哪里，若没地方去叫他到家里来。才旺仁次说，还没想好到哪里去，今年没跟他一起干活儿，不好意思来。他还是乐观地坚持请才旺仁次来家里，并开玩笑说："你来了我还多一个干儿子，今年没干明年再干也不迟，先来家里再说。"

就这样，大年三十的烟花、鞭炮照亮了这个租住的小院，也映红了年仅21岁的才旺的笑脸。

他给了才旺200元钱，帮他给停了机的手机交了费，还让他告诉远在青海的父母，回不去了，但很好，别挂念……

寥寥几句寒暄，一切归于平静。他认为少一些表面的热情能让才旺有家的感觉，把关爱悄悄藏在心里，就像自家人一样随意。吃、住、行、玩都在一起，别人问起的时候，他笑呵呵地说是他的干儿子，才旺也是会心一笑并不作答。

人一生或许与多人结缘，有的擦肩，有的相守，有的若即若离。或是邂逅那样一个人，愿意与之敞开心扉，袒露生命中的另一面，并确信能够被接受并理解，以此获得亲情般的温暖。

相识容易，相守需要一个过程，在这样的一个过程中近距离接触，人性的光辉或者阴暗就会一目了然。

所谓的爱，所谓的温暖，也许就是风里携带的几缕幽香，无须太多渲染、太多复杂、太多张扬，简单、率真、纯粹，随手可及，然而，谁又能从此时、此地、此身做起？平凡、本真、本分的他，无声地做到了。

也许，有些人心里有一块冰，经年不化；也许，有些人的心里有一处玫瑰园，灼灼其华……

借用仓央嘉措的一句诗：那一世，我细翻遍十万大山，不为修来世，只为贴着你的温暖……

回身望向窗外，才发现，灯光如此安静、温暖，十五的月儿如此圆满，一如他给他的爱心！

回望旧时光

正值初夏，琉璃般的阳光洒满洁净的农家小院，几株韭菜安详地接受着光合作用，几棵西红柿却无精打采，软软地斜躺在土埂子上。

见到拄着拐杖的大叔和白发苍苍的大妈，才知道前两天一场突如其来的倒春寒，扛不住冻的西红柿不幸夭折了。

里外套间的西房，窗明几净，大妈忙着倒茶，还没等我们说明来意，大叔就先开口了："你看我这腿不行了，走路都困难，前一段时间连床都下不来了。"问大叔的腿怎么了，这一问，没料到就扯出了半个世纪的故事，省略了许多要问的话。

过去70多年的风雨历程，多少细枝末节都被遗忘，然而，1959年8月24日这个日子，对年逾八旬的曹锦玉来说，具有里程碑式的意义。

54年前，血气方刚的曹锦玉和他的战友、老乡们，响应国家充实西北地区，巩固西北边防，加强西北经济建设，增强国防实力的号召，被挑选到支援边疆建设的队伍中。24日那天，从江苏泰县（今泰州市姜堰区）老家启程，坐了11天火车，到尾亚车站下车，然后乘汽车、坐牛车辗转到了巴里坤。

还没从迷惘的梦中清醒过来，县里就组织了隆重的欢迎仪式。彩门、彩旗、秧歌、锣鼓、大红花、联欢会、座谈会甚至杀猪宰牛的场景，牢牢地刻在记忆深处，至今说起来，就像发生在昨天一样。

接下来，同一批来的1430多人，还有陆续到来的其他人分别被安置到红山农场和巴里坤县城及各乡（镇），曹锦玉被安置在了大河公社三大队三队。

喧嚣过后，日子恢复到平常的油盐酱醋，才发现从江南水乡猛然落在荒凉、干旱的巴里坤，水土不服，饮食习惯有很大的差别。看到头上包着白毛巾，赶着吱呀乱响的牛车的庄稼汉，一时也转不过弯儿来。

尘埃落定，思乡成了重要的节目，南方家里的白米饭、水波涟漪中自由的鱼儿像电影一样在脑海中上演。政府给配发了生活日用品，还有棉衣、棉被、棉毯子、毛毡等物件，感觉是那么厚重。从济南部队刚刚复员的退伍军人曹锦玉，虽说三年服役过程中各方面素质都比其他人强，但心理上还是有点接受不了。

这样的不适应还未来得及调整好，巴里坤县人民政府决定在良种场南边的荒地上修建一座水库。当年十月份，4709人的建设大军会集在工地，其中就有2817名是曹锦玉和他的战友、老乡。

融合在这样一个不分民族、不分地域的大家庭里，在交流、合作的过程中彼此了解，互相照应，渐渐把不习惯变成了习惯，并且成了自然。

在缺水的巴里坤，人们对水的重视等同于对生命的爱护。为拦住那一湾清澈的泉水，水库大坝就是强有力的臂膀。为使将来力挽狂澜的臂膀早日发挥作用，县工程指挥部按组分配工作量，每个小组都起了一个富有象征意义的名字，比如铁姑娘队、突击队、火箭队。曹锦玉被推选为火箭队的队长。25岁的他，风华正茂，带领一班人马，以军人的姿态，投身于水库建设。

说起当年的豪情，将近80岁的老人，思维清晰的谈吐犹如在念准

备好的发言稿，椅子旁边静立的拐杖，一点没有削弱老人的意志。

在他描述当时那个地窝子的时候，我的思想竟开了小差，我想，假若地窝子能保存到今天，会不会成为文物？会不会被艺术家描摹在宣纸上，形象地再现拓荒者的创业史？

他说，那一年太冷，冷到刺骨，从来没有想到北方的冬天是如此不讲情面，穿上棉衣服，风像凌厉的刀子，穿透肌肤，直钻到心脏。

冰层冻裂的叭叭声此起彼伏。有民谣说："三九三，冻破砖。"面对这样的恶劣天气，水库建设者们也没有停工。火箭队的队员们所使用的钢钎、十字镐、铁锨就像挖掘机，扁担筐、手推车、大牛车、大马车相当于现在装卸自如的翻斗车。严酷的寒冬里，用铁锤、镢头奋力刨下去，地上只留下灰白的一个点。有些人不仅双手磨出了一层厚厚的茧，而且手、脚都冻得生了疮。

为了赶在盆地丰水期来临之前完工，各个劳动小组展开竞赛。曹锦玉的火箭队三五个人一组，推车拉土来回奔跑，赶牛车、马车的大声吆喝，用扁担挑筐的排成长龙似的一队，有节奏地呼喊劳动号子。

就这么分成 3 个组，24 小时轮流换班地干，谁也不想停下来，只要停下来，不但冷得受不了，还耽误工程进度。姑娘、小伙子的头发、眉毛都挂满了一层毛茸茸的白霜，背上也是一块灰白的印记。

晚上，繁星点点，篝火与红旗给工地添彩增色，队员们被高昂的斗志和燃烧的激情鼓舞，没叫苦的，没喊累的，都想争当红旗手、劳动标兵。

换了班的人带着一身的热汗，进了地窝子，就算潮湿，也是最好的栖息地。曹锦玉老人的腿就是在这样的环境里落下了关节炎。

他们居住的地窝子一半在地下，一半在地上。地上的那一部分用木头搭成一个人字架，铺上麦草，抹上泥巴，墙体就算好了。人字架的一端封死，另一端留一个出口，就是所谓的"门"。门上挂一块布帘子，再安装一块木板，一间地窝子就诞生了。

地窝子里面还要分成左右两排，地面铺上一层麦草，上面放一块毛毡、一条被子、一件白面朝外的羊皮大衣，就这样抗御零下40摄氏度的严冬。大一点的地窝子一般可容纳十几个甚至二十几个人，中间留一条通道，在门口架一个火炉，火炉用半截油桶做成，火苗蹿起来，把地窝子照得亮堂堂的，这才稍微有点温暖的感觉。

有一天，工地一片喧闹，上千人黑压压地围在一起，原来是被掏空的冻土塌方，像坚硬的盖子一样，把生龙活虎的三个人扣在了下面，等队员赶过来，用手把压在下面的人挖出来，年轻的生命已经永远离开了洒下汗水的这块热土……

说到这里，老人家声音哽咽，眼含热泪。

其实，悲壮的故事何止一件两件。这座水库，之所以被命名为"团结水库"，就因它凝聚着江苏支边人、巴里坤各族群众的血汗和生命，大坝上的每一粒沙、每一把土、每一块石头，都有温度，有情感，有记忆，它们见证了支边人"献了青春献子孙"的深情厚爱，见证了巴里坤县各族人民为了水利建设团结协作、共渡难关的兄弟情、民族情。

水库竣工以后，曹锦玉被推选为大河公社三大队三队的队长，一直干到1983年。在担任生产队长的23年里，他雄风不减当年，修渠，平整土地，春耕、夏播、秋收，样样干得不比本地人差。与此同时，他兼任着扫盲班的教员一职。

只有小学文化程度的他，在济南部队经过3年的锻炼，文化水平有了明显提高，当扫盲教员绰绰有余。为了便于记忆，也为了克服方言和口音的干扰，他们把一些简单的内容填入小曲子中，以唱代念，比如：

　　树上喜鹊喳喳叫

　　老汉咧嘴忍不住笑

　　农业发展纲要四十条

　　好像四十颗太阳当头照

太阳也比不上它温暖

处处地方它都照

易懂、易会的字眼，激发了村民们学文化的积极性，有的坐在地头上，有的趴在火炕上，一笔一画写满对家乡的期盼和希望，写下对这位江苏籍曹老师的敬佩。

1971年3月，他举起右手，在党旗下庄严宣誓。之后，他感觉目之所及、身之所及、心之所及都需要改变面貌。

时任县民政局局长的支边战友王忠明，看上了曹锦玉的那一股子干劲儿，要调他到民政局工作。考虑到支边青年必须有一个懂方言的人来管理，他是最合适的人选，大河公社当时的领导也就没有同意曹锦玉调离。

一腔热血支援边疆的曹锦玉，想到离开同甘共苦的兄弟们，不忍心，对公社领导的意见也没有提出异议。一念间，就根植于大河公社，直至华发暮年。留在大河公社是否正确，他至今也没弄明白，其实也是不想弄明白。

时空不参照人们的心愿，它总是凭着某种无法预测的力量，一点一滴地修改着每个人的生活轨迹。当所有能够离开的机遇从他身边溜过，在这块不是故乡，胜似故乡的土地上，他以付出和奉献为代价，过着随遇而安的日子。

他踏踏实实务农，娶妻生子，安居乐业，料理家里家外的一切事务。农闲了，和同是江苏支边人的妻子跋山涉水回江苏老家看年迈的父母一眼，再匆匆踏上通往新疆的遥遥路途。50多年里，他只回过3次家。一直以来，谋求一条致富路是他最大的愿望。包产到户以后，他在与别人的闲聊中得到一条信息，有两万多人的大河乡竟没有一个畜产品市场，东西两个村的人想买一点肉要到30公里以外的县城去。增加了村民的负担不说，更主要的是交通不便。

一个"活畜、收购、屠宰、上市"的想法萌生以后，他到处凑钱，

想立刻就把梦想变为现实。结果，东挪西借，还是不够办厂的资金，他只好在自己家里做小本生意。

用最初的一点资金购买农户的生猪，然后分类饲养，能上市的就屠宰，还未出栏的，圈在家里由他妻子喂养。

他20多年如一日地重复着这样一个生产链：每天下午收购生猪；次日早上5点起床，烧水，屠宰，烫洗；早上7点上市；下午又去收购生猪……

有时，待屠宰的猪太大，全家老小齐动员才能将其挂起来。这样的辛苦劳作，谁能周而复始地坚持十几年，抑或是二十几年？他坚持下来了，可以说，他先富起来不是偶然，付出就有回报。

走家串户买生猪，在乡政府中心摆摊卖猪肉，不论是卖还是买，都与千家万户有千丝万缕的联系。买卖童叟无欺，公平公正。偶尔，遇到老人买肉钱不够，有多少他就收多少。天长日久，他成了家喻户晓的名人，资金也像滚雪球一样积累得越来越多，优越的生活条件在大河乡算是首屈一指，成了致富能手，从而带动了一大批本地人从事各种创收活动，影响力不可小觑。

两个大一点的儿子加入，壮大了他的生猪肉出售队伍，生意做得风生水起，红红火火。他通过劳动致富，得到了乡政府和有关部门的认可，连续6年被评为优秀共产党员，1996年荣获了地区级劳动模范称号。

已经成年的二儿子跟他继续着销售生猪肉的独家买卖。

大儿子从他这里分离出去，一边经营土地，一边独立门户，做起了收购巴里坤肉羊、肉牛的生意。

几年过去，日子越过越红火，曹锦玉老人的大儿媳妇常感慨万千地说："现在回忆以前的贫困日子想都不敢想，从白手起家到今天，说实话，我住的房子不比楼房差，两个儿子都在哈密买了楼房，孙子们都在接受良好的教育，我想要啥就有啥，不像以前，吃菜都没钱买，更不要

说买肉吃了。"

他大儿媳妇话里话外满是自豪和骄傲，无论如何也没有办法把她和一个敢宰猪、杀羊，手脚麻利的女"屠夫"联系在一起。

说起贩卖羊肉的曹老大，在撤乡建镇后的大河买卖牛、羊肉这一行里，也算是赫赫有名。两代人干着同一件事，却享受着不一样的生活。曹老大有私家小车，有货车，有装修得不错的房子。想当年，曹锦玉老人风里雨里收购生猪，就骑着一辆带小货箱的脚踏三轮自行车走街串巷地吆喝。儿子们劝他，买一辆电动车省时省力，他硬是没有同意，说自己的三轮自行车轻易不坏，也不用修，电动车还得充电，很麻烦。至今，他依然没有更换自己的车，只是人老了，挂上了拐杖，步履蹒跚，华发丛生。

三儿子走出家门，翻越天山，到哈密创业增收，在西戈壁有了自己种棉花的几十亩地，年收入令人欣慰，好日子犹如芝麻开花。可惜天有不测风云，身强力壮的三儿子不幸被查出患有肝病，家里倾其所有进行救治，结果虽不尽如人意，但能将病魔遏制，也算不幸中的万幸。

最小的儿子像当年的他一样，走进军营，过了几年摸爬滚打的生活。复员回乡后，从土地上解放出来，没有子承父业，而是走进城市，在哈密的电子产品行业占有一席之地。偶尔碰上能赚钱的生意，忙里偷闲，也能捞一把外快。没几年，在哈密置办了一套楼房，冬天接父母前来居住，春暖花开，遂父母意愿，送他们回到大河镇的小院里，看花开花落、蝶飞凤舞。

曹锦玉靠自己的勤劳苦干、聪明才智做生意搞创收，成了当地的首富，儿孙绕膝。四个儿子也小有成就，家业可圈可点。

似乎，日子就这样过下去了，还有什么好苛求的呢？

他，还有他的儿孙们，极其认真地忠于着这块土地。老人用平常心平静地看着在这块土地上成长的儿孙，看着年年岁岁的麦苗不惊不讶地结出果实，这才是他想要的生活。

　　回望来路，从故乡到异乡，又把异乡当故乡，耄耋之年的曹锦玉老人，走过青春、奋斗之路，有过追求、困苦、爱情、亲情，经历过丧子之痛，那颗孤独、沧桑的心，一如脚下的黄土地，单调、安静、沉默、踏实。

　　临别，想说一句祝福，最终还是没说。说了，只有一次；不说，却是千次万次，且封存在心底，怀念！

今生，只因遇见

　　多年的记忆里，他无法忘记一个 15 岁的少年，因故离家出走，孑然一身，从甘肃爬上火车到内蒙古，后又流浪到哈密。路经不曾见过的风景，却没有欣赏的力气，因饥饿而手无缚鸡之力。

　　离家似乎很久了，不是不想，不是不念，只是倔强里的那份无知、那份少年轻狂让他不想回头。谁能料到，自从遇见善良的那一家人，他逐渐变成了一个拿得起，放得下的男子汉，然后成为人夫，成为人父。

　　背井离乡本是悲剧，最终却演绎成了一出喜剧。非亲非故的人演绎的喜剧，超越了世俗的爱，可与生命等量齐观。同样的语言，不一样的口音，促成这个家庭异乎寻常的和谐，像电视剧一样的故事，让他有些兴奋，有些茫然，因为成了父亲的他，确实感觉到接下来的日子与以往会有不同的滋味。

　　逗留在时光的河床上，回望来路，不管当初是怎样急切地离家、怎样盼望快快长大，经历着怎样的艰难，他只想匆匆结束当时的生活。然而，还没有走出奶奶追寻的目光就已经走投无路了，回头吗？处在青春期的少年受逆反心理的作用，一意孤行，自以为给他一个支点，就能把

地球撬起来。但不慌不忙的岁月和少不更事的他开了个大玩笑，他最终露宿在哈密火车站的街头，被大河干渠村一个做生意的人领回了家。

怯怯的他看到了一位其貌不扬的中年女性，弱弱地叫了一声阿姨，声音小得连自己都没有听到。被称作阿姨的人，是当时大河镇干渠村的妇联主任刘玉霞，领他回家的人是刘玉霞的大儿子。"阿姨"二话不说收留了他，粗茶淡饭让他有美味佳肴的感觉，洗漱以后，瘦弱的他换上了阿姨的儿子们穿过的旧衣服，虽然不伦不类，有点滑稽，但被温暖包裹着，复活的力量充满了少年的周身。他怀疑自己是否有过这样美好的时光，仿佛一场梦。

领他回来的大哥和萍水相逢的阿姨，在这个陌生的地方，让他有了一种依靠。等一切都平静下来，他一五一十地陈述，消除了彼此的陌生。知道了少年的故事，阿姨叫着他的名字说："新生，你就在我家暂时休养两天吧，过两天你想去哪里就去哪里。"这个姓董，名叫新生的少年，在与刘家相处了一段时间后，居然"赖"着不走了，不仅手脚勤快，嘴也甜。互相都有不舍。一场辗转南北的颠簸，就在这样一个简单的背景下画上了句号。

在人的一生中，擦肩而过者无数，能走进彼此内心的却寥寥无几。董新生敞开心扉，在对的时间遇上了对的人，善良的刘家人为他幼小的心灵疗伤并使之得以痊愈。

事实上，在董新生来之前，刘家遭遇了中年丧子之痛。刘玉霞本来有三个儿子，二儿子上初中的时候不幸患上了脑瘤。医生断言，只能存活两年。在无望的艰难里，刘玉霞为儿子求医治病倾其所有，对儿子精心照顾。但儿子还是在23岁的时候病情恶化，在乌鲁木齐市医学院住院8个月，最终没有挽回生命。

往事不堪回首，刘玉霞一家，承受了常人难以承受的挫折与煎熬，走过了非同寻常的道路，日子恢复了平淡，但内心的伤痛是抹不去的。生活还得继续，再深的痛都得忍受，正如余华说的那样，"活着，在我

们中国的语言里充满了力量，它的力量不是来自呐喊，也不是来自进攻，而是忍受。去忍受生命赋予我们的责任，去忍受现实给予我们的幸福和苦难、无聊和平庸"。

刘玉霞的大儿子将瘦得皮包骨头的董新生领回家，本来拮据的生活又添了新的负担。刘玉霞说："你要是不愿回去，有我的就有你的，没好的还有坏的。"接下来的日子，有泪水，也有欢笑。刘玉霞的婆婆坚决反对，说自家的生活都困难，还拣个孩子来养。刘玉霞认为，失去的儿子的生日是 8 月 30 日，拾来的孩子的生日是 8 月 25 日，这个孩子是上天送给她的，她就要好好保护他。身为妇联主任，总不能把拾来的孩子再赶出去吧，爱心还是应该有的。坎坎坷坷三年以后，刘玉霞给新生准备了路费劝他自己去谋生。

新生再次敲开这扇不属于他家的门，他就认定，这里就是今生永远的港湾。"阿姨，我哪儿都不去了，您就是我的亲妈！"立在门口的新生泣不成声。

"不想走，就留下吧。"

刘玉霞又惊又喜。她没想到，新生还会回来。新生走后，她失魂落魄。本以为此去再不会见面，谁知这个想法是多余的。三天后，董新生又一次闯进了家。偶然的相遇，成了必然的守候，不肯离去，只因遇见，只因那一天他们一家用温暖化解了他心里的冰。新生到来后不久，就熟悉了家里的一切，钳子、螺丝钉之类的琐碎物件放在什么地方，他都一清二楚。忙碌时，家人找不到用具，就问新生。有时新生不在家，他们找不见东西还要打电话问。正如他的名字一样，开始新生活的新生，融入了这个家，互相之间给予的情义，在彼此的心灵花园种上了一季又一季真爱的太阳花。

送新生跟她大儿子去外地打工那天，她默默注视着孩子们远去的背影，心仿佛一下子被掏空了。那一刻，身外所有的喧嚣和繁华似乎都与她无关，千言万语化为无声的一句：儿子，一路顺利！

事不遂人愿。因为董新生没有身份证，出门打工很难，只好回来想办法。刘玉霞求人，费尽周折给新生办上了身份证，换来了新生的坦然。

一场相遇，背后是经年的等待。所有温暖，可让人展眉；心灵的深处，却不是谁都能抵达的。有一次，刘玉霞不幸患病，动了手术。那时，大儿子和小儿子在甘肃酒泉刚刚组建了一个煤场，正处于举步维艰的创业阶段。手术做完，两个儿子都走了。老伴照料家务，新生精心陪护了20多天，直至她出院，尽了亲儿子也未必能尽的孝道。亲戚和邻居都很羡慕刘家拾了个宝贝儿子，刘玉霞喜不自禁，说："我心里就没有觉得他是别人家孩子。"

长大的新生，有了自己的女朋友。将近60岁的刘玉霞四上甘肃，出面跟女方家协商婚事，按风俗习惯，把每件事尽量做得无可挑剔。随后，她又在酒泉给新生布置了新房，又从大河干渠村的家里亲手缝制了铺盖等必需品，托运到酒泉。同时，生意做得风生水起的儿子们分别给他添置了所有的生活用品，祝愿新生婚后的日子和和美美。

转眼，董新生成了一个男孩的父亲。孩子出生过满月，正好赶上龙年，刘玉霞给孩子买了一条金龙项链。没想到被邀请的董新生的亲生母亲和婶子都意外地出现了，之前，她们从没来过一次。看到刘玉霞对新生视如己出，还给孙子买了贵重的礼物，他婶子哭了，说，她们亏待了侄子，亏待了刘家，她没想到没有血缘关系，怎么可能像一家人一样过得如此亲密，如此幸福。新生的亲妈只抹眼泪，无语。

之后，刘家又添丁加口，全家在温馨的家庭氛围下共享天伦之乐。即使天山阻隔，有高悬的爱心作路标，不论走多远，都会在无意间撞上关切的目光，拉扯出万千思绪，把人间最初的美好与善良，珍藏在心底柔软的地方，纵时光老去，温暖的点点光亮，都会在夜风中摇曳出最深情的浪漫与温馨……

一个不需要渲染的真情故事在大河上演，只因遇见，而后相知、相守、相爱，让所有的知情人心动，梦灿然！

那个冬至

那年的冬至，很冷，有"千年极寒"一说。

当时，住在平房里，一开门，潮湿的寒气猝不及防地挤进来，全身的神经随之浸入冷颤中，许久，才慢慢飘散。

早上，传来了一阵轻轻的敲门声。这么冷的天，谁会来呢？充满疑惑的我，打开房门，只见笑盈盈的邻居大嫂，端着一碗热腾腾的冬至饭站在门口，温暖的气息扑面而来，如此亲切的味道，是太久的记忆，至今想起来，那阳光般灿烂的微笑浮现在眼前，再冷的冬天似乎也有些许温暖。

每年冬至这天，一碗用饺子、杏皮还有许多作料做成的冬至饭，盛装着邻里之间所有的情感故事。在晨曦微露时轻叩柴门，互赠不同风味的相同食物，传递着乡亲的关爱，任凭斗转星移，该习俗依旧在村里延续。在城市里，感受不到这样浓郁的风土人情。只有记忆，如血液般流淌在心里，总会在此时此刻，尽可能提炼它的纯度，不知，谁还会如我一样，花时间来回望这些琐碎的往事。

在好奇心还正疯长的年龄，缠着爷爷追问冬至为啥要吃饺子。火炉

旁，爷爷如半睡半醒般娓娓道来：过冬至节源于汉代，盛于唐宋，至今已有千年。冬至到了也就意味着真正的冬天来了。谚语说"冬至到，吃水饺"，我国不同的地区在冬至都会有不一样的习俗。巴里坤人吃了饺子还要吃杏皮，杏皮就是把面团碾压成杏花的样子。冬至一过，春天就不远了，春天一到来，杏花就开了，吃杏皮就是盼着春天快快来。

爷爷的答复没有满足我们求知的欲望，他老人家只好挖掘记忆深处的收藏，打起精神说："你奶奶在世时，冬至前一天，一家人围着桌子包饺子、瓮杏皮。杏皮要用拇指碾压得长长的，中间饱满，两头尖尖，瓮得越长，意味着麦穗越长，盼的是来年有个好收成。到半夜，你奶奶就起来点灯，烧火，做冬至饭，赶在太阳出来之前，冬至饭就熟了，最要紧的是首先舀出一大碗，打发家人送给邻居和亲戚，当然我们也同样会收到他们的冬至饭。这么送来送去，自己家做的冬至饭吃得很少，大多数吃的倒是邻居或亲戚家送的，这叫吃'百家饭'，吃了百家饭说是可消灾免祸。"

爷爷告诉我们，关于冬至吃饺子这个习俗还有个传说：古时候有个叫张仲景的名医是河南人，在长沙做官，回乡省亲的路上，遇到许多难民，大多数人冻坏了耳朵。为了救助难民，张医生买了羊肉和一种药材，将其煮熟后包在面皮里面再煮。吃了这种用面皮包起来的形似耳朵的食物，难民们耳朵上的冻疮很快痊愈。后来人们管这种食物叫"娇耳"。因为当时生活窘迫，真正意义上的"娇耳"很少有人能吃得起，只好用形似娇耳的杏皮替代。后来，吃饺子的习俗就延续了下来。

爷爷还说"头九二九，关门闭手；三九四九，冻破碴口"。冬至到小寒、大寒这段时间是非常冷的，冬至人们吃饺子或杏皮，也是提示娃娃、老人在寒冬里都要穿戴得厚一点，尤其是患有心脏病和高血压的人，要特别注意保暖。

爷爷的话题还在继续，他说，冬至过后的下一个节日就是农历十二

月初八，民间俗称为"腊八节"，这是中国农历腊月最重大的节日。腊八节要按习俗喝腊八粥。喝腊八粥的历史已有一千多年。最早开始于宋代，每逢腊八这一天，不论是朝廷、官府、寺院还是黎民百姓家都要做腊八粥。

关于腊八节，民间有很多传说。流传最广的是说释迦牟尼在从印度到尼泊尔的取经途中断了口粮，四周人烟稀少，荒凉得寸草不生，饿得快晕过去了，恰好被路过的一位农妇碰见，就把他背回家。农妇煮了杂粮粥，细心照顾，最后救活了他，使他恢复了体力，重踏征途，终于修成正果，创建了佛教。后来，释迦牟尼认为自己大难不死，完全功归于在腊月初八那个特殊的日子里遇到的好心的农妇和农妇熬的杂粮粥，为了不忘他所受的苦难，于这天吃粥以作纪念。如此一来，"腊八"就成了"佛祖成道纪念日"。

其实，用现代的眼光来看，腊八节的精神实质是"感恩"，佛教创始人受到了农妇的照顾，不仅获得了生命，同时了获得了觉悟，因而他要将这种感情回报给社会，这就是佛教精神所主张的"活在感恩的世界里"。这一说法源自史料记载，据说有的寺院在腊月初八以前，就派僧人手持钵盂，沿街化缘，将收集来的米、栗、枣、果仁等材料煮成腊八粥分发给穷人。传说吃了以后可以得到佛祖的保佑，所以穷人把它叫作"佛粥"。

佛教传入西域后，这个佛教习俗也随之传入，一直延续到了今天。不过，巴里坤有西域三绝之一的"冷"，只产豌豆和扁豆，不宜种植米、栗等热带作物，所以腊八粥的做法与其他地方不同，大部分人家都煮单调的扁豆粥。每年在地藏寺、仙姑庙里举办的庆祝活动中提供的腊八粥基本也是用扁豆煮的。做法是在适量的扁豆中加少许食用碱，温火煮烂，再将适量的面粉加凉水搅拌均匀后倒入扁豆汤中煮沸，炼一小勺清油泼葱花加进去，不稠不清，香味四溢，老少皆宜，很受欢迎，来自各地的游客及当地居民都冒着严寒前来品尝腊八粥。

多年过去，关于冬至、关于腊八节的故事，以及爷爷近乎梦呓的声音，一直是我匆匆行程里的回味和牵挂，每逢那年、那月的那些老规矩如期而至，就会填满我心灵的行囊。邻家大嫂送饭的神情，是我心中永远的守望。晨雾中家乡冬至的炊烟总在眼前萦绕。热乎乎的腊八粥是记忆深处的温馨。如此红红火火的画卷，一如五柳先生笔下的桃花源，我不想，也不会让它们在我的生命里消失。

这个季节，适合沉默，用文字的方式怀念往事，因为我知道，家乡就在不远处，在我目光可以丈量的距离之中。我还能这样亲近地感知着"冬至"的暖意，感受"腊八节"的氤氲气息，如此，已很知足、很幸福、很感激！

梦在村庄里生长

我狂热地崇尚非常著名的一段话：当我年轻的时候，我梦想改变这个世界；当我成熟以后，我发现我不能够改变这个世界，我将目光缩短了些，决定只改变我的国家；当我进入暮年以后，我发现我不能够改变我们的国家，我的最后愿望仅仅是改变一下我的家庭，但是，这也不可能。

当我躺在床上，行将就木时，我突然意识到：如果一开始我仅仅去改变我自己，然后，我可能改变我的家庭；在家人的帮助和鼓励下，我可能为国家做一些事情；然后，谁知道呢？我甚至可能改变这个世界。

一、我的梦

改革开放初期，印象中温饱已经不愁，但离富裕还差一截子。大多数人的注意力还是集中在刚刚分到的土地上，好像土地就是命根子，离开土地，就没法活了，茶余饭后说得最多的话还是庄稼长得好不好，哪头牛、哪匹马使唤起来顺当。

那年月，住的都是一字排开的土坯房，没有院墙，谁家来个亲戚，不一会儿，大半个村子就都知道了。不管谁家遇上红白喜事，邻里邻居都会主动去帮忙，就是酸菜炒粉条、胡萝卜炒芹菜都是香甜的。简单的日子过得红红火火的，小孩吃饭总是不安稳，端着饭碗，想到哪家就到哪家，想吃谁家的饭，就盛上一碗，一点不客气，就像在自己家一样。

也记不得哪一天，生产队突然有了一台发电机，一群人围在那里倒腾了半天。天黑了，灯亮了又灭了，灭了又亮了。家家户户一惊一乍，看着不稳定的电灯，激动得话都说不完整。到晚上十一点多，电灯忽明忽暗三下，有人就说，电灯挤开眼睛了，意思就是跟你说：要熄灯了。

有一天，在城里当工人的堂哥带回来一台黑白电视机，在大伯家里放映。村里的人挤了个里三层外三层。记忆较深的是一部电视剧叫《排球女将》，还有一部叫《外来妹》。

小孩子看热闹，大人们倒是看《外来妹》看得入了神，把陈小艺和汤镇宗记了个牢。

从那以后有一段日子，我心里也不平静了。真想有个机会也出去闯一闯，外面的世界到底是啥样子还不知道，就是哈密也没去过几回，在街上转上一圈就晕头转向。

记得有一次，老爹和村支书聊天的时候无意中听到，村里在哈密办了个小小的涂料厂，生产一次也就有个五六百公斤，说是前面去了几个人，看着那破败的样子，都跑了。村支书有些着急，要找个人去接着做这件事，好赖也算是个村办企业。我一听，就有点沉不住气，说是要去试一试。

老爹老妈一商量，说村支书要是同意，去就去吧，反正家里分的一匹枣红马很听话，谁拉上都乖，几亩地也不发愁种不上。

就这么一说，我确定去哈密，算是单枪匹马创业去，雄心勃勃的，根本没有想过以后会不会碰到困难，满脑子只有《外来妹》里的人物故事。

准备要走了，老爹意味深长地对我们说："做涂料，咋说也是个技术活，饥荒年饿不死手艺人，闯去吧！"

平时看起来比较刚强的母亲反而哭哭啼啼，一边收拾铺盖，一边说："要是在哈密混不下去了，就回来，再说还有几亩地呢。"

一听老妈说混不下去就回来，我心里也是一酸，突然有些舍不得离开家，最后还是心一横，走吧……

就这样，来到了感觉很繁华的哈密。

第一次看到所谓的涂料厂，我就傻了眼。

就那么一间房子，还是租来的，一口像我们村里大户人家淘粮食的大缸就是做涂料的罐，有数的几样工具没有一件是干净的，满地、满墙都是脏的，院子里也是乱七八糟……我的心一下凉了半截，站在那里，脑子里一片空白，半天缓不过来。

晚上，想家的感觉那么强烈，想跟老爹老妈说说这里的境况，可我不知道咋开口。回去，面子没有了；不回去，咋干下去呢？

思想斗争了一夜。第二天，脑子清醒了一点，想想天上哪有掉馅饼的好事呢，不掉下来个石头就算是烧高香了，还是硬着头皮干吧，干到哪儿算哪儿，好歹是不能回去给好面子的老爹和一家人丢脸的。

找熟悉情况的人了解了一下，我就摸着石头过河了。心里想，就算把石头摸烂了，只要能找到一条路，也好给自己的一腔热血一个交代吧，也得给一家老老少少一个说辞吧。

有这个念头支撑着，我从打扫卫生、整理内务开始，跟别人学做了第一罐涂料。

那么一点产品，根本上不了市场的厅堂，不过，小打小闹只要顺当也行。谁知道三天两头出故障，又没有钱修理，名义上说是村办企业，实际上村里也没有钱投入进来，涂料厂只能以自生自灭的形式存在着。

没办法，我就和另外一个比我来得早的小伙，求爷爷告奶奶，东拼西凑地勉强熬着。

转眼三个月过去了，脑子里渐渐有了一点思路，想找个大一点的地方从头做起。这个地方太小不说，还在阿牙桥的居民区里，进出都不方便。四处打听了一下，得知那时候哈密的北出口有一片还没有开发的戈壁滩，就想在那里重搭台子重唱戏。

征得了各方部门的同意后，在那里开始了一个农村娃的梦想。

用现在的话说，"理想很丰满，现实很骨感"。更何况20世纪80年代末的北出口，没路，没水，也没电。白手起家，要在平地上建个房子，处处遭遇的是一个"难"字。

这个"难"，一句两句也说不完，从老远的地方拉沙子，再买水拉回来，搅拌混凝土，还要向管电的地方申请拉电线，借钱买水泥、红砖。为了省钱，铺房顶用的是竹板，受的委屈三天三夜讲不完……

那时候，就一门心思想把这个事做好，不能给我这个农民家的后代落下个"不成器"的话柄。所有的资金都是自己找的，那个艰难，现在想都不敢想！

那时年轻啊，真像有句话说的那样，无知者无畏。因为无知，敢想敢干，想到哪儿干到哪儿；因为无畏，天不怕，地不怕。

哈密的七月骄阳似火，不管多远的路，都骑个自行车出去，一身汗水一身土，有时连停车子的两毛钱都没有，饿得头晕眼花也舍不得花五毛钱买一碗凉皮子，说给现在的娃娃，他们都不会相信的。

好多次碰壁后，哭的心都有。想想在家种几亩地，安安稳稳，就算不富裕，也能维持温饱。农闲了，像其他人一样，南墙根里晒太阳，享受"荣华富贵"。可转念又一想，要是打道回府，或许永远走不出大河乡，就得像祖祖辈辈一样，围着一亩三分地转，又有点不甘心。

于是就劝自己，再坚持一下吧，虽然我不是富人的后代，将来我要做富人的祖先……想改头换面重新做个新时代的农民，想改变家族的命运，理念不变，不吃苦，不脱一层皮怎么行呢？

有这个信念支撑，接着就开始拼命、苦熬、苦干，被各种磨难折腾

得死去活来……

痛定思痛后，我问自己，为啥有些人就做得风生水起，而我总是败走麦城呢？经过认真的反思，我决定去村里办理个人承包企业的手续，并承诺要偿还所有的债务，却没有债权。

就这样，我从做小小的涂料厂起步，没有节假日，义无反顾地拼命挣扎，在举步维艰的困境中忍耐前行，最后慢慢扩大了经营规模，增加了与涂料有关的乳胶、107胶等其他材料，开了一个建材商店。利润一点一点积累了起来，改建了厂房，新上了产品，有了能够抵御风险的经济基础，虽然实力无法与大企业家相比，但与一无所有的以前那个我比，也算有了进步，在城市的建材市场上终于有了属于我这个农村娃的一席之地。

回想一下，虽然跟头、绊子常有，走得不容易，但是，我们毕竟从巴里坤走过了天山，还走进了首府乌鲁木齐。

在乳胶市场渐渐扩大的过程中，我结识了乌鲁木齐市的一些有经验、有阅历的商业人士，又学到了一种全新的从业本领，慢慢走出一条属于泥腿子的创业路，在乌鲁木齐市也有了一块立足之地。

摆脱了创业给我带来的一切艰难困苦的同时，也积累了一些值得记忆的教训，然后和弟弟们商量着，把自己家的三四十亩地流转给愿意种地的邻居，把弟弟们陆续从土地上解放出来，他们在城市里找到了自己愿意付出努力的工作，买了房，买了车，孩子们都接受了正规的文化教育。放假了，自驾拉上老人、孩子回大河老家住几天，感受从农村走向城市的那种质的变化，五味杂陈的滋味在心里挥之不去……

离开土地，外出创业，有苦有甜，有喜有忧，生活就是这样，生容易，活不容易。

二、二弟的梦

开车是弟弟的最爱。刚开始买了一辆带拖挂的拖拉机，找了一帮人

在海子里打硝。当时，挣钱不容易，干完活儿想立即拿上现金更不容易。三更半夜起来到海子，累死累活打上硝卖给人家，结果是一张白头条子。时间长了，车的油钱没着落，工钱也付不上，求人下话要账，当官的连个面儿也见不着，好像弟弟欠了人家的账，真是干活儿的时候说得天花乱坠，要账的时候就开始胡说八道，把个农民耍得跟猴子似的。弟弟没办法，又跑长途去拉煤，这回能赚个现款。

拉煤要到木垒去拉，一路颠簸，受累挨饿，来回得三四天。要是在煤矿装车耽误一下，不能按原定时间回来，当时又没有个联系方式，老爹、老妈就会轮换着上房顶向北张望，明明看不见，还是一次一次站在房顶上眺望。我们都说老爹、老妈把房顶都踏塌了。每次弟弟出车，一家人都会牵肠挂肚，那个日子过得一点也不轻松。

有一次在三塘湖的咸水泉，车坏了，那时还没有手机，家里得不着信儿，焦虑、紧张、担心，全家人真像热锅上的蚂蚁。望眼欲穿的弟弟总算搭了个便车回来买零件，全身黑乎乎的，简直都认不出来了，只有一排牙齿白森森的。老妈喜极而泣，老爹忙前忙后，姊妹们就像迎接凯旋的英雄。

就这样担惊受怕地过了几年，因路太远，成本高，拉煤也挣不上几个钱，一心就想有个车开的弟弟，又换了一辆金杯农用车，在哈密和巴里坤一线来来回回跑运输。风里雨里跑了几年，还是没挣上个多余的钱。看见好多人家都买上了那种30吨到60吨的大货车，拉得多、跑得快也跑得远，弟弟眼热得不行，跟家里人说他也想贷款买一辆大车。老妈说什么也不愿意，说，钱有多少也不够花，只要有个事儿干，挣多多花，挣少少花就行了。

家人都不想让弟弟做风险太大的事，省得让一家人担心，因为家里大多数人不支持弟弟买大车，他也只好偃旗息鼓。

那时虽说我们都已经成家过上了自己的小日子，可是，家里的事情还是弟兄们坐在一起商量，也都能采纳父母及姊妹的意见，这种和睦的

兄弟、姊妹关系，邻里乡亲都很羡慕。

因为弟弟待人接物诚恳，做事守规矩，开车技术又好，就长期被中铁一局雇佣，在这个过程中，弟弟吃苦耐劳又肯干。

好学的弟弟，掌握了一门从没有接触过的新技能——安装移动光缆、网络线路。虽说这不是高科技，但对出身农村的弟弟来说却是新鲜的，尤其这个行当里的活儿，除了挖坑栽电线杆是个力气活儿，其他都是需要具备一定的专业知识的。

他严格按照图纸上的设计要求，把公司安排的活儿干得认真、仔细，质量更有保证，深得老板的信赖，工钱给得也还能说得过去。从2012年末开始，他们公司又接揽了新旧火车站移动光缆工程，从开挖地基到浇筑混凝土底座，他硬是用自己的一套办法，把火车站的信号灯安装得分毫不差。从安装电线杆到镶嵌信号灯，都是他拉着一车专用工具，带着工人们按照图纸进行的。我们开玩笑说家里出了个土洋结合的"工程师"，弟弟得意得飘飘然，自信满满。

我那个纯朴的弟弟，除了脑子好用，心肠也特别好。

弟弟诚实守信，也把各种人际关系处理得很融洽。与他共事的有藏族、回族、哈萨克族，他们都相处得不错。

在中铁一局打拼了近十年的弟弟，风里雨里受的那些罪别人是体会不到的，尤其在哈密最热的时候，为了能按时完工，都没有休息过。在野外干活儿，实在热得受不了了，就到晚上再干，没有清闲的时候。

近年来，弟弟不但更换了车辆，也更新了知识，更新了理念。更主要的是，更新了传统农民的生存方式！他一直认为一个人如果害怕失败，就是拒绝成功！

三、小弟的梦

我的小弟弟，他接受各种信息的能力强，最早购买了55型犁地拖拉机，把一家一户"小四轮"和"二牛抬杠"的耕种模式替换成了大

片机械作业。最值得回忆的是他顺应政府的要求，开发了沉睡千年的大河镇北戈壁。

现在的大柴沟村、下涝坝开发区就建在小弟当年开发的3000多亩土地上。政府在本开发区和北山上的大红旗沟、小红旗沟分别修建蓄水塘坝，使那里的哈萨克牧民的人畜饮水问题得到了解决。

当时，政府计划开发土地、修建塘坝，虽然资金不到位，依然先开工。九月底的巴里坤，夜晚已经很冷了。没有预付款，他自己想办法垫付资金，买油料，雇民工，等验收合格竣工后，再找政府结算款项。当时下令开发戈壁的领导调离了岗位，工程款没了着落，他被十几万元的债务压得没法继续干下去，被迫把10多万元的55型拖拉机廉价卖了还账。

再后来，他不甘心就此罢休，想方设法第一个把康拜因收割机引进自留地。因首次试验收割，粮食不太干，被收割机割下来，成了一个黏黏的疙瘩，被长辈们骂得狗血喷头。

结果没过几年，康拜因完全把生活在块土地上的祖祖辈辈的农民彻底从用镰刀收割的劳作中解脱出来了。现在他在哈密用自己的劳动所得置办了房子，购买了私家车，孩子从小就接受了比较好的文化教育。他借用了苏联早期国家领导人加里宁的一句话作为人生信条：凡是创造自己的幸福的人，应该做全体工人和农民的幸福的匠人和创造者。当他成为一切人幸福的匠人时，他就成为自身幸福的匠人了。

总之，离开了土地的大河人，抗争着，奋斗着，在谋生、创业的路上苦着、累着，同时也快乐着、美丽着，勾画着自己的中国梦。虽然历经艰辛，花费了九牛二虎的力气，但是，最根本的一点没变，那就是像土地一样实实在在，孕育着未来的新生活、新生命、新梦想！

"叮当"声中的乡音乡愁

    村庄里的"叮当"声太普遍了，尤其春种秋收，叮叮当当不绝于耳，唯有一种叮当声持久地响了几个世纪，那个声音里有乡音、乡愁，有成长，也是每个乡村人心底最铿锵、最有力的心声。偶尔，一个人，一杯酒，独对苍天，想一想曾经的过往，用力地遥望未来，那个声音悠远地绵延着，直抵内心。

    这是一首彰显古风汉韵，体现农耕、游牧文化的歌。在刀耕火种的千百年里，伴随着这个声音，勤劳、聪慧的巴里坤人创造了或精巧，或细腻，抑或很笨重的各种工艺。按老人说，饥荒年饿不死手艺人，可以看出，手艺在多年前一定是很红火的行业。比如，靠着"叮叮当当"挣钱过日子的手艺人——铁匠。

    在幼年的记忆中，家的附近就有一间铁匠铺，一天到晚那种"叮当、叮当"的声音不断，偶尔停了，还有些不习惯，非要去看看那个通红的炉火是不是也熄灭了。

    俗话说，世上三大苦：打铁、撑船、磨豆腐。

    打铁这一老行当历史悠久。铁块烧红，变冷，再烧红；锤子落下，

挥起，再落下……这些看似简单的手工活儿，一旦失传也许便永远消失了，我们再也找不回来了。打铁人长年累月锻造出来的那种锲而不舍的精神永远留存，他们通过一把铁质工具来理解并认知世界、人生，而这才是真正值得珍惜、真正无价的财富。

纵观历史，人类的生存和发展少不了手艺，也就是说，手艺本是人类生存的技能。"叮当，叮当"的老手艺目前已不多见。我至亲至爱的小叔就是一位手艺精湛的铁匠，他经手的铁炉子、炉筒子等做工精湛，马掌、马掌钉精致得不见一点粗糙。更为骄傲的是，他改装的 28 型拖拉机的驾驶室精巧、实用，其做工之精简直可与专业师傅有一拼。大河西户村、商户村、旧户西村还留存着旧时的铁匠铺，但与记忆深处的铁匠铺的差距还是很大的，比如有了鼓风机，闸刀一推，"呼呼呼"，煤渣燃烧得红彤彤的，再也不用"哐当，哐当"的拉风箱了。但几千年流传下来的传统手工技艺再精湛，也难敌工业化的滚滚浪潮。

"叮当，叮当"的老手艺真实地记录了过往的劳动和生活，看到它们，总能回忆起一段流水般的时光和难以释怀的往事。

透过这些千百年的薪火相传，闻到的是泥土的芬芳，看到的是乡情的烟火人间！

炊烟升起有画意

冬日的村庄，少了炊烟，就变得沉寂而空旷，一旦空旷，便会显得苍凉。炊烟升起，暮色罩大地，灵动了村庄的天空。于是，朝阳有诗情，黄昏有画意。

诗人说："炊烟起了，我在门口等你；夕阳下了，我在山边等你。叶子黄了，我在树下等你；月儿弯了，我在十五等你；细雨来了，我在伞下等你；流水冻了，我在河畔等你；生命累了，我在净土等你。"其所描绘的都是与村庄有关的景，抒发的都是与田野有关的情。可见，村庄的柴草、烟火包含了多少亲切与温馨，氤氲了多少乡情厚爱！。

炊烟是村庄标志，一旦升起，就会勾起每个人思乡的回忆。

炊烟是家乡的风景，随风轻盈飞舞中，让漂泊在外的人日思夜想；炊烟是村庄的呼吸，是烟囱上长出的云彩，是柴草的化身。

袅袅炊烟升起的地方，是家。有家，就有亲人的等待。炊烟升起时，有妈妈呼唤着乳名回家吃饭的亲切，有一种安宁的舒心；炊烟升起时，有农家小院里热闹的团聚，有老爸给圈里的小鸡剁野草的细心。

炊烟是暗夜里的明灯，守着它的是白发亲娘的爱，盼着它的是儿女

的情；炊烟是一座亲情的桥，桥的这边是远在他乡的儿女奋斗的梦想，桥的那边是母亲无尽的挂念。

当清洁、高效的能源进入千家万户时，炊烟不见，只能成为最永恒的记忆，成了渐行渐远的梦。怀念炊烟就是寻找我们失去的童年；守望一缕炊烟，就是守着一个家的归属感，就是守望着一份朴实，守望着一份幸福！

时过境迁，住在城市的楼房里，老屋上面的炊烟，只能停留在回忆里，封存在梦境里，流露于笔尖下，摇曳在文字里……

哪里还能让你深情地遥望

　　曾听过一句话：人生如叶片片落，一生一落，一落一生。在这短暂的瞬间，哪里还能让你深情地遥望呢？

　　叶落归根，对某些人而言，根就是出生、成长并归去的地方。

　　大河就是大河人的根，大河人依仗着得天独厚的那一条弯弯的泉水河，繁衍生息，用皴裂如干树皮的双手把老屋建成了新房，把蛮荒之地创造成了今天的现代文明的城镇。

　　这么多年来，大河的儿女们不安于现状，想从根本上颠覆父辈们日出而作，日落而息的生活方式，舞文弄墨，用知识改变命运，终于破茧成蝶，他们背负着生命中不可承受之重，沿着祖先走过的路走过来，又毅然决然地走了出去……

　　向父母亲含泪告别，向村庄告别的那一天，也许鸡的鸣叫刚刚打破村庄的安静，也许一缕炊烟的晕圈刚刚升起，也许草叶上的露珠在朝阳的微光中闪亮，也许秋色连波的午后，蝴蝶扇动着美丽的翅膀流连在熟悉的田野上。他们一步三回头，犹如当年祖辈的悲壮西行……

　　地图上的大河，偏远辽阔，但事实上，眼下的大河条条道路四通八

达，向北的那条路直达国门，西边的那条古道已成高速公路，直抵首府乌鲁木齐。

向东的那一条路，繁忙依旧，它是父辈们用脚丈量过的小路，不仅早已成省道，而且是通向内地的必经大道，也是大河的后代们走向远方的通道。

那路上，至今还散发着汉唐的气味。大河儿女就这么执着地沿着家乡的小道一直走下去，翻过了天山，越过哈密，然后走出新疆。也许，不是也许，应该是很可能又走到了祖先出生的地方，敦煌、陕西、山东或者更远的远方……

想当年，先祖们像风中的一粒种子，漂泊到万里之遥的巴里坤大河生根发芽，开花结果。而今，大河的儿女，也似蒲公英的种子，举着一把小伞，或迷茫，或兴奋地走向远方，北京、天津、上海、厦门甚至国外。父母越不过天山的目光，看不到儿女们在外的拼搏……

百年前，父辈们似一江春水向西流；屯垦戍边；百年后，大河儿女们上演了一幕幕拼搏、创新的浪潮。来来去去，似曾相识，又是截然不同！

这个世界让人如此猝不及防，又让人眼花缭乱！

远在他乡的大河儿女，把故乡经年的往事装进口袋，无时无刻不感怀故乡的温暖。烛光里的奶奶、厨房里的妈妈、麦田里的老爸……他们带着故乡的爱，走过萧瑟、苍凉的秋，走过寒风刺骨的冬，走向花开不败的春，终究又走出一条回乡的路……

不管走得有多远，他们都像故乡厚重的大手中紧牵着的风筝线，走不出对家乡的挂牵，无论走到哪里，都走不出对家乡的思念。情浓时，忍不住湿了眼眶；情深时，朝向家的方向，遥望……

那湖，那河，那海

　　巴里坤距离大海很远，但是用"河""海子"命名的地方还不少，比如大河、二道河子、河沿队。人们把古老的蒲类海称为"盐海子""海子"，亲切程度不亚于叫自家孩子的乳名。人们甚至把草原叫成"草湖"，比如：按方位叫西湖、东湖、南湖、地尾（方言读 yi）巴湖，按姓氏叫白家湖、高家湖。

　　不论是以"河"还是"湖"，或者"海"命名，只能有一个解释，那就是家住草原，对大海心向往之。这种朴素的感情，听到的、看到的、领会到的，都会心海荡漾。

　　说到这里不妨渲染一下，巴里坤人把草原叫"草湖"，也许是夏季草原之浩瀚一如碧绿湖泊，被大雪染白后犹如茫茫大海的缘故。

　　还有巴里坤湖，民间称为"西海子"，水域面积达 800 多平方公里，海拔 1585 米，由泉水汇流而成。湖的周边水洼遍布，芦苇丛生，牧草茂盛。广袤的湿地是理想的牧场，也是大批水禽等野生动物生息、繁衍的乐园，更是游客不可不去的稀有之地。

　　湖中有储量丰富的芒硝矿和盐田，所出产的水生物卤虫被誉为

"金沙子"，是喂养对虾的极好饲料。可以说，海子就是巴里坤的聚宝盆，百年或者千年以来关于它的传说耳熟能详。至于它的价值，老少皆知，它的厚重与贡献，不言而喻。

巴里坤的草原、湖泊和海子，能够点燃你我心里那一种说不出来的情愫。

它的四季都有独特的意境美，那种意境之美，蕴藏着曾经的美，眼下的美，未来的美，穿过千年、万年的美，还有亘古不变的乡情、乡味的人文美！

还是那片湖

　　继清明小长假之后的"五一"又是一个令人迷醉的狂欢节，十三师的文友打电话询问去巴里坤湖的路线，紧接着就是随儿女长期居住昌吉的表姐一家晒在巴里坤湖的栈道上伸开双臂做拥抱状的照片……因而，那片波澜不惊的湖，在我的心里掀起了涟漪。

　　翻开那年那月记忆的页码，寻觅心底曾经的湖，似乎找到了一个陌生的自己。

　　那年，高中毕业，正在等待一张众所周知的高考通知书，心有杂念，无所事事，恰巧婶婶的父亲带着另外两个亲戚，三人每人赶着一辆毛驴车要去巴里坤湖捞盐。因向往那一片湖，经父母同意，我就跟着这位爷爷坐上慢悠悠的毛驴车去了巴里坤湖。

　　"盐海子"是大多数当地人对巴里坤湖的称呼，很少有人正儿八经地把盐海子叫"巴里坤湖"或者"蒲类湖"。

　　九月的阳光正暖，天蓝得令人心醉，爷爷坐在毛驴车左边的辕条上，手里扬着短短的一小截皮鞭，和后面两个人一会儿说海子，一会儿说毛驴，一会儿又说天气。爷爷们天南海北的话题我也插不上，在似听

非听的朦胧中渐渐进入了似睡非睡的状态。车底板上铺着长毛白羊皮，浓烈的羊膻味随微风飘游，一瞬间，纯净的空气又将其稀释，所以我并没受丝毫影响。

下午两点多到了盐海子，站在寂静的湖边，居然没有一见钟情的心动，望一眼对面的尖山子，心似乎被重重地撞了一下。传说那个尖山子下压着一个斗不过草原上的恶魔反被压在下面的勇敢的女子，与恶魔同归于尽的好青年又沉入湖心杳无音信……缘于此，脑海中升腾起一种无以言表的敬畏，感觉那山、那湖都有了说不出来的神秘和独有的气质。

说话间，爷爷和同来的亲戚卸下毛驴，用一根长长的缰绳分别把三头毛驴拴在芨芨墩上。只见爷爷把一簇芨芨草分成均匀的两小股，把同样是芨芨草拧成的缰绳夹在中间，然后把芨芨草合拢着向下一弯，左手攥住弯下的芨芨草，右手拿起缰绳的一头围着左手握住的地方绕了两圈，又把另一头穿在绕好的绳圈里向上一提，毛驴就被牢牢地拴在了芨芨草墩上，它们只能在有限的范围内啃吃带咸味的小草。

按爷爷的吩咐，我们把塑料布铺在毛驴车的底板上，穿上短靴，拿起芨芨草编的笊篱和筐，踩着浅浅的盐水用笊篱打捞薄如雪霜的硝盐，白花花的盐粒随着沙沙的声音入了筐，一点没费劲。两个人抬着滴着盐水的筐走到湖边倒进车。再一次向着湖的深处走去时才发现，越往里走，盐的颗粒越大，越白，爷爷说硝盐稍微带一点红质量更好。

于是，几个人就往湖心移动，湖面倒映着青的山、蓝的天，宁静得没一点声息。这样的安静让我心有余悸。我问爷爷，湖心有多深？爷爷说，那是个无底湖，要不然和恶魔决斗的小青年怎么掉下去就再也上不来了呢？这一说，让原本神秘的湖更加神秘，胆怯油然而生。太阳西斜时，我们终于套上毛驴车回家。

装满了盐的车再也没有了来时的轻松，我们跟着车子边聊边走。回望时，那湖又恢复成遮着面纱的少女，尖山子依旧若隐若现在茫茫湖面上，几多深邃，几多纯净，把我那些因考试而挫败的郁闷涤荡得一干二

净。沉浮之间的过往，在天山脚下的湖面上安放。

路过一家牧民的毡房前，牧羊犬无精打采地汪汪叫了几声，就在毡房的背阴处懒洋洋地趴下了。木桩上拴着的枣红马还没被卸下鞍子。主人从毡房里出来，看到爷爷，见是熟人，就让进去喝奶茶。爷爷拴了毛驴，顺手装了半袋盐招呼我们一起进毡房。女主人赶紧在外面把三脚架下的干牛粪块点燃烧奶茶，炊烟升起不一会儿，奶茶飘出了香味。和爷爷十分熟悉的这家哈萨克牧民，拿出酥油和包撒克（油炸面果子）热情地招待我们，十分温馨。

远离喧嚣的一家人，面对沉静的草原，与千年、万年不变的天山为伴，与湖水相依，没有想象中的孤独。许多人——当然也包括我却在各种欲望中挣扎，幽怨感伤。倘若在经历了苦难和沧桑之后，依旧淡定如这不惊的湖水，我想，这才是最好的修行。

在四面环山的一隅，巴里坤湖的传说和历史就这样互相交替、补充。多年后，还是那片湖，积淀了无数神奇的故事，她演绎出的精彩远非如此，她用沉默、厚重与深情告诉我：沉静于心，安宁于世。

当然，那个叫"盐海子"的湖，那个盛产芒硝、孕育卤虫的湖，是巴里坤大草原深处令我魂牵梦绕的地方！

巴里坤摄影师们的奢侈

那一片花海，算不上娇媚，更谈不上惊艳，但它确确实实称得上绚丽。每年四五月，巴里坤摄影协会采风团的成员都要光顾好几次，从长叶子到开花，观察得细致入微。有幸在一个午后，跟他们去体验了一把，迎着戈壁清透的风，走近那些花海，心中升腾着丝丝缕缕的柔情。

这样的景致，对喜欢摄影的人来讲，是一种天赐。进去不需要门票，不必考虑有没有停车场，不需要征求任何人的意见，当然也就不存在看谁的脸色。它的生命绽放在戈壁的任意处，就那么温婉地点缀着一方福地。巴里坤的摄影爱好者们就这么"奢侈"地游走在四季的风光里满足心愿。

那天，风一点也没有初夏的温柔，云也不是一朵一朵的棉花状，倒像是铺天盖地的灰色棉被。有经验的巴里坤摄影师，预计会拍出横空出世的精彩之作，所以，结伴驱车直奔花海。

在巴里坤大河镇北戈壁一个背风的斜坡上，又名蝴蝶花、蝴蝶兰的马兰花密集地摇曳在瑟瑟的凉风中，不禁让人想起曾经耳熟能详的歌谣："马兰花，马兰花，风吹雨打都不怕……"此时，我想说：大漠风，戈壁花，大漠风吹马兰花；天山雪，蒲类海的月，月照戈壁雪养花。

面对天山，自由行走在花海间，对大多数人来说真是一件很奢侈的事，不免心生愉快，因而总能想起一两句妙曼之词。

其实，花海就在身边，扑面而来的不仅是风，还有风中裹着的浓烈的花香。眼前这个像大花盆似的戈壁，它盛装着所有适合在砂质土壤中生长的花花草草。多少次我想探究花香来自哪种花草，都是无果而归。因为遍地都是"有点阳光就灿烂"的花草，根本无从判断香气来自哪种植物。淡雅、柔韧的马兰花在戈壁的某一个背风处或一朵，或一簇，或一片，绽放着蓝、白、黄、雪青等种种无可替代的绚丽。

多少次了，明明知道它就是一种草本植物，窄窄的叶子像韭菜，淡淡的花朵似蝶飞，但每一次见到，总有别样的心情！

摄影师们各自找着不同的角度，摆着各种夸张的动作，为亲近马兰花或蹲，或跪，或趴，一遍又一遍地把野生的马兰花拍成了撼人心魄的传说，让更多向往戈壁马兰花的人心生敬畏，并身不由己地直奔马兰花而来。

太阳穿透云层，果然不同凡响地出来了，由淡淡的乳白慢慢变换成浅浅的粉色，然后渐渐趋于绯红，瞬间又成为放射状的一点、一线、一片，把半个天空染得红彤彤。正如摄影师们预料的那样，难得一见的火烧云把拍摄的热情点燃了，恰好有一个平坦的沙梁，像地平线一样把红彤彤的落日托在上面，年轻的摄影爱好者在山梁上奔跑、跳跃，像自由战神般拿着长长短短的相机摆出开心、奔放的造型，资深摄影师抓拍转瞬即逝的剪影，天色渐暗，兴致不减，收工时已是万家灯火。

戈壁花海里，留下了巴里坤摄影协会采风团的脚印，留下了美好的照片和笑声，也留下了无尽的遐想。

这个黄昏，显得安宁而又尊贵，这是大自然最慷慨的馈赠。但愿千万年后，巴里坤草原依旧有一片美丽的马兰花，依旧是摄影师们享受拍摄乐趣的圣地，依旧是热爱家乡的人们心中永远的梦乡！

人到大河不想走

人到蒲类不想走

人也留来，景也留，景也留

忘不了黑沟的春色

忘不了古城的美食

忘不了大观园里的风光

忘不了岳公留胜的传说

甘露川的水草美

巴里坤的牛羊肥

兰州弯子的野玫瑰花香四溢让人醉

啊……

纵然人在千里外

一颗心，一颗心，一颗心

还在蒲类留

人到大河不想走

人也留来，情也留，情也留

唐城记录曾经的强大

老油坊诉说着繁华

白杨树的年轮密如麻

甘露川的纯净美如画

乡亲是真实的牵挂

土地是灵魂的家

大河镇厚重的文化写不尽流传的神话

啊……

纵然人在千里外

一颗心，一颗心，一颗心

还在大河留